아홉
꼬리의
전설

아홉
꼬리의
전설

배상민 장편소설

차례

머리 7

*

*

머리

'까악 까악.'

아침부터 온 산이 울리도록 까마귀 떼가 어지러이 울어댔다. 밤사이 변고가 일어났다는 것을 직감했다. 나는 아침상을 물리자마자 발걸음을 재촉했다. 고을 어귀 아름드리나무 근처에는 이미 백성 몇이 모여 수런수런 이야기를 나누고 있었다. 그들에게 다가가 무슨 일이 일어난 거냐고 묻자, 백성들은 흉흉한 낯빛으로 그 일이 또 일어난 것 아니겠느냐고 되물었다. 그리고 산을 가리키며 조금 전 고을의 감무*와 그를 따르는 군졸들이 급히 가더라 덧붙였다.

*고려시대 지방관이 파견되지 않았던 속현 혹은 향, 소, 부곡, 장, 처에 파견되던 하급 지방관. 현령보다 낮은 직위로 임시직이었으나 후에 상설직이 됨.

산등성이에 올라서자 멀리 감무와 군졸 다섯이 서성이는 게 보였다. 나는 먼저 감무를 찾아가 안녕하시오, 인사를 했다. 그는 눈살을 찌푸리며 나를 맞아주었다.

"오셨소? 참 부지런하시오. 뭐 하러 또 여기까지 행차하셨소?"

"아무래도 무슨 변고가 난 듯하여…… 하하."

"이번에도 살펴보시겠소?"

"매번 염치없습니만, 그래주시면 감사하겠습니다."

감무는 몸을 살짝 틀어 길을 내주었다. 나는 크게 심호흡을 하며 각오를 단단히 다졌다. 무엇을 보든 놀라지 않기 위해서였다. 괜스레 갓끈을 팽팽하게 당기고는 감무와 군졸 사이를 비집고 들어갔다.

시신은 참혹했다. 배는 갈라져 있었고, 위장, 창자, 자궁같이 배 속에 있어야 할 장기들이 시체 주변에 널려 있었다. 손과 발이 묶인 처녀는 눈을 뜨고 죽어 있었다. 어쩌면 살아 있는 채로 저리했을지 모를 일이었다. 지금껏 봐왔던 시신보다 더 끔찍하여 나도 모르게 고개를 돌리고 말았다. 갑자기 욕지기가 치밀었지만 겨우 참아냈다. 고개를 들어 하늘을 봤다. 바람이 불어 얼굴에 닿으니 열이 식는 기분이었다. 이번에도 이 기괴한 일은 소문이 되어 퍼지고, 다시 이 소문은 이야기가 될 터였다.

＊

고려 말은 소문의 시대였다. 밖으로는 왜구의 침입이 끊이지
않았고, 안으로는 이인임, 임견미 같은 권신들이 득세하여 활
개를 치는 통에 조정이 어지러웠다. 나라 꼴이 이러하니 무수
한 소문이 떠돌 수밖에 없었는데, 원귀와 괴물에 관한 것이 많
았다. 그도 그럴 것이 억울하게 죽임을 당한 자는 원귀에 대한
소문을 낳았고, 영문도 모르고 죽임을 당한 자는 괴물에 대한
소문을 낳았다. 그렇게 한번 태어난 소문은 용케 살아남아 서
로 이어지고, 스스로 살을 붙여 마침내 온전한 이야기로 그 꼴
을 갖추곤 했다.

나는 이런 소문과 이야기에 매혹되었는데, 헛것으로 태어나
허물을 입고 뼈와 살을 갖추는 게 여간 신기하지 않았다. 남들
은 젊은 한때를 탕진한다고 비웃었으나, 나는 이야기들을 쫓느
라 등과하여 조정 일을 할 생각조차 없었다.

내가 생각하기로 이야기는 형언하기 어려운 물성을 지니고
있었다. 귀신이 나타난다는 곳에 가면 으레 몸가짐이 조심스러
워지기 마련이다. 이야기가 그저 무용한 것이라면 사람이 그에
구애됨이 없어야 하나, 실제로는 그렇지 않았다.

그뿐 아니라 요괴나 요물이 나타난다는 곳에서는 대개 이해
할 수 없는 일이 벌어지곤 했다. 다만 이야기는 눈에 보이지 않

고, 따라서 이야기를 벌이고 있는 괴이한 것들도 덩달아 보이지 않으니 그 실체를 확인할 길이 없을 뿐이었다. 그래서 이야기를 쫓아다니는 나로서는 애가 탔다. 때로 그 실체를 확인하기 위해 일 년에 서너 달은 집을 떠나 소문과 이야기가 떠도는 곳에 머무르기도 했다. 그러나 살면서 가장 흥미로웠던 이야기는 정작 내가 태어나 살던 곳에서 이미 떠돌고 있었다.

하나. 여우가 찢어놓은 시신

　사오 년 전부터 고을 처녀들이 하나씩 죽어 나갔는데, 갈수록 그 수법이 잔인해졌다. 오늘 발견된 처녀의 시신은 해코지를 해놓은 정도가 제일 심했다. 감무가 그만 갑시다, 하고 내 어깨를 툭 치자 그간 참았던 구토가 터져 나왔다. 곧바로 근처 바위를 짚고 먹었던 것을 게워냈다. 감무는 내 등을 두드려주며 혀를 끌끌 찼다.

　"그러게 댁에서 책이나 읽으셔야 할 사대부께서 매번 이런 험한 꼴을 보겠다고 나서시오?"

　나는 구토를 하느라 대답할 겨를이 없었다. 그 역시 내 대답을 듣겠다고 물은 것은 아니었다.

　노란 물까지 속엣것을 모두 비우고 나자 속이 가라앉았다.

감무는 또다시 고개를 가로저었다.

"오늘 못 볼 것을 많이 보는 날이구먼. 이제 그만 내려갑시다."

"이것 참…… 번번이 죄송합니다."

나는 허리를 펴고 몸을 일으켰다. 그러고는 얼굴에 범벅이 된 눈물과 콧물을 닦으며 말했다.

"이번에도 여우 짓입니까?"

감무는 모호한 표정으로 말했다.

"글쎄요. 일단 시신을 확인해보니 간이 없는 것은 확실해 보이오. 고을 도사 말마따나 정말 그놈의 여우가 구미호라는 영물이라서 사람으로 둔갑하려고 간을 물고 사라지는 건지, 원."

"감무님은 정말 그 구미호인가 뭔가 하는 이야기를 믿으십니까?"

"그냥 그러려니 할 뿐이오. 어차피 이제부터 내 일도 아니니."

"네? 조정에서 여기로 파견될 때 여우를 잡으라는 명을 받으셨다면서요?"

"그랬소. 하지만 이제 이 고을을 떠나게 됐으니, 여우인지 구미호인지 잡을 일이 없게 됐소."

"고을을 떠난다고요? 아직 임기가 남았을 텐데요?"

"사흘 후면 개경으로 올라갈 거요."

"다시 개경으로 간다니요? 무슨 좋은 일이 있나 봅니다."

감무는 대꾸하지 않고 묵묵히 산 아래로 발을 옮겼다. 나 역시 그 뒤를 잠자코 따르는 수밖에 없었다. 마을 어귀에 있는 너력바위에 도착했을 때, 감무는 그 위에 걸터앉았다. 잠깐 쉬어가자는 뜻이었다. 나는 감무 곁에 나란히 앉았다. 초여름이라 오전 햇살도 제법 따가웠다. 감무는 부채질을 하며 말했다.

"선비께서는 소문을 그렇게 쫓아다니셨으니, 몇 달 전 개경에서 정변이 일어난 것도 알고 계실 거요."

"고려 천지에 그 일을 모르는 사람이 어디 있겠습니까. 이성계 장군이 위화도에서 군사를 돌려 최영 장군이 지키고 있던 개경을 친 일을 말씀하시는 것 아닙니까?"

"맞소. 그럼 정해진 수순 아니겠소. 이참에 이성계 장군 아래에 있다가 좌천되었던 수하들이 다시 개경으로 불려 가는 것이오. 나도 마찬가지고."

감무는 마지막 말에 은근히 힘을 실었다. 지난날 고려 최고의 장수이자 왕의 장인이기도 했던 최영은 역시 고려 최고의 장수이자 북방의 실력자였던 이성계에 의해 목숨을 잃었다. 이제 이성계의 세상이 열린 셈이다. 감무는 비록 미관말직이지만 제법 단단한 줄을 붙든 것이나 마찬가지였다. 물론 지난날 이성계가 최영과의 권력 다툼에 밀려서 변방으로 쫓겨날 때는 썩은 동아줄에 가까웠겠지만.

"그럼, 이 고을 감무 자리는 누가 옵니까?"

"글쎄. 세상사 도르래 양 끝에 달린 추 같은 것 아니겠소. 한

쪽이 올라가면 한쪽이 내려가는 법이지. 이성계 장군 쪽이 올라가니 최영 쪽에 있던 누군가가 내려오지 않겠소."

"허 참, 어쩌다가 이 고을이 좌천된 이들이 오는 곳이 되었는 지······."

"당연한 것 아니오. 예로부터 이 고을을 다스리는 호장*가의 텃세가 너무 세서 감무의 영이 서지 않고, 요새 들어서는 수시로 저렇게 참혹한 시신이 발견되는 데다가 생전 듣도 보도 못한 구미호라는 여우까지 잡으라고 하니 누가 여길 오겠소? 나로서는 꼬리가 아홉 달린 여우가 이 고을에 있기나 한지도 의문이오."

그런 시절이었다. 조정은 사실상 향리에서 지배자 노릇을 하고 있는 호장들의 힘을 빼기 위해 여러 고을에 감무를 내려보내 직접 나라를 통치하고자 했다. 하지만 이전부터 그 고을을 지배하던 호장들은 자신의 자리를 빼앗으러 온 감무가 달가울리 없었다. 그래서 호장과 감무 사이에는 늘 알력이 있었는데, 이 고을은 유난히 호장의 텃세가 심해서 감무가 제대로 기를 펴지 못했다.

때마침 고을 쪽에서 여우다! 여우가 나타났다! 소리치는 순

---

* 고려시대 향직(鄕職)의 우두머리. 신라 말, 고려 초의 호족에서 기원.

라꾼들의 외침이 어렴풋이 들려왔다. 감무는 그 소리가 못마땅한 듯 바닥에 가래침을 뱉었다.

"저것 보시오. 일개 호장가의 노비에 불과한 자들에게 옷을 입혀서 순라꾼이라고 하지를 않나, 아직 이 일에 대해 입도 벙긋 안 했는데 자기들 멋대로 여우 짓이라고 소리치고 다니지를 않나. 대체 나와 조정을 얼마나 우습게 알길래 저러는지, 원."

나는 감무의 말에 맞장구치는 척 고개를 끄덕였다. 본래 순라꾼은 감무의 수하들로 고을을 돌며 마을의 이런저런 일을 살피는 군졸들을 일컫는다. 그런데 호장이 노비를 풀어 고을을 살피게 하고, 그들을 순라꾼이라고 부르는 것은 이 고을을 다스리는 자가 자기 자신임을 내세우는 것이나 다름없었다. 그러니 감무 눈에 자칭 순라꾼들이 곱게 보일 리 만무했다.

하지만 나는 감무와 호장의 알력 따위에는 별로 흥미가 없었다. 우리 가문은 개경의 세도가와 연이 닿아 있지는 않지만, 그럭저럭 글깨나 읽었다는 소리를 듣는 사대부 집안으로 감무나 호장 양쪽으로부터 함부로 하대받을 처지는 아니었다. 생각건대, 공연히 어느 한쪽에 줄을 섰다가 하루아침에 집안이 주저앉는 위험을 감수할 필요가 없었다. 오히려 내가 관심을 기울인 것은 저렇게 순라꾼들이 여우라고 외치는 소리였다.

그랬다. 저들의 외침으로 인해 처녀는 꼬리가 아홉 개나 달렸다는 여우의 희생자로 확정되었다. 나에게 악취미가 있어서

15

감무를 따라 참혹한 시체를 보러 다니는 것은 아니다. 이렇게 살해당한 처녀의 시체가 발견되는 날이면 어김없이 여우가 나타났다는 목소리가 울려 퍼졌다. 나는 그 실체를 쫓았으나 아홉 개나 달렸다는 꼬리의 털끝조차 보지 못했다. 정작 누구도 목격했다고 나서는 이가 없자 그 여우는 어느새 구미호라는 요물이 되어 있었다. 덕분에 이놈의 여우가 요물이니 눈에 띄지 않는 게 당연하다는 말이 오히려 설득력을 얻고 있었다. 그렇게 여우 이야기는 점점 제 살을 불려나갔다. 그리고 나는 속절없이 그 이야기에 이끌려서 참혹한 시신이 있는 곳으로 내키지 않는 발걸음을 해왔던 것이다.

순라꾼들의 목소리가 사라져갈 때쯤, 감무는 기지개를 켜며 자리에서 일어났다. 방금 시신을 본 사람치고는 너무나 태연한 모습이었다. 나는 그런 감무를 물끄러미 보다가 말했다.

"이번 시신은 더 살펴보지 않으실 작정입니까?"

"임기가 겨우 사흘 남았소. 괜히 들쑤셨다가 목숨까지 위태롭게 하고 싶지 않소만."

"혹시 이 여우 사건만 파면 감무들이 관아에 나타난 귀신에게 목숨을 잃는다는 그 소문을 믿으시는 겁니까?"

"뭐 여태까지 관아에 나타난 귀신을 직접 본 적은 없지만, 내가 부임하기 전에 감무 몇이 죽어 나간 건 사실 아니오. 이곳에 있을 날도 얼마 남지 않았으니, 귀신이 있건 없건 나는 이 사건을 더 들여다볼 생각이 없소."

감무는 아주 솔직하게 자신의 생각을 내뱉었다. 이 또한 임기가 얼마 남지 않았으니 가능한 일이었다. 그는 뒷짐을 진 채 고을을 가만히 내려다보며 말했다.

"여기는 이상한 곳이오. 한쪽에서는 꼬리가 아홉 달렸다는 여우가 무고한 처자를 해치지를 않나, 다른 한쪽에서는 그 여우를 잡자고 드는 감무가 귀신에게 죽어 나가지를 않나. 고려 천지에 이런 곳이 또 어디 있겠소?"

그럴 만도 했다. 조정에서는 여우를 잡으라고 하고, 여우를 잡자니 귀신이 죽으려고 든다. 그렇다고 이미 죽은 귀신을 대체 무슨 수로 잡는단 말인가. 감무로 일하기에는 정말 치가 떨릴 만한 곳이었다. 하지만 이야기를 쫓아다니는 나로서는, 감무와 정반대의 의미로 고려 천지에 이런 고을이 또 없었다. 한꺼번에 두 가지 소문이 생겨나서 살을 붙여 이야기가 되어가는 곳이라니. 물론 이것이 고향으로 부랴부랴 돌아온 이유였다. 나도 자리에서 일어났다. 어느새 햇살이 제법 따가워져서 더 앉아 있기 어려웠다.

둘. 불가살이와 가왜

사흘 뒤 감무는 소리 소문 없이 관아를 떠났다. 듣자 하니 새벽 동이 트자마자 가솔을 이끌고 개경으로 향했다고 했다. 이고을이 정말 지긋지긋했던 모양이었다. 이제 나의 관심은 새로 올 감무에게 쏠렸다. 그도 떠난 감무처럼 나를 사건 현장에 데려가줄 사람인지, 내가 토할 때 등을 두드려줄 수 있는 사람인지, 무엇보다 꼬리가 아홉 개 달렸다는 여우를 잡아줄 사람인지 의문인지 기대인지가 꼬리에 꼬리를 물었다.

하지만 마지막 의문, 여우를 잡아줄 감무가 올 가능성은 매우 낮아 보였다. 최영 편에 섰다가 좌천된 인물이라고 했다. 그렇다면 관직은 여기가 끝일 것이다. 그런 그가 무슨 의욕이 있어서 귀신에게 죽을 위험까지 무릅쓰며 여우를 잡겠다고 나서겠는가. 물론 새로 올 감무는 이 고을에 여우뿐만 아니라 감무를 급사시킨다는 귀신까지 돌아다니는 줄은 꿈에도 모르고 있을 것이다.

나는 책상을 물리고 방문을 열었다. 가을바람이 부드럽게 불었다. 아무리 고을에 흉흉한 일이 있어도 어김없이 절기는 돌고 돈다. 나는 단풍이 들기 시작하는 감나무를 보면서 생각에 잠겼다. 이 고을에 감무가 온다면 최영 쪽이되, 완전히 그쪽 편은 아닌 사람일 것이다. 최영 사람임에 확실하다고 여겨진다면 모든 관직에서 내쫓길 게 틀림없다. 좌천되어 감무로나마 오는 위인이라면 최영 쪽 사람이라고 하기에는 애매한 인물일 것이다. 그러자 문득 떠오르는 이가 한 명 있었다. 바로 금행이었다.

금행은 엄밀히 말하자면 최영 쪽 사람은 아니었다. 그는 본래 이성계, 최영 등과 함께 왜구 소탕에 공을 많이 세운 양백연의 수하였다. 하지만 양백연이 최영 이전의 세도가였던 이인임과 임견미에게 견제를 받아 죽게 되면서 최영의 휘하에 있게 되었다. 그러므로 금행은 그 누구의 편이라고 볼 수 없었다. 그저 난세에 먹고살기 위해 군졸이 되었으며, 전쟁터에서 날래고 용맹해서 대정* 자리까지 오른 인물이었다.

* 고려시대 최하위 군관.

19

금행은 불가살이 때문에 만났다. 불가살이는 쇠붙이를 닥치는 대로 먹어치운다는 요괴로 주로 개경과 그 인근인 경기 일대의 백성들 입에 오르내렸다. 나로서는 불가살이 이야기에 솔깃하지 않을 수 없었다. 그래서 개경의 한 객주에 거처를 정하고, 불가살이가 나타났다는 소문이 들리면 지체 없이 그곳으로 달려갔다. 사실 고려 곳곳에 요괴, 귀신, 영물들은 하루가 멀다 하고 출몰하는데, 봤다는 사람도 없고 그것을 볼 기회도 없으니 어떻게든 이야기의 실체를 목격하고 싶은 마음에 애가 타들어갔다. 그런데 이 불가살이의 경우에는 직접 봤다는 사람이 꽤 여럿이었다. 나로서는 이제야 내 뜻을 이루겠구나 싶어 잠을 설칠 정도였다.

불가살이가 출몰한다는 소문을 찾아 떠돈 지 사흘이 되었을 때, 한 무리의 관군이 객주에 들렀다. 마침 나도 늦은 아침을 먹기 위해 객주 마당에 나와 있던 참이었다. 관군들을 보자 혹시 왜구가 여기까지 쳐들어왔을까 봐 적잖게 긴장이 됐다. 요즘 들어 왜구가 부쩍 극성이었다. 강화도와 한강은 물론 예성강까지 출몰하곤 했다. 그래서 나는 관군 중 가장 우두머리로 보이는 사내에게 무슨 일로 여기까지 왔느냐고 물었다. 하지만 그는 무겁게 입을 다문 채 아무 말도 하지 않았다. 그러자 그의 오른편에 있던 군졸 하나가 재빨리 말했다.

"왜구 때문이 아니라 쇠붙이를 추렴하려고 가는 길이오."

"쇠붙이를 왜 관군이 추렴하는 거요?"

"왜구를 막자면 무기를 만들 쇠붙이가 필요한데, 이런 난리 통에 쇠를 만들 겨를이 어디 있겠습니까? 그러니 백성들이 가지고 있는 쇠붙이라도 징발하는 수밖에요."

나는 빙긋 웃으며 고개를 끄덕였다. 왜구가 나타난 게 아니라니 안심이 됐다. 그런데 가만 생각해보니 불가살이는 쇠붙이를 먹는 요물이라고 했다. 만약 관군이 쇠붙이를 추렴해서 모아두면 그곳에 불가살이가 나타날 가능성이 매우 높았다. 그래서 이들을 따라나서기로 마음먹었다.

관군들은 객주에서 십 리 정도 떨어진 마을을 찾았다. 나는 하필 가는 방향이 같은 척 그들의 뒤를 따랐다. 이미 그곳 호장을 통해 통지가 간 모양인지, 한 무리의 백성이 고을 입구에 서 있는 아름드리 버드나무 아래 모여 있었다. 장정 대여섯 명이 손에 손을 잡고 둘러싸야만 겨우 다 감쌀 수 있을 정도로 거대한 나무였는데, 수령이 족히 몇백 년은 돼 보였다. 그 옆에는 내 키만 한 돌무더기가 쌓여 있었다. 서낭신을 모시는 서낭당이었다. 삼삼오오 모여 있는 고을 백성들은 하나같이 움푹 파인 볼에 그림자가 질 정도로 비쩍 마른 모습이었고, 헝겊을 덧대 기워 입은 누더기옷과 해진 짚신으로 봐서 입성이 허름하기 짝이 없었다. 그도 그럴 것이 왜구의 노략질이 잦다 보니 고려 어디에도 성한 백성이 있을 리 없었다. 그나마 왜구의 노략질이 덜

21

한 곳은 조정과 세족 그리고 호장들의 수탈이 집중되면서 왜구에게 짓밟힌 이들 못지않게 가혹한 굶주림에 시달리고 있었다.

고을 백성들은 두려움에 가득 찬 눈빛으로 관군을 맞았다. 나는 멀찍이 떨어져서 그들을 지켜보았다. 불가살이를 보는 것이 목적이었기 때문에 나로서는 관군의 사정이나 이 고을 백성들 사정에 관심을 둬야 할 까닭이 없었다. 그래도 백성들 모두 빈손이라는 점은 괜스레 신경이 쓰였다. 그렇다고 서낭당 부근에 쇠붙이가 쌓여 있는 것도 아니었다. 관군들이 왜 왔는지 뻔히 알고 있는 마당에 빈손이라니. 어쩌면 낭패를 당할지도 몰랐다.

관군들도 낌새를 눈치챘는지 험상궂은 표정으로 고을 백성들을 향해 창을 겨눴다. 그와 동시에 객주에서부터 줄곧 말이 없던 관군의 우두머리가 앞으로 나섰다. 이제야 자세히 살펴보니, 그는 키가 다른 이들보다 한 뼘 정도 더 컸고 넓은 직각 어깨에 다부진 사각턱을 하고 있었다. 뺨에는 미세한 흉터가 있었는데, 아마도 전쟁터에서 입은 상처 같았다. 사내는 말없이 눈앞에 선 이들을 훑어보다가 입을 열었다.

"쇠붙이를 모아두라고 했을 텐데."

굵고 낮은 목소리였다. 짧은 말에도 거역하기 힘든 무거움이 느껴졌다. 그러자 모여 있던 백성들 중에 가장 연장자로 보이는 노인 하나가 기어들어가는 목소리로 말했다.

"저…… 저희도 쇠붙이를 드리고 싶으나, 그놈의 불가살이가 야금야금 다 먹어치우는 바람에 남아 있는 게 없습니다."

불가살이라는 말에 귀가 번쩍 뜨였다. 노인의 말이 맞다면 이곳에 정말 불가살이라는 요물이 있다는 얘기다. 제대로 찾았다는 생각이 들었다. 나도 모르게 조금 더 그의 곁으로 다가갔다. 그때 픽, 하고 비웃는 소리가 났다. 그쪽으로 고개를 돌리자 사내가 팔짱을 긴 채 냉소 어린 표정으로 노인을 바라보고 있었다.

"불가살이라…… 여기서 불가살이를 본 자가 있는가? 만약 있다면 손을 들라."

백성들은 서로를 돌아보며 눈빛을 주고받다가 너도나도 천천히 손을 들었다.

"왜구 때문에 온 나라가 어지러운 이때, 화살촉을 만들어야 하는 쇠붙이를 먹어치우는 요물이라면 내가 죽여 없애야겠다. 지금부터 한 명씩 부를 테니, 내게 조용히 그 요물의 생김새를 말하라."

사내는 곁에 있는 군졸에게 눈짓을 했다. 그러자 군졸은 불가살이 이야기를 맨 처음 꺼냈던 노인부터 데려와 사내 앞에 세웠다. 노인이 쭈뼛거리다가 입을 열려고 하자 사내가 제지했다. 그리고 위협적인 목소리로 짤막하게 말했다.

"귓속말로."

노인은 당황스러운 얼굴로 그의 뒤에 서 있는 고을 백성들을 돌아보았다. 하지만 그들 역시 노인을 멀뚱멀뚱 지켜보기만 할 뿐이었다. 노인은 한숨을 한 번 크게 내쉬고는 사내에게 뭔가를 속삭이기 시작했다. 노인의 말이 끝나자 사내는 고개를 끄덕이고 난 다음, 그를 원래 자리로 돌려보냈다. 나는 불가살이를 봤다는 노인의 증언이 어떤 것인지 몹시 궁금했지만 섣불리 그를 붙잡고 사내에게 무슨 얘기를 했는지 물어볼 수는 없었다. 그저 잔뜩 긴장한 채, 백성들이 한 명씩 나와 사내에게 귓속말을 하는 것을 지켜봐야 했다.

고을 백성 열 명 정도가 다녀간 후 사내는 더 들을 것도 없다는 듯 손을 내저었다. 그 순간 백성들의 표정에서 불안한 기색이 스쳤다. 사내는 날카롭게 그들을 한 명씩 노려보았다. 침묵 속에 팽팽한 긴장감이 흘렀다. 물색없는 매미 소리만 요란스레 정적을 메웠다. 사내는 아랫입술을 살짝 깨물었다가 조금 전보다 더 낮은 목소리로 말했다.

"지금까지 열 명의 이야기를 들었다. 그런데 불가살이 모양이 제각각이었다. 어떤 자는 뿔이 달린 멧돼지 모양이라고 하고, 어떤 자는 아예 그 형태를 가늠하기 어렵다고 한다. 이게 말이 되는가? 한 고을에 나타난 요물의 모습이 어떻게 다 다를 수 있는가?"

사내가 다그쳐 묻자, 백성들은 서로 눈치만 볼 뿐 누구도 나서서 뭐라고 말하는 자가 없었다. 나는 그제야 사내가 귓속말로 이야기하라고 한 뜻을 알았다. 처음부터 사내는 불가살이의 존재를 믿지 않았던 것이다. 그래서 백성들이 서로 다른 말을 할 줄 알고, 한 명씩 불러내 따로 증언을 들었으리라. 사내는 투박해 보이는 겉모습과 달리 제법 재치가 있는 자였다. 하지만 그 재치로 인해 나의 실망감은 이루 말할 수 없었다. 이번에도 허탕이다 싶었다.

기운이 빠져서 아름드리 버드나무 곁에 주저앉았다. 사내는 불가살이 이야기를 맨 처음 꺼냈던 노인을 다시 불렀다. 그는 잔뜩 주눅 든 모습으로 사내에게 다가갔다. 그러자 사내는 칼을 빼 노인의 목에 겨눴다. 오뉴월의 햇살을 받은 칼날이 오히려 서늘한 빛을 발했다. 노인은 가뜩이나 주름진 얼굴을 찌푸렸다. 금방이라도 눈물이 떨어질 듯했다. 사내는 고을 백성들을 향해 큰 소리로 말했다.

"마지막으로 묻겠다. 불가살이가 있다면 내게 있는 곳을 말하라. 하지만 불가살이가 없다면 순순히 쇠붙이를 내놓아라. 이도 저도 아니라면 가장 먼저 이자의 목부터 베겠다."

노인은 눈을 질끈 감았다. 고을 백성들은 안타까운 표정으로 서로 눈치만 살폈다. 사내는 다시 한번 큰 소리로 말했다.

"다섯을 세겠다. 그 안에 불가살이도, 쇠붙이도 내놓지 않는다면 조정의 명을 거역한 죄로 이제부터 너희 한 명씩 목숨을 거둘 것이다."

사내는 노인의 목에 바투 칼날을 들이댔다. 노인의 목에서 붉은 피가 실금처럼 새어 나왔다. 여기저기에서 비명 소리가 울렸다. 하지만 사내는 아랑곳하지 않고 천천히 숫자를 셌다. 하나, 둘, 셋……. 보아하니 이 고을 백성들에게는 불가살이도 쇠붙이도 없는 모양이었다. 그러지 않고서야 모두를 죽이겠다는데 아무도 나서지 않을 리 없었다. 그 순간이었다. 이상하게 뭔가 뜨거운 것이 목구멍으로 치밀어 올랐다. 이러면 안 되는데, 하면서도 나도 모르게 사내를 향해 소리를 질렀다.

"내가 봤소. 그 불가살이."

그곳에 모인 사람들의 눈길이 일제히 나를 향했다. 나도 모르게 마른침을 꿀꺽 삼켰다. 기어코 일을 저지르고 말았다. 이런 시대에는 방관자로 살아야 한다고 언제나 다짐했으면서도 막상 남의 안된 모습을 보면 가만히 있지를 못했다. 한숨이 났다. 이러는 나를 나 자신도 이해하기 어려웠다. 하지만 말이 입을 떠났으니 이제 수습해야 한다. 아주 잠깐 농담이었다고 눙쳐볼까 싶었지만 금방이라도 내 목을 벨 것 같은 사내의 살벌한 표정을 보니 농담 따위는 애초에 꺼내지 않는 것이 그나마 목숨을 부지할 수 있는 길 같았다.

나는 최대한 친절해 보이는 미소를 띠었다. 그럼에도 이마에서 한 줄기 식은땀이 흐르는 것은 어쩔 수가 없었다. 제발 사내가 지금 내 이마에서 흐르는 땀의 의미를 모르기를 바랐다. 하지만 사내의 시선은 이미 내 이마를 향했다. 그는 노인의 목에 겨눈 칼을 거뒀다. 그리고 나를 위아래로 훑어보았다.

"사대부 집안사람이오?"

"그렇소. 선대왕 때 아버님께서 낭사 벼슬을 하셨소."

"아버님 말고 댁은 어떻소?"

"나는 뭐 과거를 준비하고 있소만, 큰 뜻을 품고 천하를 주유하며……."

"그냥 글 읽는 서생 같은데 불가살이를 진짜 보셨소?"

나는 헛기침을 했다. 이렇게 사람 말을 자르고 정곡부터 찌르는 자라면, 아마도 크게 출세하기는 글렀을 성싶었다. 원래이리 어지러운 시대에는 사람 말을 끝까지 듣고 두루 눈치를 보면서 살아야 하는 법이다.

"봤소. 선비가 한 입으로 두말하겠소."

"그럼 앞장서시오."

사내는 나를 날카롭게 쏘아보며 말했다. 빼어 든 칼은 칼집으로 들어갈 생각 없이 여전히 서늘한 빛을 발했다. 조금이라도 지체하면 저 칼이 내 목으로 들어올 수도 있었다. 나는 뒷짐을 지고 잔뜩 허세를 부리며 말했다.

"따라오시오."

발걸음을 내딛자 사내를 비롯해 군졸들도 나를 따랐다. 등 뒤로 고을 백성들이 안도의 한숨을 내쉬는 소리가 들렸다. 슬쩍 돌아보니, 노인을 비롯한 백성들이 내게 깊숙하게 고개를 숙였다. 나 역시 고개를 끄덕여주고, 천천히 고을 어귀를 떠났다.

일단 걷기 시작했지만 그야말로 정처가 없었다. 불가살이를 봤다는 자들조차 생김새를 모르는데, 내가 대체 어디에서 그 요물을 찾는다는 말인가. 나는 이리저리 머리를 굴리다가 일단 고향이 있는 양주 쪽으로 방향을 잡기로 했다. 사흘 정도는 족히 걸어야 할 거리지만 살아서 도착한다면 아버지에게 사정을 고하고 목숨을 부지해볼 생각이었다. 비록 관직에서 물러났다고는 하나, 아직 조정에 연이 닿는 사람이 있을 것이다. 어떻게든 솟아날 구멍이 있다는 계산이 서자 마음에 여유가 생겼다. 나는 조금 뒤에 서서 걷고 있는 사내를 길동무 삼고자 말을 걸었다. 물론 친해지면 함부로 나를 죽이지 않을 거라는 속셈도 있었다.

"보아하니 지체가 좀 있으신 것 같은데?"

"지체는 무슨…… 겨우 군졸을 벗어나서 대정 자리에 있소."

대정이면 군문에서 막 벼슬길에 오른 미관말직이었다. 그래도 나는 호들갑을 떨었다.

"요즘 같은 세상에 대정이면 참으로 장한 자리 아니오. 댁이 왜구와 맞서 싸워주었으니 내가 이리 평안하게 글줄이나 읽으

28

면서 살아가는 것 아니겠소. 참 반갑소. 나는 양주 사는 정덕문이라 하오."

"금행이오."

역시나 사내는 말이 짧았다. 이름이 금행이라. 성이 없는 걸로 봐서 한미한 집안 출신이라 짐작되었다. 이런 난세에는 백성 중에 군졸로 들어가서 공을 세워 벼슬에 오르는 경우가 종종 있었다. 금행도 그런 인물 같았다. 그렇다면 대정이기는 하나 여간내기는 아닐 것이다.

"혹시 이성계 장군 아래에 계시오?"

"한때 양백연 장군 아래에 있었으나 지금은 굳이 따지자면 최영 장군 쪽에 있기는 하오."

"좋소. 이왕 있을 거면 이성계 장군보다야 최영 장군 쪽이 더 낫지요."

"누구 쪽이 좋고 나쁠 게 어딨겠소. 나는 그저 나라 녹을 먹고 나랏일을 하는 사람일 뿐이오."

나는 금행을 다시 한번 쳐다보았다. 특이한 사람이다 싶었다. 대정이나마 벼슬을 하려면 공도 세워야 하지만 처세에도 밝아야 한다. 그런데 말하는 태도를 보면 처세에 밝은 인물 같지는 않았다.

"그간 쇠붙이는 많이 모으셨소?"

금행은 고개를 가로저으며 한숨을 내쉬었다.

"못할 짓이오."

"불가살이 때문에 그렇소?"

"세상에 불가살이가 어디 있겠소. 조정에서 쇠붙이를 내놓으라고 하니 백성들이 만들어낸 핑계겠지."

뜨끔했다. 저리 말하는 자라면 나를 믿을 리도 없었다. 금행을 슬쩍 떠보기로 했다.

"불가살이를 믿지 않으면서 왜 나를 따라오는 것이오?"

"살기 위해 거짓말을 하는 백성보다야 공연히 거짓말하는 선비를 죽이는 게 덜 거리낄 게 아니겠소."

금행은 표정 하나 변하지 않고 말했다. 갑자기 오소소 소름이 돋았다. 하지만 아무렇지 않은 척 곧바로 너털웃음을 지었다.

"농이 지나치시오."

"허언 같소?"

금행은 굳은 얼굴로 나를 쳐다보았다. 나도 모르게 마른침을 꿀꺽 삼켰다. 그 이후로 함부로 입을 열 수가 없었다.

걷다 보니 불가살이를 믿지 않는 자에게 불가살이를 보여주겠다고 가는 이 길이 마냥 이상했다. 그러나 섣불리 멈출 수도 없었다. 불가살이가 나타나기도 전에 발걸음을 멈췄다가는 그것이 없다는 것을 스스로 인정하는 꼴이나 마찬가지였기 때문이다. 어느새 따갑던 햇살이 많이 누그러졌다. 선선한 저녁 바람이 산등성이를 타고 불기 시작했다. 그때 뒤에서 금행의 목소리가 들렸다.

"그만 멈추시오."

다리에 힘이 풀렸다. 아무래도 여기가 죽을 자리인 듯싶었다. 금행을 향해 천천히 뒤돌아섰다. 그런데 뜻밖이었다. 나를 향해 칼을 겨누고 있을 줄 알았던 그가 강아지풀을 뜯어서 입에 물고는 뒷짐을 지고 있었다. 살기 따위는 전혀 느껴지지 않았다.

"불가살이를 보려면 더 걸어가야 하오만······."

금행은 피식 웃었다.

"해가 지면 불가살이보다 더한 걸 보게 될 거요."

"그게 뭐요?"

금행은 대꾸하지 않고 왔던 길을 되돌아가기 시작했다. 군졸들 역시 일제히 그 뒤를 따랐다. 순간 이 틈에 달아날까 생각해봤지만, 내가 아무리 뛰어봤자 왜구를 상대로 싸워서 살아남을 정도로 날랜 저자들을 당해낼 수는 없을 듯했다. 나는 엉거주춤 서 있다가 천천히 금행의 뒤를 따랐다.

산속이라 해가 빨리 떨어졌다. 사위는 금방 어두워지기 시작했다. 나는 금행과 군졸들을 놓치지 않기 위해 눈을 크게 뜨고 걸었다. 혹여나 그들을 놓치고 캄캄한 산중에 홀로 남겨진다면 무슨 꼴을 당할지 가늠하기가 어려웠다. 시야가 완전히 어둠에 잠길 무렵이었다. 갑자기 스스스 발길이 풀에 스치는 듯한 소리가 나더니 한 무리의 사람이 금행과 군졸들을 가로막고 섰다.

동시에 군졸들 역시 금행의 앞으로 달려 나와 그들에게 창을 겨눴다. 어둠에 눈이 익지 않아서 처음에는 앞을 가로막은 자들이 누구인지 한눈에 알아보기 어려웠다. 그러나 금행은 당황하는 기색 없이 뒷짐을 지고 가만히 서 있을 뿐이었다. 심지어 칼을 뽑을 생각조차 하지 않았다. 나는 슬그머니 금행의 옆에 붙어 섰다. 지금으로서는 그의 곁이 가장 안전했다.

구름이 걷히며 드러난 달이 어슴푸레한 빛을 비추자, 비로소 길을 막고 선 사람들의 모습이 조금씩 눈에 들어왔다. 나막신을 신고, 아랫도리를 헐벗다시피 한 모습이 왜구 같았다. 처음에는 왜구가 이런 산중에까지 출몰하나 싶어서 겁이 더럭 났다.

잠시 후 눈이 완전히 어둠에 익숙해지자 그들의 모습이 더 또렷하게 보였다. 모두 삿갓을 눌러쓴 데다 복면까지 하고 있어서 얼굴을 알아볼 수 없었지만 분명 기이한 데가 있었다. 복면이라는 건 자신의 얼굴을 숨기기 위한 것이다. 하지만 왜구라는 족속은 애초에 왜에서 왔기 때문에 고려에서 그들을 알아볼 자가 있을 리 없다. 당연히 왜구가 복면을 쓰고 설친다는 말도 들은 적이 없다. 게다가 그들이 들고 있는 무기는 더욱 이상했다. 듣기로 왜구는 주로 칼을 쓴다고 했다. 그런데 대부분 낫이나 곡괭이 따위의 농기구를 들고 있었고, 그 뒤에 선 몇몇은 활을 겨누고 있었다. 심지어 그 모양이 고려의 것이 분명했다. 나는 금행에게 나지막하게 속삭였다.

"저놈들 왜구 같은데 행색이 보고 듣던 바와 많이 다르오."

"가왜요."

"가왜가 뭐요?"

"가짜 왜구."

나는 허, 하고 탄식을 내뱉었다. 가짜 왜구라니. 대체 왜 도적들이 왜구 행세를 한단 말인가. 다시 금행에게 물어보려고 하는 찰나, 그는 군졸들을 헤치고 가왜라는 자들 앞에 섰다.

"보다시피 우리는 빈손이니 그냥 돌아가시오."

의외로 금행은 조용히 타이르는 투로 말했다. 그 어떤 적대감도 느낄 수 없었다. 하지만 가왜들은 꿈쩍도 하지 않았다. 금행은 잠깐 동안 그들의 동태를 살피는가 싶더니 다시 입을 열었다.

"원하는 게 있소?"

그러자 가왜 무리 중 가장 앞에 선 자가 나를 가리켰다. 가왜가 나를 노리다니. 생각지도 못한 일이었다. 손가락으로 나 스스로를 가리키며 나를 원하는 게 확실하냐고 물었다. 그러자 그자가 고개를 끄덕였다. 나는 조금 떨리는 목소리로 물었다.

"나 같은 선비는 잡아다가 어디다 쓰려고 그러시오. 어려서부터 글만 읽은 사람이라 잡아가봐야 별 쓸모도 없소."

하지만 내 말에는 아랑곳하지 않고, 가왜의 손가락은 여전히 나를 가리키고 있었다. 문득 왜구들이 사람들을 잡아다가 돌아올 수도 없는 나라에 노비로 팔아버린다는 소문이 생각났다. 비록 대단한 세도가 출신은 아니지만 사대부 가문에서 태어나 한 번도 궂은일을 해본 적 없고, 평범한 백성만도 못한 대접을 받아본 적은 더더욱 없었다. 그런 내가 노비가 되다니. 생각만 해도 오금이 저렸다.

그러고 보니 금행과 군졸들이 아주 빈손은 아닌 셈이었다. 나를 노비로 팔면 돈이 될 터였다. 오늘 하루는 내가 태어나서 겪은 날 중 가장 일진 사나운 날이었다. 조금 전까지는 죽음의 문턱에 있다고 생각했는데, 이제는 노비가 될 팔자가 코앞으로 다가오고 있었다. 그야말로 진퇴양난이었다. 금행을 따라가면 죽을 것이고, 가왜를 따라가면 노비가 될 것이다. 개똥밭에 굴러도 이승이 낫다고는 하지만 평생을 노비로 말이나 소처럼 사느니 단칼에 죽는 게 더 나을지도 몰랐다.

나도 모르게 애절한 눈빛으로 금행을 바라보았다. 눈이 마주치자 그는 내게 손짓했다. 나는 주춤주춤 내키지 않는 발걸음으로 군졸들 사이를 가로질러 갔다. 금행 앞에 서자 그는 내 옷깃을 잡아끌더니 그대로 가왜들을 향해 등을 떠밀었다. 나는 억, 외마디 비명과 함께 가왜들에게 내몰렸다. 그러자 가왜 둘이 내 양편으로 와서 두 팔을 결박하듯 단단히 붙들었다. 이제 꼼짝없이 팔려 가겠구나 싶었다. 나는 원망하는 눈빛으로 금행을 돌아보았다. 금행은 아랑곳하지 않고 가왜들에게 물었다.

"이제 우리는 가도 되겠소?"

가왜 중 나를 지목했던 자가 고개를 끄덕였다. 금행은 군졸들을 이끌고 종종걸음으로 그들 곁을 지나쳐 갔다. 나는 다급하게 이보시오, 이보시오, 하고 외쳤지만 그는 눈길조차 주지 않았다.

금행과 군졸 일행이 어둠 속으로 완전히 사라지고, 그들의 발걸음 소리조차 더 이상 들리지 않게 되었다. 깊고 깊은 절망감이 엄습했다. 나는 긴 한숨을 내쉬었다. 그러자 나를 양편에서 붙들고 있던 가왜들이 팔을 풀어주었다. 이제 새끼줄로 포박하려나 싶었는데, 그들은 모두 삿갓을 벗고 내게 고개를 숙여 인사를 했다. 너무 공손한 태도에 오히려 어리둥절했다. 심지어 죽이기 전에 예의를 차리는 건가 싶은 생각이 들 정도였다. 그러나 가왜들이 고개를 들자 그런 의구심은 사라졌다. 내 눈앞에 서 있는 자들은 모두 낮에 보았던 백성들이었다. 특히 맨 앞에 있는 노인이 눈에 익었다. 바로 금행이 목에 칼을 들이 댔던 이였다.

"이게 대체 어찌 된 일이오?"

노인은 고을로 가는 길 쪽을 가리키며 말했다.

"여기서 지체할 게 아니라 밤이 깊었으니 가면서 이야기하십시다. 이래 뵈도 범이 나오기도 한답니다."

그 말에 나는 두말없이 고을로 향했다. 하루 동안 관군에, 생전 처음 보는 가왜까지 겪었으면 충분했다. 호랑이까지 보고 싶지는 않았다.

노인은 함께 산을 타는 내내 그들이 왜구로 변장한 사정을 들려주었다.

"우리라고 해서 가짜 왜구 짓을 하고 싶겠습니까? 조정의 수탈이 가혹해지니 살아남기 위해서 어쩔 수 없었습니다. 조정이 빼앗아 간 만큼 우리도 다시 찾아와야 했지요. 그러지 않으면 굶어 죽을 수밖에 없으니까요. 그렇다고 조정에 반역을 하는 죄인이 될 수는 없어서 이렇게 왜구인 척하는 것이지요."

"흠…… 그렇다면 나는 왜 구해주는 거요? 조정에 빼앗긴 물건도 아니잖소?"

"물론 그렇습니다만, 선비님이 먼저 우리를 위해 나서주셨으니까요. 우리도 선비님을 위해 나서는 게 사람 된 도리지요. 불가살이를 봤다는 건 거짓말이지요?"

"뭐, 그럴 거요."

어차피 이들도 불가살이는 본 적이 없는 듯했다. 그러니 나 역시 굳이 안 본 것을 봤다고 말할 필요는 없었다. 그런데 노인은 뜻밖의 말을 했다.

"아까 그 대정 나리는 너무 미워하지 않았으면 합니다."

"그게 무슨 소리요?"

"그분은 좀 다릅니다. 우리가 이렇게 가왜 노릇을 하고 길을 막으면, 우리에게 가져간 것을 그대로 내어주시는 분입니다."

그러고 보니 이상했다. 아까도 나를 순순히 이들에게 내주지 않았던가. 물론 나는 쇠붙이가 아니라서 별 쓸모가 없었을 수도 있지만.

"그건 또 왜 그런 거요?"

"글쎄요. 그분은 우리가 가왜라는 것도 알고 있고, 우리가 왜 이러는지도 알고 있는 것 같습니다."

"이야기를 해본 거요?"

노인은 고개를 가로저었다.

"느낌이 그렇습니다. 그분이 오는 날에는 우리도 한시름을 놓습니다."

"그럼 아까 댁의 목에 칼을 들이댄 것은 뭐요?"

"그거야 그분도 조정의 녹을 먹는데 명을 받들기 위해 최선을 다하고 있다, 뭐 그런 뜻을 주위에 보여주려고 그러는 것 아니겠습니까."

"이거야 원. 불가살이도, 가왜도, 그 금행이라는 이의 행동도 모두 조정에 대한 핑곗거리에 불과하다는 말이오?"

노인은 한숨을 내쉬었다.

"핑계라도 대지 않으면 살아남을 수 없는 시절입니다."

"그래도 가왜는 위험한 것 같소. 당신들 사정을 눈치껏 아는 자가 아니면 어떡하려고 그러는 거요?"

"싸워야죠."

"관군을 상대로 싸우는 것은 너무 위험하지 않소?"

"싸우면 하나 아니면 둘, 많아야 서너 명이 죽지만, 싸우지 않으면 다 같이 굶어 죽습니다."

노인의 어조는 평이했지만 흔들림이 없었다.

어느새 고을 어귀에 도착했다. 여기서부터 내가 머무는 객주까지는 먼 거리도 아니거니와 수레가 지나다닐 만큼 큰 길이 나 있어서 그리 위험하지 않았다. 나는 이쯤 해서 이들과 헤어지기로 했다.

"사정이 어찌 됐건, 이렇게 구해줘서 너무나 고맙소."

나는 노인을 비롯해 모두에게 고개를 숙였다. 그러자 그들도 다급하게 허리를 굽혔다. 노인은 내게 하룻밤 묵고 가기를 청했지만 나는 손사래를 쳤다. 이렇게 궁핍한 시절이라면 하룻밤 묵는 손님 하나도 부담스러울 게 틀림없었다. 노인의 아쉬운 얼굴을 뒤로하고 종종걸음으로 객주로 향했다. 몹시 피곤한 하루여서 한시라도 빨리 몸을 누이고 싶었다.

그로부터 사흘 뒤 금행을 다시 만났다. 이번에는 아침때가 아니라 저녁 무렵이었다. 금행은 객주 구석에 앉아 홀로 술잔을 기울이고 있었다. 나는 무엇엔가 이끌리듯 그 앞에 가 섰다.

금행은 술잔에 술을 따르다 말고 나를 올려다보았다.

"합석해도 되겠소? 나도 술친구가 없어서."

금행은 말없이 손짓으로 자리를 권했다. 나는 주모에게 소리쳐 술잔과 술 한 병을 더 내오게 했다.

"지난번에는 무사히 살아 돌아왔소. 덕분이오."

금행은 쿡, 하고 웃었다.

"짓궂은 표정도 지을 줄 아는 모양이네. 영 목석은 아닌 것 같소."

"전쟁터를 누비다 보면 감정이 메마르기는 하지만, 애초에 목석은 아니었소."

금행은 술병을 들어 내 빈 잔을 채워주었고, 나 역시 그가 잔을 비우기를 기다렸다가 그의 잔을 채워주었다.

"그날 가왜들이 나타날 걸 미리 알았던 거요?"

"으레 그래왔으니……."

"하지만 그날은 딱히 고을 백성에게서 뭘 가져간 것도 없지 않소?"

"댁을 데려갔잖소. 이런 세상이라도 백성들은 제법 의리가 있는 법이오."

금행은 나를 물끄러미 쳐다보다가 말을 이었다.

"당신 참 이상한 사람이오. 백성들을 위해서 보지도 않은 불가살이를 봤다고 나설 때는 제법 용기 있는 사람인가 싶다가,

39

끌려갈 때 보니 떨고 있는 모습이 졸렬해 보이기도 하고. 대체 어떤 모습이 진짜요?"

"둘 다요."

나는 멋쩍게 웃었다.

"선비답지 않게 솔직하시오."

나는 술을 한 모금 마셨다.

"혹시 전쟁터를 돌아다니면서 귀신이나 요물 같은 걸 본 적은 없소? 아무래도 사람이 많이 죽어 나가는 곳에는 그런 것들이 많을 법도 한데."

금행은 단호하게 고개를 가로저었다.

"다 사람들이 지어낸 허황된 얘기요. 귀신을 봤다는 자도 더러 있었으나, 막상 귀신이 나타났다는 자리에 가보면 아무것도 없었소."

"그럼 어떻게 하시오?"

"그런 말을 하고 다니는 자들은 가만두지 않소. 전쟁터에서 쓸데없이 다른 사람을 두려움에 떨게 하는 자만큼 위험한 자는 없으니."

"진짜로 있을 수도 있지 않소? 그저 댁의 눈에 보이지 않을 뿐."

"또한 내 눈에 보이지 않으니 나는 믿지 않소. 댁도 그만하시오. 보아하니 멀쩡한 선비 같은데 왜 그런 하잘것없는 이야기에 관심을 가지는 거요?"

"그냥 나는 그런 이야기가 좋소. 그리고 하잘것없는 것은 아니오. 이야기는 어떤 힘이 있으니."

"어떤 힘 말이오?"

금행의 눈빛이 돌연 날카로워졌다.

"불가살이만 해도 그렇소. 불가살이가 쇠를 먹어치웠다는 핑계마저 없다면 백성들이 무슨 수로 농사에 필요한 쇠붙이가 조정에 징발되는 것을 막아보겠소?"

"흥! 어리석은 자들이나 그런 걸 믿는 거요."

"아니오. 다 같이 믿으면 불가살이는 살아 있는 존재가 되는 거요."

"나는 안 믿소. 그런 핑계는 언젠가 드러나기 마련이고, 그러면 고을 백성들은 아마 경을 치게 될 거요. 위험한 일이오. 내가 그 고을 늙은이의 목에 칼을 그냥 들이댄 줄 아시오? 그만하라는 경고를 한 거요."

"하지만 댁도 가왜는 믿었잖소?"

"가왜는 허황된 건 아니오."

"가왜도 본래 없던 거였소. 백성들은 왜구라는 탈을 쓰고, 댁은 그걸 알면서도 속아주는 척하는 거고. 아마 조정에는 왜구에게 징발한 것들을 빼앗겼다고 장계를 올릴 테지. 조정에서 그 장계를 믿고 인정하는 순간, 백성들과 당신 사이에 본래 없던 가왜가 단단한 실체를 가지는 거요."

"듣기에 말장난 같소. 나는 왜구 짓이라도 해서 자기 것을 되찾아야 하는 백성의 안된 사정을 봐주는 것뿐이오. 이제 그것도 지난번이 마지막이지만."

금행은 한숨을 푹 내쉬더니 허공을 바라보았다. 그에게 뭔가 심상치 않은 일이 생긴 듯했다.

"무슨 일 있소? 설마 지난번 일 때문에……."

"지난번 일 때문은 아니오. 번번이 왜구들에게 쇠붙이를 내주고 오는 자를 조정에서 어찌 신임하겠소. 나는 다시 진짜 왜구를 상대하러 가게 될 거요."

금행은 자조적인 웃음을 지으며 술을 마셨다. 나는 금행의 잔에 술을 채워주었다. 금행은 나를 빤히 보다가 말했다.

"지금까지 글깨나 읽었다는 자들을 여럿 만나봤지만 댁은 그들과 조금 다른 사람 같소. 과거에 급제해서 벼슬길에 나가면 좋은 벼슬아치가 될 거요. 잡스러운 이야기나 쫓아다니지 말고 글공부에 신경 쓰는 게 어떻소?"

이번에는 내가 자조적으로 웃었다.

"이런 세상에 조정에 나갔다가는 목을 보존하기가 쉽지 않을 거요. 나는 그냥 조용히 세월을 보낼 생각이오."

"그건 너무 비겁하지 않소. 댁 같은 사람들이 벼슬에 나가지 않으니 조정에는 썩은 인간들만 가득한 거요."

"조정에 썩은 인재가 가득하니, 나 또한 썩지 않으면 살아남기 어렵지. 지난날 아버지께서 임금께 옳은 상소를 했다가 오히려 모질게 고신을 당하셨던 일이 있소. 벼슬을 하고 있던 외숙부께서 구명해주지 않았다면 집안도 멸문당했을 거요. 어렸을 때 일이오."

나는 홀로 술을 잔에 따라 연거푸 들이켰다. 쓸데없는 말을 했다는 생각에 괜히 머쓱해졌다.

"무서웠겠소."

뜻밖이었다. 금행이라면 그럼에도 조정에 나가야 하는 것 아니겠느냐고 되물을 줄 알았다. 나는 금행을 바라보았다. 그의 눈빛은 진중했다. 비록 짧은 한마디였지만 진심이 느껴졌다. 이상하게 마음 한쪽이 허물어지는 것 같았다. 그래서인지 나는 술을 한 모금 더 마시고 나서 또 쓸데없는 말을 했다.

"무서워서, 더 무서운 이야기를 듣고 싶었던 건지도 모르겠소. 어디까지 더 나빠질 것인지 알고 싶었달까. 그런데 지금 와서 생각해보면 말이오. 사는 게 무서워서 빠져들 데가 필요했던 것 같소. 이야기를 듣고 있으면 집안일을 잊을 수 있었으니. 그 버릇이 지금까지 남아서 이렇게 이야기를 쫓아다니는 것인지도 모르겠소. 어쨌거나 지금은 지금대로 이야기를 쫓아다니면 내 처지를 모른 척할 수 있거든."

문득 피식, 웃음이 났다.

"보다시피 나는 어려서부터 필부에 소인배였던 거요."

금행은 나를 말없이 바라보았다. 나는 그 눈길이 부담스러워 다른 곳으로 고개를 돌렸다. 낯선 이에게 갑자기 너무 많은 속내를 털어놓은 것 같아 새삼 무안하기도 했다.

"왜 그렇게 보는 거요?"

"댁은 연고도 없는 백성들을 위해 불쑥 나섰던 사람이오. 용기가 그리 뛰어난 것 같지도 않고, 무슨 계산이 있어서 나선 것 같지도 않았소. 그건 순간적으로 드러난 어떤 본성 같은 거였지. 아니오?"

나는 말하지 못했다.

"주제넘은 말 같지만, 어쩐지 댁은 자기 스스로를 속이고 있다는 생각이 드오."

"어떤 점이 그렇소?"

"내가 어찌 알겠소? 댁 문제이니 댁이 알아서 찾아보시오."

금행은 너털웃음을 지었다. 얼굴에 난 흉터조차 부드러운 주름처럼 느껴지는 웃음이었다. 그래서였다. 나는 불쑥 말했다.

"우리 친구 합시다."

금행은 술잔을 들다 말고 나를 보았다. 의외라는 표정이었다.

"나는 한미한 군졸 출신이오."

"나는 벼슬도 못 한 자요."

금행은 껄껄껄 큰 소리로 웃다가 시원하게 말했다.

"좋아. 친구 하지."

금행과 나는 동시에 잔을 들어 건배했다. 그리고 우리는 밤새워 이야기를 나눴다. 겨우 두 번째 만남이었으나 말이 잘 통했다. 금행이나 나나 둘 다 출세에 큰 욕심이 있는 편은 아니었다. 그럼에도 괜스레 나서서 손해 보고 살아온 것은 비슷했다. 무엇보다 조정에 있는 자들이나 세족 모두 왜구보다 못한 자들이라고 생각하는 것도 비슷했다. 뒤에서 남을 욕하면 의기가 통하는 법이다. 나와 금행은 알고 있는 모든 벼슬아치를 싸잡아 비난하면서 우의를 다졌다.

친구를 맺었다고는 하나, 그날 이후로 금행을 본 적은 없었다. 그는 식솔도 없이 군막을 따라 이리저리 이동하는 사람이었다. 그래서 내가 먼저 연락을 할 길은 없었고, 가끔 남쪽과 서쪽 바닷가에서 내가 사는 곳으로 안부를 전하는 서신이 오곤 했다. 그러나 답신을 보낼 수는 없었다. 서신을 전하거나 직접 찾아오지는 말라고 당부하는 글이 언제나 말미에 적혀 있었기 때문이다. 그도 그럴 것이 왜구가 들끓는 곳에 서신을 보낼 인편을 구하는 게 쉬운 일이 아니었고, 그렇다고 내가 직접 찾아갔다가는 무슨 봉변을 당할지 모르는 일이었다. 다만 답장도 오지 않을 서신을 잊지 않고 보내는 그의 마음이 따뜻했다.

바람은 여전히 부드러웠으나, 금행을 생각하는 동안 괜스레 마음이 쓸쓸해졌다. 나는 피식 웃으며 고개를 내저었다. 감무는 문관의 자리다. 무관인 금행이 여기에 올 리가 없었다. 게다가 마지막으로 보내온 서신에 그는 양광도에서 왜구와 맞서고 있다고 했다. 다만 왜구의 기세가 워낙 대단하다고 하여, 나로서는 심히 걱정되지 않을 수 없었다.

셋. 요물과 귀신의 기운

감무가 떠난 지 보름이 넘도록 새로운 감무는 부임하지 않았다. 이 고을로 보낼 자를 물색하는 일이 쉽지 않으리라 짐작됐다. 꼬리가 아홉 달렸다는 여우는 한번 사람을 해치고 나면 짧게는 보름, 길게는 몇 달간 모습을 드러내는 일이 없었기에 고을의 사정도 잠잠했다. 나는 하는 수 없이 서재에 틀어박혀 책을 읽는 척하며 바깥에서 전해 오는 소문에 귀를 기울이고 있었다. 그러나 소문이란 늘 새로운 것만은 아니어서 대체로 무료하고 심심한 나날이 이어졌다.

여기에 더해 어머니가 종종 찾아와서 한시라도 빨리 벼슬길에 나가라고 재촉했다. 사실 아버지의 벼슬이 종사품에 이르렀고, 외가도 대대로 벼슬을 한 집안이라 굳이 과거를 보지 않고 음서*로도 조정에 출사할 길은 얼마든지 있었다. 다만 아버지는 실력으로 벼슬에 오르는 것이 사대부가 해야 할 도리라고 생각해 나에게 과거 보기를 강하게 권했던 것이다.

하지만 어머니는 달랐다. 외가는 근자에 들어 사대부 집안이라 불리기는 하나, 그 근본은 신라대에 일어난 호족이었다. 그래서 음서로 벼슬하는 것 역시 당연하다 여겼다. 때문에 어머니는 하루빨리 내가 조정에서 일하기를 원했던 것이다. 사실 아버지보다 어머니가 더 대범한 구석이 있어서 내가 아버지의 일로 의기소침해하는 것을 늘 못마땅해했다. 어머니는 과거에 급제한 아버지의 머리를 닮을 것이지, 종지만 한 그릇을 닮았다고 한탄하곤 했다.

좀이 쑤시는 데다가 어머니의 잔소리마저 거세지니, 또 다른 소문을 찾아 어딘가로 떠나볼까 하는 생각이 슬슬 치솟기 시작했다. 그러던 차에 집안 심부름을 도맡아 하는 시동이 새로 부임한 감무가 찾아왔다고 전했다. 의아했다. 보통은 고을의 유지로 실질적인 수령 노릇을 해오던 호장을 먼저 찾아가 인사하는 것이 관례였다. 서로 도움을 주고받을 필요가 있기 때문이었다. 물론 고을을 다스리는 권한이 겹치는 만큼 견제할 필요도 있었다. 사정이 그러한데 호장도 아니고 고을의 이름난 선

* 부모나 조상이 일정 품계의 벼슬에 이를 경우, 그 자손을 과거 시험 없이 관리로 등용하는 제도.

비도 아닌 나를 신임 감무가 찾아오는 것은 이례적인 일이었다.

고개를 갸우뚱하며 방문을 열어 밖을 내다보니 낯익은 얼굴의 사내가 마당 한가운데에 서 있었다. 수염이 제법 풍성해져서 한 번에 알아보기는 힘들었지만 틀림없는 금행이었다. 반가운 마음에 자리에서 벌떡 일어나 버선발로 마당으로 내달려가 그의 손을 잡았다.

"살아 있었네그려."

"그럼 죽기를 바랐나?"

"성격 뾰족한 건 그대로일세. 그 성질머리로 어떻게 감무 자리를 꿰찼나?"

"꿰찬 게 아니고 내몰린 걸세."

금행은 눈살을 찌푸리며 잠깐 뒷머리를 긁적였다.

"무슨 일이 있었나? 무관인 자네가 문관의 자리인 감무로 온 것도 심상치 않은 일이네만."

"양광도에서 왜구를 막아낸 공을 인정받았다네. 하지만 조정에서 공을 인정해서 이리로 보낸 것인지는 알 수가 없네."

솔직히 이곳에 감무로 오는 것이 좋은 일만은 아니다. 아마 조정에서는 별 뒷배 없는 금행을 감무로 올려 이곳으로 보냈을 것이다. 새 감무를 보내는 데 보름이나 시일이 걸린 것도 금행 같은 자를 물색하기 위해서였을 터다. 공이 있으나 껄끄러운 자를 영전시켜 뒷말이 나지 않게 한 다음, 사지로 내치는 것은 권력을 쥔 자들의 오랜 술수였다.

"자자, 이야기가 길어질 것 같으니, 우선 안으로 들게."

"혹시 집 안에 숨겨둔 술이라도 있나?"

"다른 건 없어도 술은 넉넉하네. 그나저나 명관이 되기는 글렀네. 부임한 첫날부터 술추렴이니."

"명관이 되라고 보낸 자리가 아니니 그럴 수밖에."

금행은 너털웃음을 지으며 말했다. 나는 시동에게 술상을 봐오라 이르고 그를 사랑채로 이끌었다. 가뜩이나 무료하던 참이었다. 나는 금행이 잔뜩 품고 왔을 이야기가 몹시 궁금했다.

사랑채로 들어온 금행은 가만히 서서 주위를 휘 둘러보았다. 이 근방에서 글씨로 제법 이름을 날린 조부가 쓴 병풍에서부터 선반 위에 놓인 청자와 서책에 이르기까지 차례대로 시선이 머물렀다.

"해사한 얼굴로 이야기나 주우러 다닌다고 하여 난 자네가 제법 그럴싸한 집안 자제인 줄 알았는데, 단출한 살림일세."

"뭐 가풍이 소박한 면도 있네."

"자네가 아무 일도 하지 않으니 가세가 소박해진 건 아니고?"

나는 실없이 금행의 어깨를 툭 쳤다. 정곡을 찌르는 게 금행의 장기라는 게 뒤늦게 떠올랐다.

금행과 자리에 마주 앉자 시동이 술상을 봐 왔다. 나물 몇 가지와 급히 지져낸 화전이 모락모락 김을 피우고 있었다. 나는 술병을 들어 금행에게 한 잔 따랐다.

"아내가 어제 내린 소주라네. 술상은 소박해도 술맛은 그렇지 않을 걸세."

금행은 술잔을 들어 향을 맡아보더니 소주를 머금고는 맛을 음미하며 천천히 삼켰다.

"화평한 맛일세."

"화평한 맛이 있나?"

"이렇게 향긋하고 깊은 맛은 전쟁터에서는 결코 느껴볼 수 없지."

"고생했네."

나는 잔을 들어 금행과 건배했다. 금행은 이번에도 소주 맛을 충분히 음미하며 삼켰다. 백 마디 위로의 말보다 한 모금의 소주가 그를 더욱 편안하게 해주는 것 같았다.

"혼인은 했나?"

"오늘은 남쪽 바다에 있다가 내일은 서쪽 바다로 달려가는 인생인데 그럴 시간이 어디 있나?"

"그럼 감무 자리를 맡은 김에 혼인이나 하게."

금행은 피식 웃고 말았다.

"그렇게 한가한 처지가 아니네."

"뭐 특별한 일이라도 맡았나?"

"특별하고말고. 아주 특별하지."

금행은 소주를 입에 털어 넣었다. 이번에는 맛을 음미하지 않았다. 금행의 표정을 보건대, 그 특별한 임무라는 게 짐작이 갔다.

"혹시 사람의 간을 파먹는다는 구미호를 잡으라는 명을 받았나?"

"맞아. 그래서 찾아온 것도 있네. 이런 이야기라면 이 고을에서 자네가 가장 잘 알 것 같아서."

입에 쓴맛이 돌았다. 이 고을 감무의 운명을 금행만큼은 피해 가길 바랐다. 그간 피비린내 속에서 갖은 고생을 하면서 살았을 테니, 이번만큼은 친우 곁에서 여유롭게 머물렀으면 했다. 하지만 세상이 그를 가만 내버려두지 않을 모양이었다. 게다가 이 고을에는 감무를 노리는 귀신도 있다. 하지만 부러 쓸쓸한 티를 감추었다. 나마저 심각해지면 공연히 금행의 근심만 더 커질 것 같았다.

"내가 보고 싶어서 온 줄 알았는데, 본심은 따로 있었구먼."

"자네가 보고 싶어서 구미호 핑계를 댄 거라고 생각하게. 그러지 않았다가는 호장을 먼저 찾아가는 관례를 깨고 사사롭게 친구부터 찾았다고 뒷말이 돌지 않겠나?"

"뒷말도 생각하다니. 제법 벼슬아치 태가 나네그려."

"벼슬아치 태가 나봐야 뭐 하겠나. 그놈의 여우를 못 잡으면 관두라고 할 텐데."

"설마?"

"설마가 아니야. 참인지 아닌지 모르겠으나 벌써 다음에 여기로 올 자가 내정되어 있다는 뒷말까지 들은 참이네."

나는 눈살을 찌푸렸다. 조정을 장악하고 있는 자들은 아마도 금행이 실패할 것을 예상하고 소문뿐인 여우를 잡으라는 명령을 내렸을 것이다. 그렇게 책임을 물어 금행을 내보내고 자기편 사람을 다시 이 고을로 내려보낼 심산일 터였다. 금행처럼 왜구를 막아낸 데 공을 세운 자를 함부로 내치기 어려우니, 이런 수작을 부린 것이 틀림없었다. 뭔가가 욱하고 치밀어 올랐다.

"같이 잡아보세. 그놈의 여우."

"공연히 나서는 건 여전하군."

금행은 미소를 띠며 말했다. 그러고는 고개를 저었다.

"꿍꿍이가 있는 일이네. 자네가 다칠 수도 있어."

"날 알잖나? 다치지 않을 정도로 할 걸세."

"자네가 몸을 사려준다면 말리지는 않겠네. 하지만."

금행이 돌연 진지한 표정으로 말했다.

"내가 그만두라고 하면 그만둔다고 약속해주게."

나는 잠깐 망설이다가 고개를 끄덕였다. 금행은 내 잔에 술을 채웠고, 우리는 잔을 부딪쳤다.

이로써 금행의 이야기를 듣겠다는 기대가 틀어졌다. 오히려 내가 그에게 이 고을에 나타난다는 여우 이야기를 해야 했다.

"여우라는 놈이 나타난 것은 한 삼 년 전쯤이라고 들었네. 그런데 내가 알아본 바로는 이상한 점이 있어. 애초에 여우 짓이라는 이야기가 돈 건 아니라는 거지."

"그럼?"

"처음에는 그냥 참혹하게 죽은 아녀자나 노인의 시신이 발견되었을 뿐이네. 다만 굳이 죽은 자의 배를 가른다든지, 필요 이상으로 잔혹하게 해치는 수법이 비슷할 뿐이었지."

"여기 오기 전부터 의문이었는데, 대체 그자는 왜 그렇게 잔인하게 사람을 죽이는 건가? 무슨 대단한 원한이 있지 않고서야……"

"처음에는 감무들도 원한에 무게를 두고 범인을 찾으려고 했네. 그런데 어긋나고 말았지. 죽은 이들 중에 남에게 원한을 살 만한 자는 없었네. 평범한 처자이거나 촌로들이었어."

"그럼 죽은 자들 간에 어떤 공통점이라도 있었나?"

나는 고개를 가로저었다.

"딱히 없었네. 같은 고을에 사는 사람이라는 것 정도밖에는. 희생자들은 서로 인척간도 아니었고, 친한 친구 사이조차 아니었어."

"희한한 일이군. 사람을 죽인 수법이 동일하다면 같은 자가 여러 명을 죽였을 가능성이 아주 높은데 희생자들은 서로 관계가 없다? 그렇다면 대체 왜 죽인단 말인가?"

"이건 순전히 내 생각이네만……."

순간 지금까지 봐왔던 시신들의 참혹한 모습이 떠올랐다.

"뭔가 단서라도 찾았나?"

"단서라기보다는……."

금행은 내 앞으로 바짝 다가앉으며 말했다.

"속 시원히 말해주게. 뭔데 그렇게 뜸을 들이나?"

"이상하게 그 시신들을 보면 볼수록 그자가 단순하게 재미로 사람을 죽이는 게 아닌가, 하는 생각이 든다네."

금행은 몸을 다시 뒤로 젖히며 정색했다.

"간혹 전쟁터에서 사람을 죽이는 일에 무뎌지다 보면 더러 그런 잔인한 자들이 나오기도 하지. 그러나 전장도 아닌데 사람을 재미로 죽이는 자가 어디 있겠나?"

나는 아무 말도 하지 않았다. 그러나 아무리 생각해봐도 힘없는 자들을 그렇게까지 갈가리 찢어놓는 이유가 무엇인지 떠올리기 힘들었다. 게다가 그 수법은 갈수록 잔혹해져서 최근에 발견된 시신은 살아생전의 온전한 모습을 찾아보기 힘들 지경이었다.

"자네 말대로 단지 재미로 사람을 죽이는 자가 있다면 그자는 정말 살아 있는 야차일 걸세."

금행은 단호하게 말했다.

"다른 사람들도 자네처럼 생각했겠지. 도무지 사람을 죽이는 이유를 알 수가 없으니 말일세. 그래서 그랬는지 모르겠네. 사람들은 진짜 야차 같은 존재를 입에 올리기 시작했어."

"그게 바로 꼬리가 아홉 달린 여우다?"

나는 고개를 끄덕였다.

"시간이 지나니 시신 옆에서 여우가 발견되기 시작했네."

"그럴 만도 하지. 여우라는 놈은 본래 인가 근처에 사니까 죽은 사람이 발견되면 먹잇감으로 알고 달려들기도 해. 배고픈 들짐승이 시체를 먹이로 삼는 건 전쟁터에서도 종종 있는 일이네. 그런데 그중에 꼬리 아홉 달린 여우가 있던가?"

"아니. 심지어 어떤 감무는 정말 여우가 사람을 해치는가 싶어서 이 고을에 사는 여우의 씨가 마를 정도로 잡아들이기도 했네."

"그랬더니?"

"그래도 희생자는 계속해서 생겨났네."

"그럼 여우 짓이 아니지 않은가. 여우는 덩치가 작아서 사람을 위협할 짐승도 아닌데 공연히 누명을 썼군. 그런데 왜 아직도 여우 짓이라는 소문이 돌고 있는 겐가?"

"여우가 사라졌는데도 이상하게 여우를 봤다는 사람들은 여전했네. 그뿐이 아니야."

"그뿐이 아니라면?"

"그놈의 여우가 사람들의 입길에 오르내리면서 점점 이상한 형태를 띠어갔다네. 덩치가 곰만큼 커지더니, 그 덩치에도 바람같이 달아나는 재주를 가졌다고 하지를 않나, 급기야 꼬리 개수까지 늘어나기 시작했다네."

"그래서 아홉 개까지 늘어났다?"

"여우 꼬리가 아홉이 된 건 소문 때문만은 아니네. 이 고을에 점사도 보고 부적도 써주고 단약도 파는 도사가 하나 있는데, 그가 구미호라는 영물이 도교에 전하는데 이 여우가 바로 구미호가 아니겠느냐고 말하는 바람에 꼬리가 아홉이 되어버린 것일세."

"소문이 여우를 만들고, 도사가 여우를 구미호로 둔갑시켜버렸다는 얘긴가?"

금행은 심각한 표정으로 팔짱을 꼈다.

"소문이 여우를 만들었는지, 진짜 그런 여우가 있는 것인지 나는 잘 모르겠네. 허나 여우를 봤다고 확신하는 자들이 하나 둘이 아닐세."

"그럼 사건은 간단하군. 먼저 소문을 낸 자들을 잡아 족치면 그만이겠네. 역시 자네를 먼저 찾아오길 잘했다는 생각이 들어."

"글쎄, 그럴까……. 이야기 뒤에는 반드시 뭔가 단단한 게 있네. 불가살이처럼. 그걸 없애지 않으면 꼬리 아홉 달린 여우는 사라지지 않을 걸세."

"그게 뭐든 캐보면 알겠지."

금행은 자신이 잡아야 하는 게 본 적 없는 요물은 아니라고 생각했는지 표정이 조금 여유로워졌다. 하지만 나는 그의 여유가 마음에 걸렸다. 마음을 놓을 만큼 이 고을 형편이 그리 녹록지 않은 탓이었다.

마침 술이 다 떨어졌기에 나는 금행에게 객주로 가서 한잔 더하자고 했다. 금행도 흔쾌히 일어섰다. 내가 금행을 데리고 객주로 향하는 데는 이유가 따로 있었다. 이 고을 형편을 말로 듣는 것보다는 직접 눈으로 보고 귀로 들으면 조금 더 조심스러워지지 않을까 싶어서였다. 그리고 솔직히 오랜만에 고을 사람들 사이에서 도는 소문이나 이야기를 듣고 싶기도 했다.

객주로 가는 내내 금행은 고을 이모저모를 살펴려고 애썼다. 요 몇 년 동안 고을의 분위기는 많이 흉흉했다. 그 때문인지 백성들의 얼굴은 어딘지 무기력하고 어두웠다. 금행도 그 낌새를 눈치챘는지 표정이 점점 심각해졌다.

"이 고을 백성들은 좀 이상하네."

"뭐가 말인가?"

짐작 가는 바가 있었으나 나는 시치미를 떼고 물었다.

"왜구가 들끓는 바닷가에 사는 백성들 모습과 비슷하네. 여기는 근자에 외적의 침입을 받은 적이 없다고 들었는데?"

"백성들의 적은 밖에도 있고 안에도 있지. 이 고을은 백성들이 내는 조세가 특히 무겁다네. 자네가 감무로 와서 잘 알겠지만 조정에서는 감무를 보내 세를 걷고, 다른 한쪽에서는 호장가가 있어서 따로 이런저런 명목으로 세를 걷는다네."

"아니, 조정에서 이미 세를 걷는데 왜 호장가가 나서는가?"

"조정에서 여기로 감무를 보낸 지는 몇 년 되지 않았네. 그 전에는 호장가가 알아서 고을 일을 봤지. 그것도 몇백 년 동안 말일세. 그러니 조정에서 감무를 보낸다고 한들, 호장가가 자신의 권한을 호락호락 내어놓을 리 있겠는가. 가운데에 낀 백성들만 죽을 맛인 것이지."

"그동안 감무들은 뭘 했나? 조정에 이 일을 보고해서 바로잡아야 하는 것 아닌가?"

"그게 그리 쉽겠나? 조정에는 고려를 세운 이래로 수백 년을 이어온 세족이 있고, 향리의 호족들은 친인척으로 그들과 연결되어 있네. 이들의 세도가 쟁쟁한데, 어찌 일개 감무가 장계 하나로 이 일을 바로잡겠나? 선대왕께서도 사대부를 앞세워 세족들을 견제하려고 했지만, 끝내 그 뜻을 다 이루었다고 보기 어렵지 않나?"

금행은 길게 한숨을 내쉬었다. 아마도 마음이 무거울 터였다.

"조심하게. 호장가가 감무를 눈엣가시로 여긴다네. 조정에서 걸어 가는 게 있다 보니, 호장가가 백성들에게 걸어 갈 것이 많이 줄었어. 덕분에 호장가의 가세도 눈에 띄게 기울었고."

"이 고을에는 여우만 있는 게 아니었군."

금행은 혼잣말처럼 중얼거렸다. 나는 그런 금행의 어깨를 두드려주었다. 다만 아직 그에게 들려주지 않은 고을 사정이 하나 더 있다는 말은 차마 하지 못했다.

객주는 이 고을을 감싸고 도는 강가에 있었다. 객주 근처에는 큰 나루터가 있는데 배들은 여기에 짐을 부렸고, 이 짐들은 인편이나 수레에 실려 개경으로 운반되었다. 나름 여기가 개경으로 물자가 흘러가고 흘러나오는 관문 구실을 하다 보니 사람들로 붐비게 되었고 저절로 장시도 서게 되었다.

멀리 술 주(酒)를 써놓은 깃발이 펄럭이는 게 보였다. 객주였다. 비록 초가이기는 해도 크기가 열 칸 정도라 하룻밤 묵어가는 손들을 받기에 부족함이 없었고, 마당도 제법 넓어서 허기를 채우거나 술을 마시러 오는 이들을 보듬기에 충분했다.

금행과 함께 객주에 들어서자 한 무리의 군졸이 마당 가운데에 펼친 평상에서 술을 마시고 있었다. 몇몇은 얼굴이 눈에 익었다. 고을 관아에서 일하는 자들이었다. 감무가 아직 부임하지 않았으니 대낮부터 술추렴을 하는 중인 것 같았다. 금행이 눈살을 찌푸리며 그들에게 다가가려고 하자, 나는 재빨리 그의 옷깃을 잡고 나지막하게 속삭였다.

"자네 마음은 알겠지만, 우선 저들 옆에 앉아서 속내나 한번 엿들어보세. 앞으로 자네와 함께 일할 자들이 아닌가. 이참에 어떤 생각을 품고 있는지 알아보는 것도 나쁘지는 않을 걸세."

내 말이 일리가 있었는지, 금행은 고개를 끄덕였다. 나는 그를 이끌고 군졸들 옆에 자리 잡은 후에 주모를 불러 술상을 봐달라고 했다. 그리고 술상이 차려지는 동안 나와 금행은 군졸들이 하는 이야기에 귀를 기울였다.

"우리 관아로 올 감무가 개경에서 출발했다던데요?"

입이 튀어나오고, 귀가 커서 쥐처럼 생긴 군졸 하나가 가장 나이가 많아 보이는 군졸의 잔에 술을 따르며 물었다. 나이 든 군졸은 대답하지 않고 한숨부터 쉬었다.

"이번에는 또 얼마나 버틸지……."

"형님은 설마 관아에 나타난다는 처녀 귀신 이야기를 믿으시는 겁니까?"

"그럼, 내 눈으로 똑똑히 봤네. 감무님 시신이 너무 말끔했다네. 어디 긁힌 데 하나 없이 혼백만 빠져나간 모습이었어. 전날까지 멀쩡하던 사람이 어떻게 하루 만에 그런 모습이 될 수 있겠나. 분명 귀신 짓이야."

나이 든 군졸의 말에 금행은 나를 쳐다보았다. 나는 헛기침을 했다. 그리고 대답 대신 계속해서 나이 든 군졸의 이야기에 귀를 기울이는 척했다.

사실 이 고을에 사람을 참혹하게 해치는 여우가 나타나고 나서 얼마 후에 감무가 죽어 나가기 시작했다. 더러는 살아서 떠나는 자도 있었으나 정신이 온전치 못했다. 몸 성히 떠난 이는 얼마 전 개경으로 간 감무가 처음이었다. 때마침 나이 든 군졸은 삼 년 전 처음 감무가 돌연사하던 일을 말하고 있었다.

그날 감무는 산에서 시신으로 발견된 처녀를 조사하고 돌아와 밤늦게 장계를 작성하고 있었다. 달이 하늘 가운데에 떠올랐을 때쯤 인기척이 들렸다. 감무는 누가 왔는가, 하고 물었지만 대답이 없었다. 하지만 그는 관아의 살림을 맡아보는 행랑채 내외 중 한 명이라 여기고 대수롭지 않게 생각했다. 그런데 얼마 지나지 않아 여자의 울음소리가 나지막하게 들렸다. 관아에 기거하는 여자는 행랑어멈밖에 없었다. 때문에 감무는 행랑어멈인가, 하고 소리쳐 물었다. 하지만 울음소리만 또렷해질 뿐 대답하는 이가 없었다.

의구심을 느낀 감무는 밖을 살피기 위해 자리에서 일어났다. 그때 공교롭게도 촛불이 꺼지고 사위가 어두워졌다. 뒤이어 집무실 창호 앞으로 그림자 하나가 내비쳤다. 머리가 길고 어깨가 좁은 것이 꼭 여자처럼 보였다. 감무는 누구냐, 하고 소리쳤다. 하지만 그림자는 아무런 대답이 없었다. 심상치 않음을 직감한 감무는 서둘러 곁에 놓아두었던 검을 집어 들었다. 그런데 갑자기 문이 벌컥 열리면서 그림자가 감무를 향해 달려들었다. 너무 놀란 감무는 그대로 쓰러졌다.

나이 든 군졸은 그때 귀신이 감무의 혼백을 채 갔을 거라고 말했다. 그러자 쥐처럼 생긴 군졸이 물었다.

"그럼 형님은 그날 관아에 계셨던 겁니까? 어찌 그리 잘 아십니까?"

"다음 날 감무님의 시신을 보기는 했지만, 그날 일은 나도 들은 거라네. 그날 밤 관아를 지키고 있던 군졸 두 명이 내게 그리 말해주었네."

"혹시 형님이 이야기를 부풀린 거 아닙니까? 아무리 군졸들이 관아에 있었다고 해도 감무 곁에는 없었을 텐데, 그날 밤 귀신이 감무님 방에 온 걸 어찌 그리 본 것처럼 말할 수 있나요?"

쥐처럼 생긴 군졸이 믿기지 않는다는 듯이 말하자, 나이 든 군졸은 술잔을 들어 올리며 허허 웃고 말았다.

"그런데 형님, 혹시 그 일을 새로 올 감무님에게 말씀드릴 겁니까?"

"예끼. 그런 말을 어찌하나? 감무가 귀신을 진짜로 믿어 이러저런 대비를 하라고 시켜대면 우리만 골치 아파질 거야."

나이 든 군졸은 다른 군졸들을 돌아보며 말했다.

"자네들도 괜히 긁어서 부스럼 만들지 말고 입 다물고 있어."

군졸들은 서로 눈치를 보다가 돌아가며 말없이 잔을 채웠다.

나는 금행의 눈치를 살폈다.

"보다시피 고을이 이 모양이네."

나는 짐짓 미안한 투로 말했다.

"자네도 이미 알고 있던 이야기인가?"

"맞아. 여우 이야기만 해도 골치가 아플 것 같아서, 때를 봐서 말해주려고 했네."

금행은 절레절레 고개를 흔들었다. 나는 어느새 비어 있는 그의 잔에 술을 가득 채워주었다.

"나는 귀신 따위 안 믿어. 괜히 저런 이야기에 휘둘릴 생각이 없네. 감무가 죽었다면 분명히 다른 이유가 있겠지."

"그래도 조심하게. 몸 성히 이 고을을 떠난 감무는 한 명밖에 없다네."

금행은 피식 웃었다.

"몸조심하겠네. 그나저나 실은 자네에게 부탁이 하나 있어."

"뭔가?"

"개경에 있을 때, 호장가에서 어찌 알았는지 기별을 해 왔네."

"자기들이 조정에 연이 닿아 있다는 걸 과시하고 싶었던 모양일세. 그래 뭐라고 하던가?"

"모레 호장가에서 잔치를 열기로 했는데 나더러 오라고 하더군."

"감무가 부임하면 호장가에서 으레 하는 일이지. 그런데 그게 왜?"

"그때 같이 가주게. 불편한 자리는 못 견뎌서 말이야. 자네가 곁에서 말동무가 되어주면 좋겠네."

"그게 뭐 그리 어려운 일인가? 자네를 맞이하는 잔치인데 당연히 같이 가야지."

금행의 표정이 한결 가벼워졌다. 나는 빙그레 웃었다. 어쩌면 호장의 잔칫날, 금행을 따라 관아에 남아 귀신을 볼 수도 있을 것 같아서였다.

넷. 호장가의 잔치

호장 가문은 근원이 신라대에 닿아 있다는 말이 있을 정도로 이 고을에 자리 잡은 지 오래되었다. 그러나 어쩐 일인지 그 오랜 세월 가세가 밖으로 뻗어나가지 못하고, 매양 이 고을에만 머물렀다. 그래도 한때는 혼인으로 엮여서 외척이나 외척의 방계로 따지면 제법 세도 있는 집안과 연을 맺기도 했었다. 하지만 선대왕 때 연이 있던 권문세족이 몰락하고, 다시 이성계의 정변으로 사대부들이 치고 올라오면서 호장 가문은 이렇다 할 뒷배가 사라져버린 듯했다. 조정의 실세들이 이곳 감무 자리를 점찍어놓고 자기 사람을 심을 계략을 짜고 있는 걸 보면 그리 짐작하지 않을 수가 없었다. 다시 말해 조정의 실세들에게는 이 가문이 안중에도 없을 것이다.

금행과는 호장가의 대문 앞에서 만났다. 그는 진즉에 도착해 있었는지 공연히 대문 앞을 서성이고 있었다. 심히 이 잔치가 내키지 않는 눈치였다. 나는 웃음이 났다. 전쟁터를 수없이 누빈 그가 잔치를 두려워하다니. 하지만 그게 바로 금행이었다. 끊임없이 눈치를 봐야 하고 오가는 실없는 말 속에 뼈가 가득한 자리를 못 견뎌 하는 사람 말이다. 물론 그런 자리에서 처세를 잘했다면 왜구와 맞서 수없이 공을 세운 그가 고작 감무 자리를 맡아서 내려오지는 않았을 것이다. 나는 금행의 뒤로 살금살금 다가가 그의 어깨를 툭 쳤다. 금행은 소스라치게 놀라며 나를 돌아보았다.

"놀랐나?"

나는 껄껄 웃었다.

"귀신 흉내라도 내는 건가? 나이가 몇인데 이런 장난인가?"

금행은 짐짓 무게를 잡았다.

"무슨 소리. 귀신도 안 믿는 사람이 이런 걸로 놀라면 어떡하나?"

금행은 대꾸할 말이 없는지 헛기침을 한 뒤 대문 앞으로 걸어갔다. 그러자 기다렸다는 듯 대문이 열렸다.

"귀신이 열어주는 것 같지 않나?"

나는 빙글빙글 웃으며 농담을 했다.

"뭐든 한 번만 하게."

금행은 정색을 하며 맞받았다.

감무를 맞는 잔치를 열 때마다 나는 호장 댁을 방문하곤 했다. 아버지가 조정에서 벼슬을 했고, 외가 역시 사대부로서 명망이 있었기 때문에 자연스레 고을의 유지쯤으로 대접받았기 때문이다. 호장가는 일부러 감무를 맞는 잔치를 크게 열었는데, 감무를 환영해서라기보다는 오히려 위세를 보여서 그 기를 죽이기 위해서였다.

본래 감무라는 직책은 한 고을의 수령이나 마찬가지다. 때문에 오래전부터 이 고을의 주인 노릇을 해왔던 호장으로서는 어떤 감무든 달가울 리가 없었다. 그나마 예전에는 감무가 형식적인 자리였으나 선대왕 이후에는 관직명까지 안집별감으로 바꾸고, 세를 걷거나 백성들의 호적을 정리하는 등의 실질적인 권한을 줘서 힘을 실으려고 했기 때문에 호장으로서는 더욱 껄끄러울 수밖에 없었다.

호장가의 노비 하나가 앞장서서 길을 안내했고, 나와 금행은 그 뒤를 따랐다. 잔칫상이 있는 정자로 가려면 정원을 가로질러 가야 했는데, 정원의 기암괴석이나 기화요초를 보는 재미가 제법이었다. 특히 감무를 맞이하는 잔치가 있을 때는 포도나 수박같이 원에서 들여온 과실수들을 심어놓곤 했다. 이번에도 잔뜩 기대를 하고 정원을 둘러보았다. 정원은 여전히 아담하면서도 화려했으나, 가세가 기울었는지 예년에 비해 딱히 눈에 띄는 것은 없었다.

호장가 안에 있는 정자는 차경을 잘해놓아서 병풍처럼 둘러싸인 뒷산과 잔잔하게 흘러가는 강 가운데 놓여 있는 것 같은 착각을 들게 했다. 이런 곳에 정자를 짓는 것은 오랫동안 이 고을에 터를 잡은 집안이 아니면 불가능한 일이었다. 뒤늦게 이 고을로 들어온 우리 집안과는 차이가 났다. 때문에 이곳에 올 때마다 정자의 경치에 감탄하는 한편, 은근히 기가 죽었다. 물론 호장이 감무를 이곳으로 불러 잔치를 여는 까닭도 거기에 있을 터였다.

하지만 금행은 경치를 둘러볼 생각조차 하지 않았다. 그는 그저 정자를 향해 뚜벅뚜벅 걸어갈 뿐이었다. 무뚝뚝한 금행의 성격에 비춰보면, 이 정자는 그에게 크게 감흥을 불러일으키지 못할 법했다.

호장가의 청지기가 정중하게 금행을 맞았다. 그 태도가 아무리 정중하다 한들 이것은 일종의 기싸움이었다. 호장이 직접 금행을 맞지 않음으로써 그가 자신보다 아래 있는 인물이라는 점을 명확하게 하려는 것이었다. 하지만 금행은 아무런 내색도 하지 않았다. 생각건대 딱히 이런 형식 자체에 아무런 뜻을 두지 않는 것 같았다.

정자에 올라서자 금행을 맞이한 사람은 뜻밖에 호장이 아니

69

라 호장의 부인 강씨였다. 이 고을에서 강씨는 사실상 호장 노릇을 하는 사람이나 마찬가지였다. 원체 호장 집안이 처가보다 그 세가 기울어지는 편인 데다, 강씨 역시 안살림이나 하는 성격이 아니었던 터라 자연스레 집안의 실권이 그이 쪽으로 기운 모양이었다. 하지만 이번처럼 대놓고 강씨가 직접 나서는 것은 뜻밖이었다.

강씨는 마른 편이기는 하나 키가 컸고, 얼굴의 광대와 하관이 발달해서 남자를 마주 대하는 느낌을 주는 인물이었다. 그이는 금행에게 목례를 해 보였고, 금행도 허리를 조금 굽혀 인사를 했다.

"호장께서 병이 깊으신 관계로 제가 대신 손님을 맞이하게 됐습니다."

강씨는 감무라는 관직명을 부르지 않고 굳이 손님이라는 말을 썼다.

"이 고을 감무를 맡게 된 금행입니다."

금행은 자신이 감무라는 점을 힘주어 말했다. 하지만 강씨는 듣는 둥 마는 둥 하고, 옆에 서 있는 청년에게 고갯짓을 했다.

"제 아들입니다."

그러고 보니 호장의 장남이 개경의 사학에서 공부한다는 이야기를 듣기는 했다. 원래 음서로 관직에 오를 만한 집안이었으나 조정과의 연이 멀어지다 보니 어쩔 수 없이 과거를 준비하는 모양이었다. 호장의 장남은 그의 어머니와 비슷한 인상이었다. 그렇지만 남자라 키가 크고 어깨가 더 넓어서 여러모로 훤칠해 보였다. 호장의 장남은 금행에게 정중하게 고개를 숙여 인사했다. 그래도 강씨보다는 좀 더 금행을 배려하는 모습이었다.

"최정입니다."

"금행이오."

금행은 강씨에게 했던 것과 마찬가지로 최정에게도 허리를 굽혀 인사했다. 나는 정자 귀퉁이에 서 있는 호장의 둘째 부인인 신씨와 그 아들을 흘끔 바라보았다. 살짝 가슴이 아렸다. 신씨는 아명이 선화로 나와 이웃해 살았었는데, 어려서는 친구였다. 선화가 서서히 처녀 태가 나면서 온 고을에 예쁘다는 소문이 퍼졌고, 나 역시 그이를 마음에 품었다. 하지만 선화가 열네 살을 넘기던 해에 느닷없이 호장의 둘째 부인으로 들어가게 되었다는 소식을 들었다. 호장이 선화의 부모에게 이르기를, 자신에게 딸을 주면 먹고살 걱정은 없게 해주겠지만 그러지 않으면 원에 공녀로 보내버리겠다고 겁박했다는 소문이 공공연하게 떠돌았다. 물론 사실일 것이다. 선화가 호장과 혼인을 한 후 부모는 소작농을 부리는 사람이 되었다.

선화가 호장과 혼인하기 전 우리 둘은 잠깐 얼굴을 본 일이 있었다. 그 아이는 혼인을 하면 나와 하는 줄 알았다며 웃었다. 나도 웃어주었다. 아마도 서글픈 미소였을 것이다. 선화는 느닷없이 내 뺨에 입을 맞추었다. 나는 얼빠진 얼굴로 가만히 서 있었다. 가슴에서 무엇인가가 북받치기는 했지만 그렇다고 무엇을 어떻게 해야 할지 알 수 없었다. 그저 혼란스럽기만 했다. 그러자 이번에는 선화가 내 뺨을 힘껏 때리고는 울음을 터뜨리며 달아났다. 나는 뺨을 문지르며 그 아이의 뒷모습을 바라보기만 했다. 그때는 나도 겨우 열네 살이었다.

선화의 미모는 여전했다. 다만 열네 살 시절보다는 좀 더 차분하고 단아한 분위기가 났다. 그이의 아들 그러니까 호장의 둘째 아들인 최단은 갸름한 얼굴에 창백한 낯빛을 하고 있었다. 어깨가 좁아서 왜소해 보이는 체구였다. 그러나 최단은 오히려 최정보다 훨씬 더 호장을 많이 닮은 편이었다. 모자는 죄인마냥 고개를 숙인 채 서 있었다. 문득 호장이 병석에 누웠다는 말이 떠올랐다. 이렇게 강씨가 공식적으로 나설 정도라면 병이 꽤 깊은 모양이었다. 그이의 성격을 봤을 때, 호장이 죽고 나면 둘째 부인을 가만두지는 않을 성싶었다. 그러고 보면 지금 저 모자는 강씨의 눈 밖에 나지 않으려고 애쓰는 것처럼 보이기도 했다. 아니나 다를까, 강씨의 집안사람 소개는 장남 최정에서 그쳤다. 그러자 뜻밖에도 이번에는 최정이 나섰다. 그는 선화 쪽으로 공손히 손을 뻗으며 말했다.

"저의 작은어머니이고, 그 옆은 아우 최단입니다."

선화가 나와 금행을 보고 인사를 하며 희미하게 미소를 지었다. 강씨는 못마땅한 표정으로 헛기침을 했다. 그러자 선화는 급히 얼굴을 굳히고 한 발 뒤로 물러섰다. 강씨는 최정을 매섭게 노려본 후 손짓으로 금행에게 자리를 권했다. 무례한 행동이었으나, 금행은 이번에도 그리 개의치 않는 듯했다.

술이 몇 잔 돌고, 최정과 금행은 개경과 조정에 관한 이야기를 가볍게 주고받았다. 최정은 자신이 개경의 열두 사학 중 으뜸이라는 문헌공도에 있음을 은근히 내비쳤다. 금행은 조금도 감탄하는 기색 없이 형식적으로 그러시냐, 대구하고 말았다. 그래서인지 오히려 최정과 강씨의 심기가 불편해 보였다. 나는 속으로 웃음이 났다. 금행의 무신경함 때문에 호장 집안의 기싸움이 전혀 먹혀들지 않고 있어서였다.

하지만 기싸움은 여기서 끝이 아니었다. 느닷없이 덩치 큰 장정 세 명이 남자와 여자 그리고 네 명의 아이까지 새끼줄에 줄줄이 엮어 끌고 왔다. 딱 봐도 일가족처럼 보였다. 사내와 아낙은 흠씬 맞았는지 얼굴 곳곳에 피멍이 들어 있었고, 아이들은 넷 다 비쩍 마른 몰골이었는데 눈물 얼룩도 가시지 않은 채 잔뜩 겁먹은 얼굴을 하고 있었다. 나도 모르게 눈살이 찌푸려졌다. 장정 하나가 앞으로 나와 큰 소리로 말했다.

"빌린 곡식을 갚지 않고 야반도주하려던 자들을 붙잡았습니다."

강씨는 쯧쯧 혀를 차고는 최정에게 말했다.

"어떻게 할 것이냐?"

최정은 웃으며 대답했다.

"은혜를 모르는 개는 몽둥이가 답이지요."

강씨는 고개를 끄덕였다. 그러자 장정 하나가 어디론가 사라졌고, 사내와 아낙의 눈에는 공포의 빛이 떠올랐다. 갑자기 사내가 무릎을 꿇으며 울부짖었다.

"노비라도 되겠으니 제발 살려만 주십시오. 잘못했습니다."

사내는 절을 하며 이마를 땅바닥에 찧었고, 아낙 역시 남편을 따라 절을 하며 살려달라고 빌었다. 아이들은 다 같이 울음을 터뜨렸다. 하지만 강씨는 싸늘하게 말했다.

"빌린 곡식을 갚지 못했으니 노비가 되는 것은 당연한 것이고, 갚지 않으려고 야반도주한 죄에 대해서 벌을 받아야 하지 않겠느냐?"

"벌은 제가 다 받을 테니, 제발 자식들은 한 번만 봐주십시오."

사내는 울부짖으며 애원했다. 강씨는 다시 최정에게 자식들을 어떻게 처리할지 물었다. 그는 여전히 미소를 띤 채 대답했다.

"천것들일수록 어린놈일 때 단단히 가르쳐야지요. 개에게 매를 아끼면 주인을 무는 법입니다."

대답이 마음에 들었는지 강씨는 빙긋 웃으며 금행을 돌아보았다.

"감무께서는 어찌 생각하십니까? 감무께서도 한미한 집안에서 나고 자랐다고 들었는데, 출신이 비슷하니 저들을 어찌 다뤄야 하는지 더 잘 아시겠지요?"

금행은 무겁게 입을 다문 채 아무 말도 하지 않았다. 오히려 욱한 쪽은 나였다. 기싸움치고 너무나 비열했다.

"말씀이 너무 지나친 것 같습니다."

강씨는 어이없다는 표정으로 말했다.

"지나치다니요? 내가 없는 말이라도 지어냈다는 게요?"

내가 발끈하려 하자 금행이 입을 열었다.

"부인께서 아주 없는 말씀을 한 것은 아닙니다."

나는 멈칫했다.

"자네……."

금행은 내 말을 자르고는 말을 이어나갔다.

"제가 천출이라 잘 압니다. 천출도 사람이지 개는 아닙니다."

최정은 술잔에 술을 채워 금행에게 건넸다.

"자자, 잔 받으시지요. 감무님을 맞이하기 위한 날인데 분위기가 영 껄끄럽습니다."

금행은 최정에게 받은 술잔을 단숨에 들이켰다. 여전히 무표정했지만 그가 불쾌해하고 있다는 것은 은연중에 느낄 수 있었다. 그사이 최정은 장정들에게 손짓을 했다. 그러자 그들은 새끼줄로 엮어 온 가족을 끌고 정자에서 물러났다. 어느 정도 금행의 콧대를 눌러놓았다고 생각했는지 강씨는 한결 여유로운 얼굴이었다.

　지금 고려의 산촌 곳곳에는 화전을 일구고 살아가는 자들이
부지기수다. 난리를 피해서 산으로 들어간 자들도 있지만 가뭄
이나 난리 통에 어쩔 수 없이 빌린 곡식의 고리대를 갚지 못해
야반도주한 자들이 대부분이다. 어쩌다가 고을은 텅 비어가는
데 세족과 호장의 집에는 노비가 가득하고 산속에는 화전민만
가득한 세상이 되었을까. 나는 고개를 절레절레 흔들었다.
　그때였다. 갑자기 꽥, 비명 소리가 울렸다. 정자 아래에서 호
장가의 청지기가 사타구니를 붙잡고 쓰러져 있고, 그 뒤에 낯
익은 처녀 하나가 씩씩거리며 서 있었다. 수선이었다. 그이는
이 고을 도사의 딸로 아비를 대신하여 부적이나 약초 같은 것
들을 전해주곤 했다. 나는 부적이나 약초 때문이 아니라 구미
호 이야기를 들으러 도사의 집에 들락거리며 수선과 얼굴을 익
혔다. 나이는 스물가량이었고, 이미 혼기가 꽉 찼지만 아직 시
집을 가지 않았다. 변변찮은 도사의 딸이라 혼처가 마땅치 않
은 탓이리라. 강씨는 수선을 향해 목소리를 높였다.
　"무슨 짓이냐?"
　"이자가 제 엉덩이에 손을 올리잖아요. 이런 좋은 날에 불경
하게 처녀 몸에 손대는 자는 개만도 못한 거라고요."
　수선은 당차게 말했다. 강씨는 할 말이 없는지 헛기침을 했

다. 나는 피식 웃으며 혼잣말을 했다.

"역시 개에게는 매를 아끼면 안 되는 법이지."

그러자 금행이 하하 소리 내어 웃었다. 강씨는 정색하며 비꼬았다.

"감무께서는 많이 즐거우신가 봅니다."

금행은 대꾸 없이 미소를 띤 채 술을 마셨다. 수선은 금행을 물끄러미 바라보았다. 하지만 금행이 그 시선을 맞받자 이내 강씨에게 눈길을 돌렸다.

"부인께서 말씀하신 것을 가져왔습니다."

강씨가 손짓을 했다. 수선은 정자로 올라와 강씨 앞에 무릎을 꿇었다. 그리고 품속에서 나무토막 몇 개를 꺼냈다. 붉은색으로 어지럽게 글씨 같은 것을 휘갈겨놓은 벽조목이었다. 수선은 아비의 부적을 전해주러 온 모양이었다. 하지만 정작 강씨는 그것을 거들떠보지도 않았다.

"감무님과 선비님께 드리거라."

수선은 벽조목을 금행을 향해 내밀었다. 그러나 금행은 손사래를 쳤다.

"호의는 고마우나 괜찮습니다."

수선은 벽조목을 금행에게 건네려다 말고 당황해서 강씨를 바라보았다.

"받으시는 게 좋을 겁니다. 아시겠지만, 워낙 귀물들이 많이 나오는 고을이라서요."

"저는 귀물을 믿지 않습니다. 염려가 되신다면 부인께서 지니시지요."

"저는 당연히 있습니다. 홍왕사라고 고을 뒷산에 우리 가문의 사찰이 하나 있는데, 거기서 받았습니다."

강씨는 부적 하나를 내놓았다. 단정하게 깎아 만든 벽조목에 금박까지 입혀놓아 얼핏 보면 부적이 아니라 노리개처럼 보였다. 이에 비하면 나와 금행에게 선물로 내놓은 부적은 매우 조악했다. 이 또한 금행을 은근히 깔아뭉개려는 기싸움이었다. 나는 그 집요함에 혀를 찼다.

강씨의 부적을 본 수선은 아비의 것을 숨기듯 거머쥐고 얼굴을 붉혔다. 그 모습을 본 금행은 퉁명스럽게 말했다.

"주시오. 부인의 호의를 거절하는 것도 예의가 아닌 것 같으니."

금행이 손을 내밀자, 수선은 재빨리 부적을 건네주고 다른 하나는 내게 내밀었다. 나는 부적을 받아 들고 말했다.

"듣기로 이 고을 도사 부적이 웬만한 땡중들 것보다 영험하다면서?"

수선은 대꾸하지 않았지만, 반달처럼 휘어진 눈가에는 장난기가 어렸다. 나는 살짝 고개를 끄덕여주었다. 수선은 강씨에게 인사를 한 후, 정자를 내려갔다. 몸놀림이 무척이나 가벼워 보였다. 금행은 그런 수선을 멍하니 지켜보았다. 나는 그의 옆구리를 쿡 찔렀고, 금행은 놀란 듯 움찔했다. 그는 얼굴을 붉히더니 다급하게 술 한 잔을 입에 털어 넣었다.

잔치 내내 나는 계속해서 술을 마셔댔다. 강씨와 최정과는 딱히 나눌 말이 없거니와 선화와 그 아들이 홀대받는 모습을 보니 마음 한구석이 괜히 씁쓸한 탓도 있었다. 취기가 잔뜩 오른 탓에 몸을 가눌 수가 없어서 금행 쪽으로 쓰러졌다. 금행이 나를 흔들어 깨웠지만, 나는 눈을 뜨지 않았다. 그렇게 잔치는 파했다.

다섯. 처녀 귀신의 소원

　호장가를 나서자마자 나는 정신이 조금 든 척했다. 그리고 금행에게 관아에 가서 우리끼리 편하게 한잔 더 하자고 성화를 부렸다. 아직 취기가 덜 오른 듯한 얼굴의 그는 못 이기는 척 나를 관아로 데리고 갔다. 해는 기울어진 지 오래고 사위는 어둑어둑해졌다. 귀신 나오기 딱 좋은 시간이었다. 지금까지 그렇게 이야기를 찾아 돌아다녔지만 불가살이도 못 봤고, 심지어 이 고을에 나타난다는 구미호도 본 일이 없었다. 귀신이라면 그보다 좀 못한 듯싶지만, 아쉬운 대로 그럭저럭 기대를 가져 볼 만한 요물이었다.

　관아 앞을 지나다닌 적은 많아도 안으로 들어온 것은 처음이었다. 넓은 마당 정면에는 감무가 일을 보는 동헌이 있었고, 그 뒤로 감무의 살림이 있는 내아가 보였다. 동헌은 사람 허리 높이의 축대 위에 세워져 있었는데, 계단으로 동헌 마루까지 올라가게 되어 있었다. 그리고 마루 오른편에 방이 하나 있었다. 금행은 주로 저기서 잡다한 일들을 처리한다고 했다. 얼핏 동헌은 제법 지체 있는 사대부 집안의 사랑채처럼 보였다.

금행과 나는 동헌을 지나 내아로 향했다. 그러자 내아와 조금 떨어진 곳에 덩그러니 있는 행랑채가 보였다. 내가 눈짓을 하니, 금행은 살림을 봐주는 아범과 어멈이 기거하는 곳이라고 했다. 아니나 다를까 나와 금행이 내아로 오는 인기척이 들리자 행랑채에서 어멈 하나가 총총 걸어 나와 고개 숙여 인사했다. 나이를 가늠하기 어려운 얼굴이었다. 대체로 허드렛일을 하는 이는 고생 때문에 제가 가진 나이보다 더 들어 보이기 마련이다. 하지만 어멈은 얼굴에 주름이 잡히지 않았고, 그럼에도 젊어 보이지 않는 묘한 인상이었다. 더군다나 살집도 있어 보였다. 끼니조차 잇기가 쉽지 않은 때에 보기 드문 모습이었다. 금행은 인사를 받은 후에, 술상을 봐 오라고 이르고 나를 내아로 이끌었다.

내아에는 조그마한 마루를 중심으로 두 개의 방이 좌우에 있었다. 오른쪽은 금행이 자는 안방이고, 왼쪽은 서재로 쓴다고 했다. 안방에 자리한 지 얼마 되지 않아 어멈이 술상을 봐 왔다. 나물이 몇 가지 놓인 조촐한 차림이었다. 어멈은 찬이 없어서 이것밖에 못 내왔다고 민망해했다. 나는 진수성찬이라며 과장되게 너스레를 떨었고, 금행 역시 이만하면 됐다고 했다. 그제야 어멈은 사람 좋은 웃음을 지으며 언제든 분부를 내리라며 두 번 세 번 고개를 숙이고는 안방을 나섰다. 나는 금행에게 먼저 술을 따라주며 말했다.

"인상이 참 좋은 사람일세. 그 때문인가 허드렛일 했던 사람 같지가 않아."

"사연이 좀 있는 사람 같네."

"무슨 사연?"

"나야 모르지. 그냥 짐작일 뿐."

금행은 내 잔에 술을 따랐고, 우리는 같이 잔을 비웠다. 용수에 제대로 거르지 않았는지 텁텁한 맛이 나는 탁주였다. 하지만 이미 취기가 오른 상태라 술맛은 그리 문제가 되지 않았다. 금행과 나는 호장가의 무례를 안주 삼아 이야기꽃을 피웠다.

해 질 무렵에 시작된 술자리는 달이 하늘 가운데에 뜰 때까지 이어졌다. 아무리 남의 험담이 즐겁다 한들, 하루 종일 쉬지 않고 술을 마시다 보니 피곤함을 이기기 힘들었다. 나는 눈을 감고 꾸벅꾸벅 졸기 시작했다. 금행은 술을 더 마시고 싶은 눈치였으나, 내가 하품을 하자 아쉬운 표정으로 어멈을 불러 서재에 자리를 보라고 했다. 나는 겉으로는 계속해서 조는 척을 했지만 속으로는 정신을 차리기 위해 무진 애를 썼다. 귀신을 보기 위해서, 그리고 만에 하나의 경우에 내 친구를 지키기 위해서.

그런데도 견딜 수 없이 졸음이 쏟아졌다. 정신을 차려야 한다고 생각하고 눈을 번쩍 뜨니, 이미 서재로 옮겨져 이부자리 위에 널브러져 있었다. 나는 흠칫 놀라며 자리에서 일어났다. 주위가 캄캄한 게 아직 밤이었다. 날이 밝지 않아 그나마 다행이었다. 귀신을 볼 수 있다는 희망이 남아 있는 셈이다.

나는 방문을 빼꼼 열고 건너편 안방의 동정을 살폈다. 호롱불이 켜져 있는지 둥글게 웅크린 듯한 그림자가 어릿어릿 창호에 비쳤다. 가만 보니 이상했다. 금행이 아직 혼자 술을 마시고 있다면 그림자가 꼿꼿해 보일 것이고, 누워 있다면 그림자가 잘 보이지 않아야 했다. 만약 저렇게 웅크리고 있다면 복통이 났거나 아니면 저 모습 그대로 쓰러졌다는 뜻이다. 어느 쪽이든 심상치 않은 일이었다.

그런데 그림자는 가만히 있는 것이 아니라 조금씩 다급하게 흔들리고 있었다. 문득 구미호가 떠올랐다. 그놈의 짐승이 만약 사람의 배를 가르고 내장을 파헤친다면 저런 모습이지 않을까. 순간 머리칼이 쭈뼛 섰다. 나는 주변을 두리번거리다가 아쉬운 대로 벼루를 움켜쥐고 안방으로 조용히 다가갔다. 문을 열자마자 벼루로 여우 놈의 뒤통수를 재빨리 후려칠 생각이었다. 대여섯 걸음 만에 문 앞에 다다랐다. 심호흡을 한 다음, 문을 열어젖히고 벼루를 치켜들었다. 그 순간 놈이 나를 돌아보더니, 먼저 놀라서 뒤로 넘어지며 엉덩방아를 찧었다. 그 때문에 나는 헛손질을 하며 중심을 잃었고, 덕분에 안방 문간에 발이 걸려 데굴데굴 구르고 말았다.

눈을 질끈 감았다. 필살의 일격이 실패했으니 꼼짝없이 죽었구나 싶었다. 그런데 놈이 선비님? 하고 나를 불렀다. 뜻밖에 여자였고, 그 목소리가 귀에 익었다. 실눈을 떠보니 역시나 머리를 길게 늘어뜨린 여자가 나를 내려다보고 있었다. 나는 흠칫 놀라며 반사적으로 뒤로 물러났다. 놈은 다름 아닌 수선이었다.

이 소란스러운 와중에도 금행은 코를 골며 자고 있었다. 저리 둔감해서야 전쟁터에서 어찌 살아남았을까 싶을 정도였다. 금행은 한참을 흔들어 깨워서야 겨우 일어났다. 눈앞에 무릎을 꿇고 앉아 있는 수선을 보고서야 정신이 들었는지 황급하게 몸을 일으켰다.

금행과 수선은 안방에 마주 앉았고, 나는 금행의 곁에 앉았다. 수선은 금행에게 절을 하며 이렇게 한밤중에 큰 무례를 저질러 죄송하다고 말했다. 그런데 그런 수선에게 오히려 쩔쩔매는 쪽은 금행이었다. 자신이 감무 직책에 있다는 것도 잊었는지 수선이 사죄의 절을 올리는 동안 그도 엉거주춤 맞절을 했다. 나는 둘이 혼례라도 올리는 것 같다고 농담을 했다가 두 사람의 날카로운 눈총을 받고 입을 다물었다.

금행은 수선에게 한밤중에 자신을 찾아온 이유를 물었다. 그러자 수선은 기다렸다는 듯이 억울하게 죽은 동생의 한을 풀어 달라고 간곡하게 말했다.

"제 동생 수련이는 삼 년 전에 죽었어요. 그놈의 구미호 짓이라고 했죠. 시신은 참혹했어요. 지금도 몸서리가 쳐질 정도로요."

수선은 그때가 떠올랐는지 몸을 떨었다. 하지만 나로서는 한 가지 의구심이 들지 않을 수 없었다.

"자네도 알다시피 사오 년 전부터 재 너머에서 화전을 일구고 사는 화전민 처자들이나 유랑하는 화척 처녀들이 죽어 나갈 때마다 여우가 이런 일을 저질렀다는 소문이 돌았었네. 하지만 그 여우가 구미호일지도 모른다는 이야기를 한 장본인은 바로 자네 아버지일세. 동생의 죽음은 충분히 원통한 일이겠지만, 억울하다고 말할 일은 아닌 듯하네만."

"선비님 말씀대로 구미호라는 요괴를 입 밖에 낸 것은 아버지였어요. 그렇지만 아버지가 무슨 엄청난 생각이 있어서 그런 건 아니에요. 그저 부적이나 좀 팔아보자는 얄팍한 계산 때문이었어요. 동생을 잃고 난 후로는 아버지도 공연한 말을 꺼냈다고 후회하고 계세요."

수선은 한숨을 내쉬었다. 하긴 그럴 만했다. 만약 수선의 동생이 정말 억울하게 죽었다면, 도사는 본인 스스로 자기 딸의 원한을 풀 수 있는 길을 틀어막은 셈이었다. 그렇다면 이제 수선의 동생이 왜 억울하게 죽었는지를 알아봐야 할 차례였다. 꼬리가 아홉 개나 달린 여우 짓이 아니라면 대체 누구의 짓이란 말인가. 나는 부쩍 호기심이 동했다. 내가 입을 떼려고 하자, 수선의 기색을 살피던 금행이 먼저 물었다.

"그렇다면 낭자의 동생이 억울하게 죽었다고 생각하는 이유는 무엇이오?"

금행의 목소리가 자못 부드러웠다. 수선의 마음을 위로해주고 있다는 느낌이 들 정도였다. 나는 금행을 쳐다보았다. 그는 질문을 던져놓고도 수선과 눈조차 마주치지 못했다. 또 다른 호기심이 똬리를 트는 것 같아서 나는 빙긋 웃고 말았다.

"수련이는 여우 때문에 죽은 게 아니에요."

수선은 단호하게 말했다.

"그렇게 단정 짓는 이유는 무엇이오?"

"제가 그 요물을 봤거든요."

"뭐? 진짜인가?"

나는 수선 쪽으로 몸을 바짝 당겼다.

"네. 사실 삼 년 전, 제가 그자와 마주쳤을 무렵에는 들짐승의 가죽을 파는 화척의 처녀와 뒷등에 홀로 사는 할머니, 이렇게 두 사람이 죽었을 때라 고을 분위기가 이리 흉흉하지는 않았어요. 뒷등에 사는 할머니가 죽었을 때, 마침 여우가 시신을 파먹는 걸 본 사람들이 어쩌면 여우 짓이 아닐까 하는 말을 퍼뜨리기는 했지만요."

맞다. 그때만 해도 우연히 두 사람이 한 달 간격으로 죽임을 당했다고 생각했다. 왜구다 홍건적이다 해서 고려 전역에서 사람들이 죽어 나가던 시절이었다. 사람의 목숨값이 워낙 낮다 보니, 조정에 세도 내지 않는 화전민의 자식이나 홀로 사는 노파의 죽음은 관아의 관심조차 끌지 못했었다. 그저 형식적인 조사가 있은 후에 두 사건은 조용히 묻혔다. 그런 분위기라 고을 내에서도 별다른 경각심이 없었다.

"저는 아버지 심부름으로 화전민들이 캔 약초를 받아 오던 길이었어요. 해가 지기는 했지만 범이나 승냥이가 출몰하는 곳도 아니고, 이런저런 일로 늘 다니던 길이어서 무섭지 않았어요. 하지만……."

수선은 그때의 일을 떠올리며 아랫입술을 꽉 깨물었다. 눈에는 공포가 서서히 어리기 시작했다.

그날 수선은 무엇인가 자신을 따라온다는 느낌을 받자 처음에는 들짐승이라고 생각했다. 하지만 수선이 발걸음을 빨리할수록 그것의 기척도 빨라졌다. 그제야 수선은 얼마 전에 무참하게 살해당했다는 처녀와 노파 이야기가 떠올랐다. 시신은 공교롭게도 둘 다 무명 끈으로 팔다리가 묶였고, 목이 졸려서 죽었다고 했다. 오소소, 소름이 돋은 수선은 산 아래로 내달리기 시작했다. 여자치고 몸이 매우 날랜 편이라 어떻게든 고을에 당도만 하면 소리를 쳐 도움을 구할 작정이었다.

얼마나 달렸을까. 아직 고을까지는 일 리 정도가 남았지만 더 이상 기척이 들려오지 않았다. 수선은 자신이 그것을 따돌린 줄 알고 천천히 숨을 돌렸다. 그렇지만 발걸음을 멈출 수는 없었다. 아직 산속인 데다 달마저 구름에 가려져 사위가 캄캄했다. 게다가 숲 사이에 난 자그마한 오솔길 가운데 있었던 터라 어둠은 더욱 짙었다. 밤눈이 밝은 편인 수선도 앞이 잘 보이지 않을 정도였다. 거친 숨소리마저 죽이며 최대한 발걸음을 재게 걸었다.

오솔길을 어느 정도 벗어났을 무렵, 수선은 이제 살았다 싶은 마음에 전력을 다해 인가로 내달렸다. 그런데 그때, 시커먼 무엇이 수선을 덮쳤다. 놀라 비명을 지르기는 했으나 긴장을 풀지 않았던 탓에 찰나의 순간에 몸을 비틀어 피할 수 있었다. 그것은 허탕을 쳤지만, 이내 몸을 돌려 다시 수선을 덮치려고 했다. 수선은 반사적으로 그것의 가운데를 향해 힘껏 발길질했다. 뭔가 물컹한 게 닿았다 싶더니, 찢어질 듯한 비명이 울려 퍼졌다. 그것이 바닥에 뒹구는 것을 본 수선은 죽을힘을 다해 집으로 달려갔다.

수선은 잠깐 멍하니 허공을 바라보았다. 그날의 기억으로부터 마음을 추스르는 것 같았다. 하지만 그 와중에도 나는 묘하게 웃음이 났다. 어제 수선이 호장가 청지기의 아랫도리를 발로 걸어찼던 일이 떠올랐기 때문이다. 언젠가 두꺼비가 말벌을 삼켰다가 혀를 쏘였는지 다시 토해내는 걸 본 적이 있었는데, 물색없이 덤볐다가 된통 당한 모습이 딱 그 짝이다 싶었다.

금행이 나의 옆구리를 툭 쳤다. 내 표정을 본 모양이었다. 나는 다시 심각한 얼굴을 했다.

"그래서 낭자께서 본 것이 무엇이오?"

"사람이었어요."

"사람? 여우가 아니고?"

나는 다그치듯 물었다.

"네. 남자였어요."

수선은 단호했다.

"워낙 경황이 없어서 얼굴이나 행색을 자세히 살펴볼 겨를은 없었어요. 일단 살고 봐야 했으니까요. 하지만 제가 들었던 비명 소리는 분명 사람이 내는 소리였어요. 그리고 제가 그자를 발로 찬 데가, 그러니까 거기가 느낌이……."

수선은 주저하다가 갑자기 얼굴을 붉히며 말을 삼켰다. 금행과 나는 서로 눈빛을 주고받았다. 말하지 않아도 수선이 걸어 찬 곳이 정확히 어딘지 알 수 있었다. 남자일 수밖에 없는 그곳.

"뭐 남근이라도 찬 건가?"

나는 분위기가 더 이상해질까 봐 대놓고 직설적으로 물었다.

수선은 더욱 얼굴을 붉히며 조그맣게 고개를 끄덕였다. 남자들의 아랫도리에 서슴없이 발길질을 하던 그이였다. 그런데 이런 때는 또 조신했다. 과년하고 괄괄하기는 해도 아직 미혼의 처녀이니 그럴 만도 했다. 나는 수선이 어쩌면 금행과 잘 맞는 배필이 될 수도 있겠다 싶었다. 둘은 어떤 면에서는 대범하고 또 어떤 면에서는 터무니없이 숙맥 같아서 묘하게 닮은 구석이 있었다.

수선은 깊은 한숨을 내쉬며 말을 이었다.

"그날 이후 저는 앓아누웠어요. 몸살이 난 것 같았거든요. 그래서 수련이가 저 대신 아버지 심부름을 갔던 거예요. 아버지는 제 이야기를 듣고 수달이, 그러니까 새어머니가 데리고 온 저와 동갑내기 아들을 같이 보냈는데 수련이는 죽고 수달이 놈만 살아왔더라고요. 산속에서 잃어버렸다나 뭐라나. 그 후로 어쩐 일인지 그놈은 호장가의 일을 보게 됐다며 제 어미와 함께 아버지와 저를 떠났어요. 수련이의 일은 정말이지 이상한 것투성이였어요."

금행은 잠깐 생각에 잠겼다가 수선을 똑바로 보면서 물었다.

"그런데 왜 여태껏 이 일을 말하지 않은 거요?"

"말하지 않은 게 아니라 듣지 않은 거예요."

수선은 답답하다는 듯 목소리를 높였다.

"처음에는 호장가에 가서 호소를 해봤지만 들은 척도 하지 않

있어요. 그래서 당시 감무님을 찾아갔어요. 하지만 관아에서 일을 보는 분이 감무님을 만나 뵙는 것조차 허락하지 않으셨어요."

"그건 또 왜 그런 거요? 고을 백성이 감무에게 억울한 일을 풀어달라 청하러 오는 것은 당연한 일이거늘."

"몰라 묻나? 뒤로 쌀이라도 쥐어달라는 거겠지."

"허! 순한 사람들인 줄 알았더니……."

나는 문득 요즘 보기 드물게 주름 없는 얼굴에 살집이 붙은 행랑어멈의 모습이 떠올랐다. 분명 뒤로 챙기는 게 있을 터였다.

"본래 안에 있는 높으신 분보다 문지기가 더 무서운 법이네."

내 말에 금행은 쯧쯧 혀를 찼다.

"선비님 말씀대로 눈치야 빨랐죠. 하지만 저희는 드릴 게 아무것도 없었어요. 하루하루 먹고살기도 어려우니까요."

"그래서 밤에 찾아왔다?"

나는 짚이는 게 있어서 물었다.

"네. 어떻게든 감무님께 수련이의 일을 풀어달라고 말씀드리고 싶었거든요. 그래서 일 보는 분들이 잠들었을 때 찾아왔어요. 다행히 감무님을 만날 수 있었고, 이 일을 살피셨어요. 하지만 그분이 갑자기 돌아가시고 난 후부터는 여우 짓이라는 말이 부쩍 떠돌기 시작했어요. 저는 틈나는 대로 여우 짓이 아니라고 말하고 다녔지만, 사람들은 제 말을 믿지 않았어요. 미칠 노릇이었죠."

그러고 보니 낭설이라 치부되었던 여우 이야기가 점점 살을 붙여나가던 것이 확실히 그 무렵부터였다. 동시에 감무가 귀신 때문에 죽었다는 말도 그때부터 떠돌기 시작했다. 그러다 문득 짚이는 게 있었다.

"그렇다면 그간 밤에 감무들을 찾아왔다는 귀신이 자네인가?"

수선은 고개를 푹 숙였다. 나와 금행은 수선을 가만히 바라보았다. 한동안 손톱 끝을 매만지며 안절부절못하던 수선이 기어들어가는 목소리로 어렵사리 입을 열었다.

"처음 제 말을 들어주셨던 감무님이 돌아가시고 난 후에 귀신의 소행이라는 소문이 떠돌았어요. 듣기로 감무님은 주무시는 동안에 돌아가셨다고 했어요. 외부에서 감무님 방으로 들어온 흔적도 없고, 어디 다친 곳도 없었다고요. 그야말로 급사하신 거죠."

"그때 일은 나도 기억하네. 감무의 시신은 잠이 든 채로 혼백만 빠져나간 것처럼 깨끗했다고 하더군."

"저는 그다음에 부임한 감무님도 찾아갔어요. 그런데 그분은 자꾸만 방으로 저를 들이려고 했어요."

"과년한 처자를 보니 수작을 부리고 싶었던 건가?"

"잘은 모르겠지만, 저도 께름칙한 기분이 들었어요. 그날은 망설이다가 그냥 되돌아왔어요. 그런데 또 감무님이 돌아가셨어요. 이번에도 혼백만 빠져나간 것처럼 그리되었다고 했어요."

"두 사람이 모두 같은 곳에서 같은 죽음을 맞다니. 세상에 그런 일이 있을 수 있는가?"

금행은 고개를 갸웃했다.

"그러니 귀신의 소행이라는 말이 떠돌았지."

"맞아요. 그때부터였어요."

"세 번째 감무도 죽었는데, 그때도 자네를 만났던 건가?"

"아니오."

수선은 다급하게 말했다.

"정확하게 말하자면 늦은 밤에 찾아가기는 했어요. 하지만 다음 날 다시 오라며 방문도 열어주지 않으셨죠. 그런데 그날 돌아가신 거예요. 역시나 귀신 짓이라는 말이 돌았고요. 그렇지만 저는 아무 말도 할 수 없었어요. 감무님들이 죽기 전에 근처를 얼씬거렸던 사람은 저밖에 없었으니까, 엉뚱한 누명이라도 쓸까 봐 두려웠어요. 감무님이 세 분이나 차례대로 돌아가시고 난 뒤로는 더 이상 관아를 찾지 않았어요. 정말이에요."

수선은 불안한 얼굴로 나와 금행을 번갈아 쳐다보았다. 그러다 금행과 눈이 마주치자 황급히 고개를 숙였다.

"한 가지 확인하고 싶은 게 있소. 정말 낭자와 감무들의 죽음에는 아무 상관이 없는 거요? 어찌 되었건 낭자가 찾았던 감무세 명은 모두 죽었고, 찾지 않은 감무 두 명은 살아 돌아갔소."

"정말 아무 짓도 안 했어요! 도움이 필요한 쪽은 저예요. 그런 제가 감무님들을 왜 죽이려고 하겠어요?"

수선은 항변하듯 목소리를 높였다.

"하긴 감무 한 명은 죽지는 않았지만 시름시름 앓기는 했네. 수선의 말에 따르면 그것 역시 본인과 관련이 없는 일일세."

내 말에 금행은 팔짱을 낀 채 손으로 턱을 괴었다. 수선은 계속해서 금행의 눈치를 살피며 말했다.

"오늘 제가 또다시 늦은 밤에 찾아온 것은 낮에 감무님을 뵈었기 때문이에요. 어쩐지 감무님이라면 제 말을 들어주실 것 같았거든요. 야심한 밤에 찾아오는 것이 무례한 일이라는 건 알아요. 하지만 우리처럼 힘없고 가진 것 없는 백성들은 이렇게라도 하지 않으면 누구도 만나주질 않으니까요."

한동안 정적이 흘렀다. 생각해보면 수선으로 인해 꼬리가 아홉 개 달렸다는 여우 사건과 귀신이 나타나 감무를 죽였다는 사건이 묘하게 연결되어 있었다.

"낭자의 말씀이 맞다 치면, 여우와 귀신 이야기 모두 공통점이 있는 것 같네."

"뭔가?"

"터무니없는 이야기로 진짜 사건을 덮으려고 한다는 것."

"지금까지 일어났던 끔찍한 살인 사건이 사람의 짓이고, 그걸 덮기 위해 여우 이야기를 퍼뜨렸다는 말인가?"

"그렇네. 귀신 이야기도 마찬가지겠지."

"귀신의 소행이 아니라고 할 근거는 아직 없네. 분명 멀쩡히 살아 있던 사람이 다음 날 깨끗하게 시신으로 발견되었지. 비록 수선이가 여자치고는 몸이 날래다고는 하나 남자인 감무를 상대로, 그것도 세 명이나 상처 하나 없이 죽이는 것은 불가능해 보이네. 설사 독을 썼다고 해도 고통에 몸부림친 흔적이 있거나 반점 같은 게 남네. 하지만 몸에는 그 어떤 살해의 흔적도 없었다고 했어. 이건 어떻게 설명할 수 있겠나?"

"글쎄. 아직 설명이 안 된다고 해서 짐작만으로 진실을 밝힐 수는 없지. 이제부터 파헤쳐보면 될 일이네."

금행은 이번엔 수선을 보고 말했다.

"낭자의 말씀 잘 들었소. 동생의 일을 포함해서 지금까지 이 고을에서 일어난 일들을 다시 살피겠소. 그러나 미안하지만 낭자는 잠시 하옥시켜야겠소."

"네? 제가 왜……."

"낭자의 사정이 어떻든 간에 지금으로서는 감무의 죽음과 가장 연관이 있는 사람이오. 진실이 밝혀질 때까지 그곳에 있어주시오. 불편하겠지만 잠자리와 음식은 각별히 살피겠소."

그때 나의 뇌리에 뭔가 번뜩 스치는 게 있었다.

"잠시만!"

금행과 수선은 동시에 나를 쳐다보았다.

"항상 수선이 관아를 다녀가고 난 후에 감무들이 죽었네. 만약 수선이가 범인이 아니라면 귀신이든 사람이든 다른 뭔가가 오늘 밤 자네를 해치려고 할 수 있어. 그러니 지금이 그놈을 확인할 수 있는 절호의 기회네."

"그래서?"

"내가 미끼가 되겠네. 자네인 척 이 방에 머물러 있겠다는 말이지."

"자네 말대로라면 그건 매우 위험한 일이야. 미끼가 되어도 내가 되어야지."

"아니. 싸움에 능통한 자네가 밖에서 지켜보고 있다가 놈을 제압하는 편이 훨씬 나아."

"자네 말도 일리가 있네만……."

나는 금행의 말을 잘랐다.

"내 말이 일리가 있다면 내 말대로 하게. 나는 자네를 믿네."

"저도 선비님 말씀이 맞는 것 같아요."

수선도 내 말에 동조했다. 금행은 가만히 나를 바라보다가 고개를 끄덕였다.

방 안을 밝히던 호롱불을 끈 채, 이불을 덮고 가만히 누웠다. 이미 시간은 자정을 훌쩍 넘겼다. 수선의 말대로라면 놈이 나타나야 할 때였다. 방구들에서 열기가 조금씩 올라왔다. 늦가을이라 밤 날씨가 제법 쌀쌀했는데, 방바닥이 알맞게 달궈지자

자꾸만 눈꺼풀이 감겼다. 정신을 차리려고 눈을 부릅떴다. 그 때였다. 형체도 없는 검은 연기가 방 안으로 스멀스멀 모여들었다. 이것이 그토록 보고 싶어 했던 귀신이 아닐까 싶었다. 순간 섬뜩했다. 뒤이어 숨이 점점 막혀왔다. 발버둥이라도 치려 했지만 가위에 눌린 것처럼 팔과 다리에 힘이 들어가지 않았다. 당황한 나는 쇳소리를 내다가 정신을 잃고 말았다.

"정신 차리게! 정신 차려!"

누가 뺨을 사정없이 때리는 통에 눈을 떴다. 하지만 눈앞이 흐릿했고, 머리가 어지러웠다. 속도 매스꺼웠다. 그때 누군가 찬물이 든 바가지를 내밀었다. 나는 천천히 물을 마시고 나서 깊게 숨을 들이마셨다. 차가운 기운이 몸속으로 퍼지자, 비로소 사방이 선명하게 눈에 들어왔다. 나는 마루로 옮겨져 있었고, 금행이 내 온몸을 주무르고 있었다. 수선이 내 머리를 떠받치고 바가지에 담긴 물을 입에 갖다 대주었다. 나는 손을 내저었다. 그러고 나서 자리에 앉았다. 여전히 두통이 있었고, 매스꺼움도 완전히 가라앉지 않았지만 그럭저럭 버틸 만했다. 나는 기운 빠진 목소리로 어찌 된 일인지 물었다.

"나야말로 묻고 싶네. 대체 어찌 됐길래, 멀쩡했던 자네가 이리 정신을 못 차리는 건가?"

"글쎄. 뭔가 눈앞에 아른거린 것 같았는데, 자네를 부를 겨를도 없이 정신을 잃고 말았네."

"정말 귀신이라도 다녀간 걸까요?"

수선이 우리 둘을 향해 물었다. 하지만 이때만큼은 금행도 쉽게 대답하지 못했다. 그의 말로는 내가 잠든 사이에 행랑어 멈이 불을 보러 아궁이에 한 번 왔다 갔을 뿐, 밖에서 방으로 들어온 이는 없었다고 했다. 수선도 고개를 끄덕였다. 한참을 기다려도 아무런 기척이 없어서 놈을 잡는 것은 글렀다 판단하고, 금행이 나를 깨우러 들어왔는데 내가 죽은 것처럼 정신을 잃고 있었다는 것이다. 그래서 나를 마루로 끌어내서 겨우 정신을 차리게 했다고 했다.

그야말로 귀신이 곡할 노릇이었다. 들어온 자도 없고, 나간 자도 없는데 나만 정신을 잃었다니. 만약 금행의 판단이 조금이라도 늦었다면 나는 이 세상 사람이 아닐 수도 있었다. 아찔했다. 덕분에 정신은 더욱 또렷해졌다. 갑자기 금행이 내 손을 잡았다.

"고맙네. 내가 저 자리에 누워 있었다면 오늘 죽었을지도 모르네. 자네가 내 목숨을 구했어."

"그런가⋯⋯. 자네 역시 내 목숨을 구했으니 서로 빚은 없는 걸로 치세."

"그렇지 않네. 나를 먼저 구한 것은 자넬세. 이 은혜를 어떻게 갚아야 할지 모르겠네."

금행은 감격했는지 눈물까지 내비쳤다.

"은혜 갚는 것은 나중에 생각하세. 자네가 감무인 이상 여기에 머물 수밖에 없고, 그러면 이런 일은 또 일어날지 모르네. 지금은 한시 바삐 이 일을 해결해야 할 걸세."

"이제부터는 내가 알아서 하겠네. 자네를 더 이상 위험하게 둘 수 없어."

"같이하세. 오늘도 우리가 함께하다 보니 수선이가 범인이 아니라는 것을 당장 밝혀내지 않았는가."

"정말 고맙습니다, 선비님. 제 누명을 벗겨주셨어요."

수선은 앉은 채로 상체를 숙여 절을 올렸다. 나도 같이 고개를 숙였다.

"저도 어떻게든 이 은혜를 갚고 싶어요."

"둘 다 쑥스럽게 왜 이러는가?"

나는 뒷머리를 긁적였다. 금행은 그런 나와 수선을 번갈아 보다가 말했다.

"늦었으니 그만 자리를 파하세. 이 일은 내일부터 철저하게 알아보겠네."

"아니. 놈이 남긴 어떤 실마리가 남아 있다면, 내가 해를 입은 지 얼마 되지 않은 지금이 적기일세. 이왕 늦을 대로 늦었네. 더 늦을 것도 없어."

"자네를 위험에 빠뜨리고 싶지 않네. 내 일이니 나 혼자 하겠네."

금행은 굳은 얼굴로 말했다. 위험한 줄은 나도 알고 있다. 그렇지만 떠돌고 있는 이야기 뒤에 무엇이 있는지 반드시 확인해보고 싶었다. 내 평생의 소원을 이룰 기회가 눈앞에 있었다.

"자네가 말하지 않았나? 내가 생명의 은인이라고. 그럼 생명의 은인 말을 들어주게. 나는 이 일을 자네하고 같이 조사하고 싶네. 부탁일세."

금행은 눈살을 찌푸렸다. 못마땅하지만 딱히 할 말을 찾지 못한 눈치였다.

"대신 이번처럼 내가 위험하게 되면 자네가 나를 지켜주게."

금행은 긴 한숨을 내쉬었다.

"그리하지."

"그럼, 저도 두 분을 도울게요."

수선이 나섰다.

"낭자마저 왜 그러는 거요? 목숨이 오고 가는 위험한 일이라는 건 낭자가 더 잘 알고 있지 않소?"

금행은 곤란한 얼굴로 말했다.

"제발 조금이라도 은혜를 갚게 해주세요."

수선은 애원했다. 나는 곰곰이 생각해봤다. 어쩌면 수선이 있는 게 도움이 될 수도 있었다. 어쨌거나 그이는 구미호라고 불리는 자를 직접 본 유일한 사람인 데다, 감무가 죽어 나간 귀신 사건과도 관계가 있었다. 분명 두 사건의 교차점에 수선이 있었다. 여기에 더해 이참에 금행과 수선을 자연스레 이어주고 싶었다. 남녀 사이라는 게 함께 있다 보면 자연스레 눈이 맞는 법이다. 금행 같은 숙맥을 혼인시키려면 내가 나서야겠다고 마음먹었다.

"수선이 자네 뜻대로 하게. 다만 무리하지 말게."

"감사합니다, 선비님."

수선은 반색을 했다. 하지만 금행은 정색했다.

"이런 위험한 일에 왜 낭자까지 끌어들이는 겐가?"

"그러면 자네가 낭자도 지켜주게. 그러면 될 일 아니겠나. 생명의 은인이 부탁하네."

나는 또 생명의 은인임을 물고 늘어졌다. 금행은 한 번 더 긴 한숨을 내쉬었다.

"이제 다 정리된 듯하니 입씨름 그만하고 이 방부터 뒤져보세. 요물이 어디 화첩에라도 몸을 숨기고 있을지도 모르니."

나는 끙, 소리를 내며 몸을 일으켰다. 우리는 함께 관아를 샅샅이 뒤졌다. 그러나 별다를 게 없었다. 그도 그럴 것이 금행의 살림이라고 해봤자 옷가지를 넣어두는 궤짝 하나와 이런저런 잡다한 것을 넣어두는 서랍장 하나가 전부였다. 곳간으로 가봤지만, 그곳은 텅 비어 있은 지 오래여서 누군가 숨어들거나 나간 흔적이 없었다. 나라가 어려워 거둬들일 조세가 없다는 게 이런 때 도움이 되는구나 싶어 쓴웃음이 났다.

이제 남은 것은 행랑채였다. 그곳에서는 행랑채 내외가 자고 있었다. 어느새 동쪽 하늘이 어슴푸레 밝아왔다. 뒤늦게 피곤이 몰려오는지 나도 모르게 하품이 났다. 나의 기색을 본 금행이 조심스레 말했다.

"저기는 내일 살피세. 설마 관아의 일을 보는 자들이 상전인 감무를 해치겠나?"

"하지만 좋은 사람들만은 아니에요."

수선이 뾰족하게 말했다. 그이의 말대로 관아에 붙어살면서 호가호위하는 자들이라면 어떤 짓도 할 수 있었다. 그게 뭐든 말이다. 문득 간밤에 행랑어멈이 아궁이 불을 보고 갔다는 금행의 말이 떠올랐다. 나는 부엌 쪽으로 걸어갔다.

"거긴 왜 가는가?"

금행이 나를 따라오며 물었다.

"간밤에 뭔가 움직임이 있었다면 이제 살펴볼 곳은 여기밖에 없네."

나는 부엌으로 들어가 먼저 주위를 살폈다. 아궁이 위에 가마솥이 걸려 있었고, 주위에 옹기 몇 개가 있기는 했지만 눈에 띄는 것은 없었다. 나는 부지깽이를 들고 아궁이 앞에 앉았다. 그리고 아궁이 속에 있는 것들을 긁어내기 시작했다. 금행과 수선은 내가 하는 양을 지켜보았다.

적지 않은 양의 재가 나왔는데, 그 사이 반쯤은 희고 반쯤은 검은 돌이 몇 개 나왔다. 나는 그중 하나를 집어 들었다.

"이거네! 이게 귀신이었어!"

"그게 뭔가?"

"석탄일세."

"석탄이요?"

"원에서 넘어온 물건이네. 중원 땅에서는 예전부터 더러 사용하는 것인데, 돌처럼 보여도 불이 붙는다네. 불을 붙이기는 어려워도 한번 붙으면 나무보다 온기가 오래가고 화력이 좋네. 추위가 심한 북쪽에서는 이걸로 불을 때기도 한다네."

"그런데 그게 왜 귀신이란 말인가?"

"이 물건은 다 좋은데 독한 기운이 있어. 섣불리 아궁이에 땠다가는 자칫 사람이 죽는 참사가 벌어지네. 그래서 북쪽에서도 어쩔 수 없을 때가 아니면 잘 쓰지 않아. 내가 정신을 잃기 전에 헛것을 본 이유도 이것의 독한 기운을 이기지 못했기 때문인 것 같네."

"이것에 독한 기운이 있다고 치세. 그런데 그것이 사람을 어떻게 해친단 말인가?"

"확인해보면 알지."

다시 금행의 방으로 들어갔다. 나는 구들장 쪽으로 가서 닥종이에 콩기름을 먹여놓은 장판을 걷어냈다. 그러자 구들장이 조그맣게 깨져 있는 부분이 드러났다.

"여기로 석탄의 독한 기운이 들어온 거야. 아궁이에서 온돌을 데우는 연기와 함께 말이야. 이야기를 쫓아 북쪽으로 갔을 때 온 가족이 참변을 당한 걸 본 적이 있는데, 그때도 이랬네. 구들장은 종종 깨지기도 하고 금이 가니, 그걸 모르고 석탄을 때면 이런 일이 벌어진다네. 그래서 사람들이 기피하는 것이지."

내 말이 끝나자마자 금행은 재빨리 몸을 돌려 행랑채 쪽으로 달려갔다. 그의 급작스러운 행동에 나와 수선은 잠깐 어리둥절했다가 뒤를 따랐다.

행랑채에 이른 금행은 칼을 빼 들고 행랑채 내외가 기거하는 방문을 걷어찼다. 하지만 안은 텅 비어 있었다. 옷가지조차 보이지 않는 것으로 봐서 이미 눈치채고 달아난 듯했다.

"우리가 관아를 들쑤시고 다니니, 불안해서 달아난 모양이군."

나는 혀를 차며 말했다. 그러자 금행은 칼을 들고 관아의 문을 박차고 달려 나갔다. 나와 수선이 어딜 가냐고 미처 묻지도 못할 정도로 재빨랐다.

"지금 쫓아봐야 소용없을 텐데……."

나는 혼잣말처럼 중얼거렸다.

"왜요?"

"이 밤에 작심하고 달아난 자를 어떻게 붙잡을 수 있겠나? 하물며 금행은 이 고을 지리도 어두우니. 분명 허탕을 치고 돌아오겠지."

104

"그럼, 우리는 어떻게 할까요?"

"어떻게 하긴. 밤이 늦었으니 그만 집으로 돌아가세. 금행이야 제 한 몸 지킬 줄 아는 사람이니, 크게 걱정할 일은 안 생길 걸세."

석탄의 독한 기운이 아직 가시지 않은 탓인지 나는 머리가 어질어질해서 더 이상 버티고 있기가 힘들었다.

"밤이 깊었네. 집도 같은 방향이니 함께 가세."

나는 수선과 함께 관아를 나섰다. 어느새 동이 서서히 터오고 있었다. 집에 도착하자마자 이부자리 위에 쓰러지듯 누웠다.

얼마나 잤을까. 여우가 나타났다는 고함 소리가 들렸다. 눈을 떠보니 봉창으로 들어오는 햇살이 방 안을 환하게 밝히고 있었다. 호장가 순라꾼들의 고함 소리가 어느새 지척에서 들려왔다. 나는 자리에서 벌떡 일어나 밖으로 나갔다.

숨을 헐떡이며 산등성이를 오르자, 멀리 멍석을 들추고 시신을 살피고 있는 금행이 보였다. 그 곁에는 언제 왔는지 수선이 창백한 낯으로 이마를 짚고 서 있었다. 며칠 전 이곳에 있던 내 모습이 떠올랐다. 보아하니 이미 한바탕 속엣것을 게워낸 모양이었다.

"왔나?"

금행은 인기척을 느꼈는지 나를 돌아보지도 않고 말했다.

"어찌 된 일인가?"

"행랑채 내외 시신이 발견되었네. 군졸이 이르기를 새벽에 길을 지나던 스님이 발견해서 근처에 있던 순라꾼들에게 일러줬다고 하더군. 멍석은 내가 오기도 전에 순라꾼들이 덮어놓은 것이고."

틀림없이 시신의 상태가 참혹할 터인데도 금행은 담담한 어조로 말했다. 오랫동안 전장을 누빈 사내다웠다.

"수련이보다 더 참혹하게 죽었어요. 나쁜 짓을 하긴 했지만 어떻게 이렇게……."

수선은 차마 말을 잇지 못했다.

"역시나 점점 참혹해지는군. 사람을 재미로 죽이듯이……."

나는 금행을 돌아보고 말했다.

"직접 보니 어떤가?"

"확실히 이상하네. 자네 말대로 필요 이상으로 시신을 헤집어놓았네. 단지 숨을 끊어놓기 위해서였다면 이렇게 할 필요가 없겠지. 그런데 말이야, 이상한 점은 여기서 끝나지 않아."

금행은 멍석을 더 크게 들추었다. 수선은 악, 소리를 지르며 외면했다. 배가 갈리고, 온갖 장기가 끄집어내어진 시신이 확연히 보였다. 나도 모르게 눈을 질끈 감았다가 떴다. 아무리 봐도 익숙해지지 않는 광경이었다. 금행조차 살짝 눈살을 찌푸렸다. 그는 행랑어멈의 목을 가리켰다.

"보이나?"

나는 실눈을 뜨고 말했다.

"뭐 대충 보이네만. 그게 뭐가 이상하단 말인가?"

"목으로 흐르는 가장 굵은 핏줄을 잘랐네. 그것도 한 번에. 이렇게 되면 피가 솟구치면서 큰 충격에 빠지지. 쓰러져서 무력하게 죽음을 기다리게 되네. 물론 그 시간이 길지는 않아. 이건 살생을 업으로 하는 자만이 가능한 손놀림이네. 그에 비해 다른 곳들의 칼질은 마구잡이야. 살생을 목적으로 한 것이 아닌 듯싶을 정도로."

"그렇다면 자네는 서로 다른 솜씨의 두 칼질이 하나의 시신에 있다고 보는 건가?"

금행은 멍석을 다시 덮으며 고개를 끄덕였다.

"행랑채 내외 모두 목에 같은 상처가 있어. 둘은 같은 자에게 짧은 시간에 당했네. 보통내기가 아니야. 짐작하기에 우선 살수가 두 사람의 숨통을 끊은 뒤, 자신의 칼을 다른 이에게 넘겨준 것 같아. 이런 참혹한 짓을 한 자에게 말이야."

"그자가 수련이도 죽였을 거예요. 제게 걸어차이고 비명을 지른 자이기도 하고요."

어느새 수선은 금행 곁으로 다가와 있었다.

"아직 확실하게 단정 지을 수는 없소."

금행은 주변을 둘러보았다.

107

"하지만 낭자가 말한 장소와 시신이 발견된 장소가 그리 멀지 않으니, 같은 자일 가능성은 높아 보이오."

"이 사람들 아무래도 실수한 것 같네."

"그게 무슨 얘긴가?"

"자네 말을 들어보면, 행랑채 내외를 죽인 자는 둘이네. 실수 하나만 해도 충분한데, 하나를 더 시켜 이미 죽은 자를 헤집어 놓았단 말이지."

"왜 그런 거예요?"

수선이 불쑥 끼어들었다.

"짐작건대, 실수의 칼자국을 숨기기 위해서겠지. 그래야 이 제껏 그래왔던 것처럼 여우 짓이라고 할 수 있을 테니까."

"그럼 이제 누굴 쫓아야 할까요? 이 일의 빗장을 열어줄 이들이 죽어버렸잖아요."

수선이 물었다. 나도 그게 고민이었다.

"우선 각자 생각을 좀 해보고 저녁에 다시 관아에서 보는 게 좋겠네. 당장 뾰족한 수가 없으니."

"그리하세."

수선은 뭔가 더 알아보고 싶은 눈치였으나, 어쩔 수 없이 입을 꾹 다물었다.

가는 길에 가만히 돌이켜보니 입맛이 썼다. 불과 하루 만에 이 고을에서 일어났던 일은 귀신 짓도 여우 짓도 아닌 것처럼 보였다. 그렇다면 나는 그간 이 고을에 머물면서 무엇을 쫓아왔단 말인가.

터덜터덜 걸어서 객주로 갔다. 마당에 펼쳐놓은 평상에는 나루터에서 짐을 부리는 일꾼 셋이 모여서 술잔을 기울이고 있었다. 나는 그들 옆에 자리 잡고 앉았다. 일꾼들은 어젯밤 행랑채 내외가 죽은 일에 관해 이야기를 나누는 중이었다.

"이제 여우가 관아에서 일하던 사람들마저 해치는 판이니, 우리 같은 것들은 죽은 목숨이나 다름없네."

"호장이든 감무든 여우 하나를 못 잡아서 이런 사달을 만드는 게 도통 이해가 가지 않아."

"그런 말 마. 여우가 꼬리가 아홉이나 달린 영물이라 여간 날랜 게 아닌 데다가 둔갑술도 쓴다더군. 이번에 죽은 행랑채 내외는 사람으로 둔갑한 여우가 휘두른 칼에 죽었다더라고."

"그게 정말이야?"

"들리는 말이 그래."

일꾼들은 한숨을 쉬거나 고개를 절레절레 흔들었다. 나도 한숨이 나왔다. 그새 여우는 또 다른 모습으로 변해 있었다. 꼬리가 아홉 개로 늘어난 지 얼마나 되었다고 둔갑술이라니. 평소 같았으면 둔갑까지 한다는 여우가 보고 싶어 안달이 났을 터였다. 하지만 지금은 사람이 한 짓을 여우가 한 짓이라고 둔갑시키고 있다는 생각이 들었다. 백성들이 영물인 구미호의 존재를 믿는 한 그자의 짓은 계속 숨겨질 것이다.

불가살이처럼 백성들은 이야기를 만들고 또 이야기를 믿고 그 믿음을 이용한다. 그런데 수선의 일이나 행랑채 내외의 일을 생각해보면, 이야기를 만들고 또 이야기를 믿고 그 믿음을 이용하는 자가 백성들뿐만은 아니라는 생각이 들었다. 이 고을에 떠도는 여우와 귀신 이야기 뒤에는 지금껏 내가 보아왔던 것과는 다른 무엇이 도사리고 있는 듯했다.

내친김에 나는 그자의 이야기에 먹칠이라도 좀 해두어야겠다고 생각했다. 그래서 술병을 들고 일꾼들 사이에 끼어들었다. 마침 술이 다 떨어졌던 일꾼들은 거리낌 없이 자리를 내주었다. 나는 그들에게 일일이 술을 따라주며 혹시 관아에 나타난다는 처녀 귀신에 대해 아느냐고 물었다. 일꾼들은 이 고을 사람들 중에 그 이야기를 모르는 사람은 아무도 없을 거라고 대답했다. 나는 이제 그 처녀 귀신은 관아에 나타나지 않을 거라고 잘라 말했다.

"새로 부임한 감무가 처녀 귀신의 한을 풀어주기로 약속했네. 알고 보니 처녀 귀신은 산에서 죽은 처자 중에 한 명이었어. 그런데 여우가 아닌 사람에게 당했다더군."

"네, 정말입니까?"

"그럼. 내가 이래 봬도 선비일세. 허언은 하지 않지. 어쨌거나 관아에 처녀 귀신은 이제 두 번 다시 나타나지 않을 거야. 믿어도 되네."

　나는 그 말을 남기고 자리에서 일어났다. 일꾼들은 뭔가 더 궁금한 것이 있는 듯했지만 모른 척했다. 이야기는 허술한 구석이 있어야 한다. 그래야 사람들이 그 허술한 구석을 채우려고 말을 보태는 법이니까.

여섯. 미끼가 된 귀신

그날 저녁, 나는 관아로 향했다. 행랑채 내외가 죽었다고 하나, 감무를 헤치려는 수작이 또 벌어질지 알 수 없는 일이었다. 대문을 열고 들어가니 금행이 동헌 마당을 서성이고 있다가 나를 돌아보았다.

"왔는가?"

나는 집에서 가져온 호리병을 품에서 꺼내 흔들어 보였다.

"안사람이 내린 소주라네. 자네를 만나러 가겠다고 하니 챙겨주더군."

금행은 피식 웃었다. 그때 관아 문을 열고 들어오는 사람이 또 있었다. 수선이었다. 그이는 금행과 나를 보자 꾸벅 고개를 숙인 후에 총총걸음으로 다가와 손에 든 보자기를 내밀었다.

"이게 뭔가?"

"행랑어멈이 죽었으니 당장 감무님을 챙겨드릴 사람이 없을 것 같아서, 제가 찬거리를 조금 가져왔어요."

수선은 쑥스러워하며 말했다. 나는 금행에게 눈짓을 했다.

"뭐 하나? 어서 받게. 손 떨어지겠네."

내 말에 금행은 수선이 가져온 찬거리를 허둥지둥 넘겨받았다.

"고맙게 받겠소. 그런데 앞으로는……."

나는 금행의 말을 재빨리 가로챘다.

"자네 술 좀 하나?"

"네?"

"좋은 소주가 한 병 있거든. 내 아내 솜씨지만."

수선이 금행의 눈치를 보며 우물쭈물하자, 나는 금행의 옆구리를 쿡 찔렀다. 그가 멋쩍게 말했다.

"낭자께서도 저녁 전이면 함께하는 게 좋겠소."

수선은 배시시 미소 지었다.

금행이 묵던 방은 아직 미심쩍어서 마루 가운데에 상을 폈다. 선선한 가을바람이 불고 짙은 노을이 눈에 가득 들어오는 저녁이었다.

"이런 날씨는 안주나 마찬가지일세. 마셔도 취하지 않거든."

나는 금행과 수선의 잔을 채워주었다. 금행은 이전처럼 한 모금을 이리저리 굴려가며 음미했다가 마셨고, 뜻밖에 수선도 비슷한 술버릇을 가지고 있었다. 주량이 만만치 않은 듯했다. 수선이 가져온 화전은 소박해 보였지만, 한점 한점 정성이 느껴질 만큼 정갈했다. 나는 화전을 먹으며 과장되게 그 맛을 칭찬하며 금행의 동의를 구했다.

"자네는 어떤가?"

"나, 나도 괜찮네."

"그저 괜찮은 정도인가?"

나는 금행의 표정을 살피는 수선을 흘끔 보면서 말했다.

"그, 행랑어멈보다 낫네."

"수선이 자네가 이해하게. 이 친구가 이렇게 말주변이 없다네."

"아니에요. 행랑어멈보다 낫다면 다행이에요."

수선은 방긋 웃었다. 금행은 쑥스러운 듯 잔에 남은 술을 입에 털어 넣으며 헛기침을 했다.

술자리는 달이 뜨도록 이어졌다. 가져온 소주가 동이 나자, 금행이 행랑어멈의 세간을 뒤져 막걸리 한 동이를 가져오는 바람에 다시 대작이 이어졌다. 술자리 분위기가 화기애애하지만은 않았다. 그도 그럴 것이 아침에 참혹한 시신을 두 구나 본 데다 나와 수선이 여기에 온 이유도 금행의 안위가 걱정됐기 때문이다. 자연스레 이야기는 낮에 있었던 일로 흘러갔다.

"꼭 수련이 때문만은 아니에요. 감무님이 이 고을에서 안전하게 계시기 위해서라도 그놈을 잡아야 해요."

술이 좀 들어간 탓에 수선의 목소리에 힘이 들어갔다. 호장가에서 보여줬던 당찬 모습이었다. 나도 맞장구를 쳤다.

"맞아. 하루빨리 잡아야 하고말고. 자네는 무슨 계획을 세웠는가?"

"그러잖아도 그게 계속 고민이었네. 우선은 시신을 발견했다는 스님을 먼저 찾아볼 생각이야. 생각지도 못한 꼬투리가 나올지도 모르니."

"그렇게 차근차근 풀어가는 것도 좋겠지. 하지만 그 스님에게서 별다른 말을 듣지 못하면 그때는 어찌할 텐가?"

"글쎄. 아직 뾰족한 수가 떠오르지 않네."

"이건 어떤가?"

혹여 누가 들을세라 목소리를 낮추었다. 금행과 수선은 내쪽으로 몸을 기울였다.

"나도 생각을 해봤는데 말이야. 여우를 잡아야 한다면 미끼를 푸는 게 어떨까? 여우가 좋아하는 것으로 말이네."

"여우가 좋아한다는 미끼가 뭔가?"

"여자."

"여자?"

"그간 그 여우 놈은 주로 젊은 여자를 잔혹하게 해쳤네. 늦은 밤 산에 홀로 길을 걷는 여자가 있다면 반드시 그놈이 나타날 걸세. 그때를 노리세."

금행은 팔짱을 끼고 잠깐 생각에 잠겼다.

"그럴듯한 말이네만, 어떤 이가 그리 위험한 일에 나서겠나? 여우를 잡으려다가 사람을 잡을 수도 있어."

"나도 그걸 생각하지 않은 건 아니네. 여리여리한 군졸에게 여장을 시키는 게 어떻겠나? 밤이면 잘 구별도 안 갈 걸세."

"딴에는 그 방법밖에 없어 보이네. 하지만 이 관아의 군졸들은 다들 덩치가 좀 있는 편이라……."

"제가 할게요."

수선은 결기에 찬 눈빛으로 우리를 바라보았다.

"미끼는 확실해야죠. 어설프면 여우가 달아나서 아예 모습을 감출 수도 있잖아요. 제가 적임자예요."

"낭자, 너무 위험하오."

"위험해도 해야 할 일이에요. 하게 해주세요."

"안 되오. 허락할 수 없소."

금행은 단호하게 말했다.

"맞아. 다시 한번 생각해보게. 당장이야 동생의 원수를 갚을 생각에 나서고 싶겠지만, 자칫 일이 잘못되어서 자네가 죽으면 그게 다 무슨 소용인가?"

나와 금행 모두 완강하게 나오자 수선은 막걸리 한 사발을 쭉 들이켠 다음, 잔을 탁 소리 나게 내려놓았다.

"아 몰라요! 두 분이 뭐라고 하든 저는 내일부터 밤마다 산길을 돌아다닐 테니 그렇게 알아요. 저는 이미 말했으니 제가 죽고 말고는 감무님이 책임지시고요."

수선이 막무가내로 나왔다. 하지만 죄 없는 이를 가둬둘 수도 없으니 그이가 돌아다니겠다고 하면 막을 방도가 없었다.

"낭자, 다짜고짜 우길 일이 아니오."

수선은 막걸리 동이를 들어 금행에게 잔을 채워주었다.

"그럼, 감무님은 선비님이 낸 생각보다 더 좋은 꾀라도 있으신가요?"

"그건……."

"없으면 합시다! 빨리 잡아야 우리 고을 사람들도 두 발 뻗고 살죠. 백성들을 한시라도 편안하게 해주는 게 감무님의 도리잖아요. 네?"

금행에게 따져 묻는 수선의 모습을 보니 슬그머니 웃음이 났다. 금행이 어쩔 줄 몰라 하고 있었기 때문이다.

여우를 잡는 일은 생각보다 쉽지 않았다. 어찌 된 연유에서인지 도통 미끼를 물지 않았다. 수선은 밤마다 산길을 배회해야 했고, 나와 금행 그리고 군졸들 역시 수선을 중심으로 넓게 퍼져서 놈이 그이를 덮치는 순간을 노렸다. 그런 날이 하루 이틀이 되고, 보름이 가까워지자 모두 피곤해서 제정신이 아닐 지경이 되었다. 길을 걸으며 조는 군졸이 생겨난 것은 물론, 심지어 누구보다 위험한 상황에 놓인 수선마저 바위에 걸터앉아 졸음을 쫓았다.

나로 말할 것 같으면, 피로보다 아내가 문제였다. 밤마다 외출을 하니 기생이라도 하나 끼고 있는 게 아닌가 의심하는 눈초리였다. 이 고을의 여우 놈을 잡는 일이라고 강변했으나 핑계라고 생각하는 기색이 역력했다. 비록 내가 여우에게 미끼를 던지자는 계략을 냈지만, 며칠 내로 아무 소식이 없다면 그만하자고 얘기해볼 작정이었다.

그믐에 시작한 일이 보름이 되었다. 그야말로 보름달이 휘영청 밝았다. 이날도 수선이 고집을 부려서 산으로 향하기는 했지만, 달이 손톱만 하던 초승달 밤이나 심지어 달이 아예 없던 그믐밤에도 나타나지 않던 여우가 이렇게 밝은 날에 나타날까 싶었다. 그래서인지 다들 긴장이 풀린 채로 느릿느릿 걸었다. 산으로 들어서자 나와 금행 그리고 군졸 다섯은 수선을 중심에 두고 사방으로 흩어졌다. 일정한 거리를 두어야 여우에게 들키지 않을 것이기 때문이었다.

홀로 남겨지니 피곤함이 더 했다. 나는 습관처럼 길을 걸었다. 그래서일까, 보름달이 구름에 가려 산이 짙은 어둠에 휩싸이는 것조차 몰랐다. 뒤늦게 정신이 번쩍 들어 눈을 부릅떴지만 어느새 수선이 시야에서 사라졌다.

수풀을 뒤지며 수선이 있음직한 곳을 찾아 헤매고 있을 때,

날카로운 비명 소리가 들렸다. 볼 것도 없이 수선의 목소리였다. 그이와 거리가 제법 떨어져 있는 만큼 놈을 잡는 것보다 수선의 안위가 더 큰 문제였다. 때마침 구름이 걷히고 보름달이 서서히 모습을 드러내며 사위가 조금 밝아졌다. 나는 비명 소리가 난 곳을 향해 정신없이 내달렸다.

군졸들의 사정 역시 나와 다르지 않았던지, 사방에서 어지럽게 수풀을 헤치는 소리가 났다. 본래 은밀해야 할 계략이었는데 이래서야 실패가 자명했다. 비록 일은 틀어졌지만, 수선의 목숨을 구하는 일이 무엇보다 중요했다. 나는 그이의 이름을 소리쳐 부르기 시작했다. 군졸들도 함께 수선의 이름을 불러댔다. 그러자 이에 호응하듯 또 한 번 수선의 비명 소리가 들렸다.

가까스로 수선이 있는 곳에 도착했을 때는 심장이 목구멍으로 튀어나올 정도로 숨이 가빴다. 다행히 수선은 무사했다. 여우 놈과 바닥에 뒹굴기라도 했는지 몸 여기저기 흙이 잔뜩 묻어 있었다. 하지만 큰 상처가 난 곳은 없어 보였다.

"괜찮은가?"

"네. 그놈이 저를 덮치기는 했지만, 얼마 있지 않아 감무님이 달려오셔서 다치지 않았어요."

그러고 보니 금행이 없었다. 그 숱한 전장에서 살아남았을 정도로 날래디날랜 그가 나보다 늦게 도착할 리 없었다. 주위를 둘러보니 수선 곁에는 군졸 두 명이 잔뜩 긴장한 얼굴로 지키고 섰을 뿐이었다.

"금행은 어디로 갔나?"

"그놈을 쫓아갔어요."

"어디로?"

"흥왕사 쪽으로요."

"그놈 얼굴은 봤나?"

수선은 고개를 가로저었다.

"그놈이 저를 뒤에서 덮친 데다가 검은색 복면까지 하고 있었어요."

"옷은 어떤 걸 입고 있던가?"

수선은 기억을 잠깐 더듬다가 말했다.

"어두워서 색은 잘 기억이 안 나요. 검은색 아니면 짙은 청색이었을 거예요. 두루마기는 입고 있지 않았고 그냥 저고리에 바지 차림이었어요. 제가 옷깃을 붙잡고 늘어졌었는데, 옷감이 미끄러워서 놓치고 말았어요."

"그래, 수고 많았네. 놀랐을 테니 군졸들과 고을로 내려가 쉬게. 이 계획은 오늘부로 끝이야. 놈이 두 번 속지는 않을 테지. 나는 흥왕사로 가보겠네."

"저도 같이……."

수선이 나섰지만, 나는 말을 잘랐다.

"놀란 게 가라앉으면 아픈 데가 생길 수도 있어. 몸을 보존하게."

　나는 군졸들에게 수선을 고을까지 잘 부탁한다는 말을 남기
고 흥왕사로 향했다.

　흥왕사는 지금으로부터 백 년 전쯤 호장가가 지은 절이라고
했다. 그 시절은 호장가의 기세가 등등하던 때라 가문의 극락
왕생을 위해 절 하나쯤 짓는 일은 그리 어렵지 않았을 것이다.
그래도 처음 시작은 대웅전에 철불을 모신 아담한 암자 정도였
다는데, 지금은 제 스스로 몸집을 불려 이 일대에서 제법 규모
가 큰 사찰이 되었다. 흥왕사의 승려들은 부적이나 불상 혹은
노리개 같은 것들을 만들어 팔아 재물을 좀 만지더니, 인근의
농사지을 땅을 사서 소작농까지 부렸다.
　심지어 근년에는 흉년에 쌀을 빌려주고 고리대를 받았다. 쌀
을 빌린 이가 갚지 못하면 절이 부리는 노비가 되어야 했다. 적
어도 재물을 취하고 불리는 데 있어서는 불가의 자비를 찾아보
기 힘들었다. 그나마 부처님 노비가 되었으니 죽어서 극락왕생
할 수 있겠노라 자조하는 것이 수탈당하는 백성들의 유일한 위
안이라면 위안이었다.
　물론 조용히 수양을 해야 하는 절이 이러는 것을 조정이 곱게
볼 리 없었다. 하지만 작금에 와서 고려의 절들이 대개 이러했
고, 또한 절들은 호장가나 권문세족 같은 든든한 뒷배가 있었

기 때문에 함부로 건드리기 어려웠다.

밤이라 해도 홍왕사를 찾는 일은 어렵지 않았다. 어려서부터 불공을 드리는 어머니를 따라 자주 드나들었던 터였다. 눈을 부라리며 무섭게 중생을 내려다보는 사천왕상을 지나 절 안으로 들어서니 곳곳에 불이 환하게 켜져 있었다. 대웅전 앞마당에는 스무 명가량의 승려가 모여 있었다. 서로 이야기를 주고받는 모습이 꽤 어수선해 보였다. 그러다 내 인기척을 느끼고는 일제히 입을 다물었다. 나는 문간에 어중간하게 멈춰 섰다. 젊은 승려 하나가 나에게 다가왔다.

"시주께서 이 밤에 어쩐 일이십니까?"

나는 뭐라고 둘러댈까 하다가, 어수선한 모양을 보아하니 이미 금행이 절 안을 휘젓고 다니는 듯해서 솔직하게 말했다.

"친구가 이쪽으로 갔다 하기에 쫓아왔습니다."

"친구가 누구십니까?"

"이 고을 감무입니다."

젊은 승려는 뭔가 아니꼬운 듯 나를 잠시 살피다가 턱짓으로 대웅전 뒤를 가리켰다.

"저기 있을 거요."

말투가 심히 퉁명스러웠다. 하지만 시비를 따지고 있을 겨를이 없었다. 나는 젊은 승려의 태도에 응수하듯 목례도 하지 않고 쌩하니 그를 지나쳤다.

대웅전 뒤에는 또 다른 문이 있고, 그 문을 열자 승려들의 거처와 함께 마련된 공방이 나타났다. 금행은 군졸들과 함께 승려들의 방을 하나하나 뒤지는 중이었다. 아마도 마당에 몰아놓은 사람이 금행인 듯했다. 한밤중에 칼을 든 감무가 찾아와서 다짜고짜 방을 뒤지겠다고 하니 화가 날 만도 했다. 아니나 다를까, 주지스님이 노기 띤 얼굴로 금행과 군졸을 지켜보고 있었다. 금행은 공방으로 향하다가 가지런히 놓여 있는 노리개를 보고 잠깐 발길을 멈췄다. 그 틈에 나는 금행 곁으로 다가갔다.

"뭘 그리 보나?"

금행은 화들짝 놀라며 나를 돌아보았다.

"언제 왔나?"

"방금 도착했네. 그런데 노리개는 왜 보나?"

"그냥. 수선 낭자가 오늘 일로 놀랐을 테니……."

금행은 중얼거리다가 문득 말을 바꿨다.

"자네도 온 김에 공방이나 같이 뒤져보세. 놈은 분명 여기로 들어왔네. 쥐가 독 안에 든 꼴이니, 잡는 건 시간문젤세."

나는 금행이 눈여겨보던 노리개 하나를 주워서 품에 넣었다. 그리고 주지스님을 향해 나중에 값을 치르겠다고 입 모양으로 말했다. 노여움을 애써 누르고 있던 주지는 그 와중에 내 말뜻을 알아들었는지 가만히 고개를 끄덕였다. 승려치고 셈이 퍽 밝은 편이었다.

공방에는 큰 궤짝들이 많았는데, 만든 물건들을 넣어두는 용도 같았다. 누군가 숨어들었다면 여기에 있을 수밖에 없었다. 금행은 칼을 빼 들고 천천히 궤짝 쪽으로 다가갔다. 그리고 궤짝 앞에 서자 나를 향해 눈짓을 했다. 궤짝을 열어보라는 뜻이었다. 나는 마른침을 삼키며 뚜껑을 열었다. 하지만 안에는 이런저런 공구만 들었을 뿐, 사람이 숨어 있지는 않았다. 이어 나는 사람이 숨어 있음직한 크기의 궤짝을 골라 뚜껑을 열었다. 이번에도 목각 불상만 잔뜩 들어 있었다.

그런데 그때 내 등 뒤에서 돌연 인기척이 났다. 화들짝 놀라 뒤돌아섰다. 그러자 사내 하나가 궤짝에서 기어 나왔다. 금행은 재빨리 그를 향해 칼을 겨누었다. 사내는 예상이라도 한 듯 두 손을 번쩍 들었다. 얼굴을 보니 여우치고는 너무나 평범했다. 두툼한 눈꺼풀에 콧대가 낮았는데, 얼핏 봐서는 몽골에서 온 자 같았다. 하지만 고려 사람 중에도 저런 자는 드물지 않았다. 무엇보다 입고 있는 옷이 평범한 고려 백성의 것이었다. 그러나 검은색 물을 들인 것이 예사롭지 않았다.

"자네는 밖에 나가서 군졸들을 불러주게. 이자를 포박해야겠네."

금행은 사내를 노려보며 말했다. 나는 알겠다 대답하고, 군졸을 부르러 급히 공방을 뛰쳐나갔다.

사내를 관아로 데려온 금행은 곧장 그자를 하옥시켰다. 그리고 군졸들에게 교대로 단단히 지키게 했다. 문초는 낮에 동헌 마당에서 하기로 했다. 어차피 잡은 놈이니, 굳이 재촉할 이유가 없었다. 나는 금행과 헤어지기 전 절에서 가져온 노리개를 그에게 찔러주었다.

"이게 뭔가?"

"보면 모르나? 노리개일세. 오다 주웠네."

"대체 이런 걸 어디서 줍나? 거짓말 말게."

"그냥 그리 알게."

"그리고 설령 주웠다고 해도 제수씨를 줄 일이지 왜 나 같은 사내에게 주나?"

"내 아내는 똑같은 게 있네. 이 고을에서 홍왕사에서 만든 노리개 하나쯤 가지고 있지 않은 여인은 없을 거네. 정 자네가 갖기 싫으면 노리개 사줄 남편이 없는 처녀에게 주든지."

나는 금행의 어깨를 툭툭 치고는 천천히 관아를 나섰다. 보나마나 금행은 이제부터 저 노리개를 가지고 고민에 고민을 거듭할 게 뻔했다. 나는 홀로 빙긋 웃었다. 어쨌거나 그렇게 쫓던 여우가 사람이라 김이 새기는 했지만, 몇 년간 고을을 두려움에 떨게 했던 요물을 붙잡은 것 같아서 마음이 몹시 포근했다.

일곱. 호장가의 힘

이튿날 이른 아침, 군졸이 찾아와 사내의 문초를 진시에 시작한다고 기별했다. 아침상을 물리며 나는 아내에게 이제 여우를 붙잡았으니 더 이상 밤에 마실 나갈 일이 없을 거라고 일러두고 문을 나섰다. 아내는 나를 흘겨보면서도 마음을 놓는 눈치였다.

포승에 묶인 채 동헌 마당에 꿇어앉은 사내는 고개를 뻣뻣하게 들고 있었다. 그의 뒷모습에서는 어쩐지 두려워하는 기색이 전혀 느껴지지 않았다. 나는 금행의 곁으로 다가가 말을 건넸다.

"무슨 임금께 간언하다가 참소당한 충신 같네그려."

"느낌이 좋지 않네."

"왜?"

"문초를 받는다는 것이 어떤 일인지 자네도 알지 않나?"

"잘 알지. 부친께서 참소를 당하셨을 때 아주 가혹했었네. 매를 얼마나 맞았던지 장독이 올라서 꼬박 일 년을 누워 계셨다네. 아무리 충신이라도 매 앞에 장사 없는 법이지. 부친은 견디지 못하고 조정에서 고하라는 대로 털어놓는 바람에 집안이 멸문당할 지경까지 갔었지. 다행히 외가에서 힘을 써주는 바람에 겨우 살았네. 그래서 내가 출사를 꺼리는 것 아닌가."

"듣고 보니 예전에 자네가 말해준 적이 있었지."

"그런데 느낌이 좋지 않다는 것은 무슨 뜻인가?"

"문초를 시작하면 곱게 끝낼 수는 없는 노릇이네. 그건 저자도 잘 알 테지. 그런데 얼굴에 두려운 기색이 없어. 이런 경우는 두 가지네. 첫 번째는 억울해서 악에 받쳤거나 두 번째는 뒷배가 있거나."

"본인이 죄가 없어서 떳떳해도 저러지 않겠는가?"

"자네 부친께서는 죄가 있어서 그 고초를 당하셨나?"

"물론 그건 아니지. 선대왕께서 조정에 사대부를 등용할 때 운 좋게 낭사를 하시기는 했지만, 그리 높이 오르지 못하셨네. 종사품에 그치셨지. 뭔가 대단한 일을 할 위치가 아니셨네."

"죄가 있건 없건, 문초를 하면 고초를 당하게 되어 있네. 그러니 사람인 이상 두려움은 어쩔 수가 없지."

"듣고 보니 그런 듯하네. 그럼 저자는 악에 받친 쪽인가, 아니면 뒷배가 있는 쪽인가?"

"얼굴을 보게. 악에 받친 것 같지는 않네."

"그럼 뒷배가 있을지도 모른다는 뜻인가?"

"느낌이 그렇다네."

때마침 관아의 문이 열리고 수선이 들어왔다. 우리를 보자 꾸벅 인사를 하고는 총총걸음으로 다가왔다. 그이는 아무 말 없이 사내의 얼굴부터 확인했다. 동생을 죽인 살인마일지도 모르니 얼굴을 봐두려는 것은 인지상정이었다. 그런데 사내의 얼굴을 보자마자 수선은 헉, 소리를 냈다.

"네가 어떻게……."

"낭자가 아는 사람이오?"

금행이 묻자 수선은 얼떨떨한 얼굴로 대답했다.

"네, 수달이요. 새어머니가 데려왔다는……."

이내 수선의 눈빛이 날카로워졌다.

"수련이를 죽인 게 너야?"

수달은 아무 말도 하지 않았다. 아니, 아무 말도 할 의사가 없어 보였다.

"순순히 대답하거라."

금행이 다그쳤다. 그러나 수달은 요지부동이었다. 금행은 수달의 양옆에 선 군졸들에게 눈짓을 했다. 그러자 오른쪽에 있던 군졸이 손에 침을 뱉더니 몽둥이를 치켜들었다. 그때였다.

멀리서 여우다, 하고 외치는 소리가 들려왔다. 볼 것도 없이 호장가 순라꾼들이 외치는 소리였다. 그 순간, 수달이 씨익 웃었다. 마치 이 모든 것을 예견이라도 한 것처럼.

금행은 손을 들어 몽둥이를 내리치려던 군졸을 제지했다.

"저자를 다시 하옥시키거라."

군졸은 네, 대답하고 수달을 일으켜 세웠다.

"감무님, 문초를 안 하실 건가요?"

수련이 다급하게 물었다.

"우선 일이 난 곳부터 들여다봐야겠소. 서로 관련 있는 일일 수 있으니, 문초는 그 후에 해도 늦지 않소."

"관련이 없을 수도 있어요. 수련이를 죽인 자가 이놈일 수도 있다고요. 그날 같이 나갔단 말이에요."

"이자는 낭자의 동생을 죽인 죄로 끌려온 게 아니오. 낭자를 해하려 했을지도 모르는 자라서 끌려온 거요. 낭자가 보기에 이자가 어제 그자인 것 같소?"

"그건……."

수선은 분명 그날 밤, 놈의 얼굴을 보지 못했다고 했다.

"낭자의 마음을 모르는 바 아니오. 하지만 의심만으로 사람을 벌할 수는 없소. 도둑 열 놈을 놓치더라도 억울한 사람 하나가 나오지 않게 하라는 말이 있소. 감정에 휩쓸리지 말고 신중해야 하오. 엄한 사람 잡지 말고, 진짜 범인을 잡아야 하는 것 아니겠소?"

금행은 차분하게 말했다. 수선은 나를 돌아보았다.

"선비님은 어찌 생각하세요?"

"나도 금행과 같은 생각이네. 저자가 사라지는 것도 아니니 모든 게 확실해질 때까지 조금만 더 시간을 가져보세."

나는 최대한 부드러운 목소리로 다독이려고 했다. 수선은 아 랫입술을 깨물었다가 한숨을 푹 내쉬었다.

역시 시신은 젊은 처녀였다. 수선은 화척들이 사는 곳에서 본 적이 있는 것 같다고 말했다. 비록 고려에서 사람대접을 못 받는 화척이라 해도 사람은 사람이다. 계속해서 사람을 이렇게 참혹하게 죽일 수는 없는 노릇이다. 놈에 대한 화가 치밀어 올 랐다. 잡으면 손수 치도곤이라도 내주고 싶었다.

금행은 이전과는 다르게 시신의 팔과 다리를 만져보았다. 나 는 그나마 팔다리가 멀쩡하니 저러나 싶었다. 금행은 옆에 선 군졸에게 말했다.

"가서 어제 잡아 온 수달이라는 자를 풀어주게."

"감무님!"

수선이 금행의 옷깃을 붙잡았다. 나 역시 의아하기는 마찬가 지였다.

"갑자기 왜 그러나?"

"적어도 수달은 범인이 아닐세."

"대체 뭣 때문에 그렇게 생각하시는 거예요?"

수선은 격앙된 어조로 따져 물었다.

"이 처녀는 죽은 지 얼마 안 됐소. 죽은 후에 시간이 좀 지나면 몸이 뻣뻣하게 굳기 마련인데, 팔과 다리를 살펴보니 살아 있는 것처럼 부드럽소. 게다가 몸의 온기도 아직 남아 있소. 오늘 아침 혹은 그 후에 죽었을 거요. 그러니 절대 수달의 짓이라고 보기 어렵소."

"지금까지는 수달이 사람을 죽였고, 오늘은 다른 사람이 죽였을 수도 있지 않겠나?"

금행은 고개를 가로저었다.

"행랑채 내외를 난자한 것과 칼을 쓰는 수법이 같네. 그러니까, 내외에게 난도질을 한 자와 이 처녀를 죽인 자는 같아."

금행은 전에 없이 단정 지어 말했다. 철들고 나서부터 전쟁터에서 쭉 살아온 이가 금행이다. 적어도 도검에 찔려 죽은 시신에 대해서 그만큼 해박하게 알고 있는 사람은 이 고을에 없었다. 그러니 나 역시 수긍할 수밖에 없었다. 수선은 분한 기색이 역력했지만, 두 손을 꽉 쥐고 참았다.

기운이 빠졌다. 실마리를 쥐고 있을 것 같았던 행랑채 내외가 죽고, 잡을 수 있을 것 같았던 놈을 눈앞에서 놓쳤으며, 기껏 고생해서 잡아 온 수달이라는 자는 또 놓아줄 수밖에 없었다.

그런데 놈은 우리를 비웃듯이 또 사람을 죽였다. 어제 우리가 수달을 잡아 오는 대신 산속을 좀 더 뒤졌다면 오늘 일을 막을 수 있었을지도 몰랐다. 가슴이 답답했다.

가만 생각해보면 이상하게 이 사건은 이어져 있었다. 행랑채 내외는 여우라는 놈에게 죽었고, 그 여우라는 놈은 수선을 해하려고 했다. 그리고 수달은 또 수선과 의붓남매 사이다. 그런데 수달은 수선의 동생 수련이 죽은 후에 호장가에서 농사지을 땅을 받았다고 했다. 그런 수달이 하필 놈을 잡으려고 했던 어젯밤, 그것도 호장가와 인연이 깊은 흥왕사에서 발견되었다. 이게 다 우연일까?

게다가 감무가 죽었을 때 가장 이득을 보는 데는 호장가다. 행랑채 내외가 자신들의 상전인 감무들을 감히 이유 없이 죽이지는 않았을 것이다. 행랑채 내외에게 감무를 죽이라고 사주했다면 호장가일 가능성이 매우 컸다. 이 모든 걸 추려보면 의심은 호장가를 향할 수밖에 없었다. 지금까지 여우를 쫓아다닌 일이 모두 헛물을 켠 것만은 아니라는 생각이 들었다. 적어도 꼬리가 아홉 개나 달렸다는 소문 뒤에 도사리고 있는 단단한 무엇이 호장가와 관련이 있다는 것은 짐작할 수 있었으니.

문득 이 모든 것이 현실이라는 느낌이 확 다가왔다. 금행을 맞이했을 때부터 지금까지 정신없이 지내는 동안 한 번도 느껴보지 못했던 감각이었다. 차라리 요물이 낫다. 잡아 죽인들 뭐라고 할 사람도 없고, 무엇보다 쫓으면서 소문의 실체를 확인해나간다는 재미도 있다. 아니, 적어도 이 일을 시작할 때는 그랬다. 하지만 호장가가 엮여 있다면 더 이상 재미라고 여길 수 있는 일이 아니다.

비록 호장가가 쇠락하는 중이라고 해도 이 고을에서의 위세는 여전히 당당하다. 썩어도 준치이고, 이빨 빠진 호랑이도 호랑이다. 호장가가 작심한다면 어떻게든 조정에 손을 쓸 수 있다. 특히 호장가 안주인인 강씨의 친정은 호장가보다 형편이 더 낫다. 그이가 움직인다면 조정에 뒷배가 없는 감무나 그와 별다를 바 없는 선비 정도는 얼마든지 손볼 수 있다. 까딱 잘못하면 재미로 시작한 일에 목을 걸어야 할 수도 있는 것이다.

고을에 도착하면 금행과 이 문제를 이야기해봐야겠다고 생각하고 그를 물끄러미 쳐다보았다. 그는 산길을 걷다가 수선에게 노리개를 불쑥 내밀었다. 깜짝 놀란 수선은 이게 뭐냐고 물었고, 금행은 머리를 긁적이다가 이실직고했다.

"덕문이가 주웠다며 내게 줬소. 그 친구 가끔 실없는 데가 있어서. 여하튼 낭자가 가지는 게 좋겠소. 보다시피 나는 노리개하고 어울리지 않는 사내라."

나는 속으로 혀를 찼다. 머저리도 저런 머저리가 없었다. 그냥 자기가 주는 거라고 하면 될 것을 뭐 하러 쓸데없는 말을 하는지. 어쩌면 금행이 아직 장가를 들지 못한 것은 전쟁터를 누

133

벼서가 아니라 저런 숙맥 같은 구석 때문일 수도 있겠다 싶었다. 나는 수선의 표정을 살폈다. 수선은 노리개가 신기한 듯 이리저리 살피다가 살짝 저고리에 대어보았다. 꽤 마음에 드는 모양이었다. 그러다 다시 금행에게 내밀었다.

"이건 홍왕사에서 만든 귀한 것 같은데, 제가 받아도 될지 모르겠어요. 감무님이 가지고 계시다가 정인에게 주시는 게……."

얼씨구, 하는 소리를 내뱉을 뻔했다. 수선은 또 왜 저런 소리를 하는지 알 수 없었다. 주면 고맙게 받고, 찬거리라도 해다 주면서 인연을 이어나가면 될 것을. 나의 간절한 마음을 알아챘는지 금행이 정색을 하며 말했다.

"넣어두시오. 한번 건넨 물건을 어찌 받으라고 하시오. 어제도 그렇고 오늘 일도 그렇고 내내 낭자에게 미안했소. 그냥 내 성의라고 생각해주시오. 덕문이가 아니더라도 내가 낭자에게 선물하려고 했던 거요."

말을 마친 금행은 성큼성큼 앞서 걸어갔다. 수선은 노리개를 한 번 살펴보고는 배시시 웃었다. 그러고는 걸음에 속도를 올려서 금행과 나란히 걸었다.

"감무님 성의라고 생각하고 감사히 받을게요. 귀한 물건을 주셨으니, 대신 제가 매일 찬거리를 해서 가져다드릴게요."

"너무 번거롭지 않겠소? 어차피 행랑채에 새로 사람을 들일 거요."

134

"그럼 행랑채에 사람을 들일 때까지만이라도 제가 감무님 끼니를 챙겨드릴게요."

수선의 목소리가 전에 없이 나긋나긋했다. 조금 전까지 분해서 어쩔 줄 모르던 사람이 맞나 싶었다. 금행은 더 이상 가타부타 말하지 않았다. 보나마나 얼굴이 벌게져서는 아무 말도 하지 못하고 있을 게 틀림없었다. 두 사람의 모습을 보고 있자니 웃음이 났다. 숙맥들도 머리가 돌아가고 입이 터지는 때가 있는 모양이었다. 나는 관아에서 금행과 이야기하려고 했던 것을 내일로 미뤄야겠다고 생각했다. 그리고 내일 이 이야기를 핑계 삼아 금행에게 저녁을 얻어먹을 작정이었다. 수선이 마련한 찬거리로 차려진 진수성찬이 기대되었다.

하지만 이튿날이 되자, 수선의 찬으로 저녁을 먹을 수 없는 상황이 벌어졌다. 호장가 안주인인 강씨가 사람을 보내 조촐하게 한 끼 대접하고 싶다는 청을 해왔다. 금행 역시 참석할 예정이니 꼭 왔으면 좋겠다고 덧붙였다. 찜찜했다. 가뜩이나 호장가가 미심쩍은 마당에 밥을 먹으러 오라고 하다니. 하지만 금행까지 부른 터라 가지 않을 수 없었다. 오늘 저녁, 화기애애한 술자리를 기대했다가 불편한 자리에 초대를 받으니 벌써부터 가슴이 답답했다.

나와 금행을 맞은 사람은 호장가의 장남 최정 혼자였다. 그는 사랑채로 우리를 안내했다. 호장가의 사랑채는 손님을 맞기 위해 지어진 만큼 두 칸 정도로 제법 규모가 있었다. 물론 호장가가 위세가 있을 때는 매일 이곳을 꽉 채울 만큼 식객들이 드나들었지만 지금은 이렇게 손님이 있을 때만 가끔 불을 밝히는 곳이 되었다. 주인석 뒤로 원의 명산을 그려놓은 여덟 폭짜리 병풍이 둘러쳐져 있었고, 그 양옆으로 청자와 책을 올려놓은 선반이 있었다. 그러나 산수화, 화첩, 자기 모두 눈길을 끌 만한 것들은 아니었다. 그저 그런 실력의 화원이나 장인이 만든 것으로 남들 눈에 빠지지 않을 만큼 구색을 맞춘 정도였다.

최정의 안내에 따라 사랑채 가운데 펴놓은 상에 셋이 마주 앉았다. 잔칫상처럼 상다리가 부러질 정도로 차린 것은 아니지만, 음식 하나하나 꽤 공을 들인 듯했다. 무엇보다 최정이 내온 술이 좋았다.

"우리 가문의 가양주입니다. 특별한 손님을 모실 때만 내놓죠. 한번 들어보세요."

한 모금 마셔보니 소주인데도 톡 쏘는 맛이 없고, 부드럽게 넘어갔다. 혀끝에 은은하게 국화 향이 맴돌았다. 과연 자랑할 만한 술이었다. 반면 금행은 술을 한 번에 털어 넣고는 잔을 내려놓을 뿐이었다. 최정은 다시 금행의 잔에 술을 채웠다.

"하하하, 무인답게 술 마시는 것도 시원하십니다. 귀한 술이지만 오늘은 아낌없이 풀어놓을 테니 마음껏 드세요."

최정은 건배를 하자고 했고, 우리 셋은 잔을 부딪쳤다. 취기가 오를 만큼 주거니 받거니 술잔을 기울였지만, 조정 대신들의 하마평 같은 시답잖은 대화들이 오고 갔을 뿐이었다. 그나마도 금행은 고개만 끄덕이는 정도였다. 술이 세 병 정도 비워졌을 무렵, 최정은 불콰해진 얼굴로 말했다.

"요새 두 분이 여우를 잡으러 다니느라 여념이 없다면서요?"

"여우가 아니라 사람입니다."

금행이 무뚝뚝하게 대답했다.

"듣기로 조정에서는 감무님께 여우를 잡으라 명하셨다면서요?"

"그랬지요. 그런데 이 고을에 참혹한 짓을 저지르는 놈이 여우가 아니라 사람이라면 사람을 잡아야지요."

"조정의 명대로 하는 게 어떻겠습니까? 괜히 생사람 잡지 말고."

"생사람 잡은 적 없습니다."

"수달이라는 놈이 고초를 치렀다지요?"

"의심스러운 자라서 옥에 잠깐 가두기는 했으나, 몇 시간 지나지 않아 풀어주었습니다. 고초를 치르게 하지는 않았습니다."

"그런가요? 그렇지만 여우가 한 짓이 조금만 늦게 발견되었더라도 장을 맞았을 거라고 합니다. 우리 집안에서 대대로 고을 일을 맡아 하다 보니 백성이 억울한 일을 당하는 것은 두고 보기가 어렵습니다."

"저는 이 고을을 다스리라는 조정의 명을 받고 온 사람입니다. 모든 일에 치우침이 없도록 하겠으니 너무 신경 쓰지 않으셔도 됩니다."

금행의 말에 최정은 들고 있던 술잔을 소리 나게 내려놓았다. 그도 그럴 것이 금행의 말은 이제 호장가는 고을 일에서 손을 떼라는 뜻이나 마찬가지이니, 몹시 심기에 거슬렸을 것이다.

"감무는 오고 가는 사람이지만, 우리 최씨 일족은 이 고을에 뿌리내린 지 수백 년입니다. 잘 아시지요? 고을 일은 자리를 보전하고 계신 아버님을 대리하여 제가 알아서 할 테니, 감무님은 조정에서 명한 일이나 잘 수행하시고 더 나은 자리로 영전하셔야지요."

"조정에서 여우만 잡으라는 명을 받지는 않았습니다. 이 고을 일을 도맡는 것 역시 제 소임이지요. 고을에 생긴 변고는 당연히 제가 해결해야 합니다."

최정은 팔짱을 끼고 얼굴을 굳혔다.

"두 번 말하지 않겠습니다. 여우를 잡겠다고 하시면 저도 최대한 협력해드리겠습니다. 단, 사람의 일은 우리가 알아서 하겠습니다. 순라꾼을 더 늘리고, 설령 문제를 일으키는 놈이 있다면 잡아도 우리가 잡겠습니다. 감무님은 편히 계시다 가세요."

금행은 잔에 스스로 술을 따라서 한 잔 마신 후 자리에서 일어섰다.

"하고자 했던 말씀이 끝난 듯하니, 이만 일어서겠습니다. 좋은 술 잘 마셨습니다."

나도 얼떨결에 자리에서 일어섰다. 금행이 가는데 나만 혼자 남아 있을 수도 없는 노릇이었다. 최정이 빈 잔에 홀로 술을 따르며 말했다.

"사랑채가 비었다고 함부로 드나들 수 있는 집안이 아닙니다. 우리 가문, 너무 쉽게 보지 마세요. 아직도 한두 사람 명줄은 쉽게 쥐었다가 놓을 정도는 됩니다. 호의를 베풀 때 받으세요."

금행은 대꾸하지 않고 사랑채를 나섰다. 그런 금행을 바라보는 최정의 눈빛이 유난히 날카로웠다.

관아까지 금행과 함께 걸었다. 가을인데도 밤바람이 초겨울만큼이나 찼다. 나는 두 손으로 두루마기 깃을 여몄다.

"춥지 않은가?"

"술을 마셨어도 취하지 않으니 더 추운 것 같네."

"올해는 겨울이 일찍 올지도 모르겠군."

"겨울이 오기 전에 이 일을 마무리 짓고 싶네."

"그리되겠나?"

"우리가 호장가를 들쑤신 적도 없고, 여우 일과 그 집안이 엮여 있다고 말한 적도 없네. 그런데 호장의 아들이 저리 나서니 도둑이 제 발 저린 꼴 아니겠나. 내 생각에 여우는 저기에 있네. 여우 굴을 알았으니 잡는 건 시간문젤세."

물론 여우 굴을 알면 여우를 잡을 수도 있다. 하지만 세상일이라는 게 그렇게 이치에 맞게 간단하게 돌아가지 않는다.

"최정이 저리 나오는 것은 도둑이 제 발 저려서가 아닐 걸세."

"아닌 듯 보이지만, 찔리는 게 있으니 센 척하는 걸로 보이네. 겁먹은 개가 짖는 법이지."

"호장가는 겁먹지 않았을 걸세. 겁이라는 건 자기보다 세거나 위험해 보여야 먹는 것 아닌가. 자네가 보기에는 우리가 최정을 겁먹게 할 만큼 힘이 있거나 위험한 자들인가?"

"물론 아니지. 하지만 죄지은 자는 겁먹게 되어 있지 않은가?"

"작금의 조정이 돌아가는 걸 보게. 죄지었다고 겁을 먹던가? 또 죄가 없다고 떳떳하던가? 힘이 있으면 떳떳하고 없으면 두려운 시대일세. 호장가가 저리 나오는 것은 힘으로 밀어붙이겠다는 뜻이라고 보네."

"자네가 하고 싶은 말이 뭔가?"

"조심하게."

금행은 나를 가만히 지켜보았다. 나는 그의 눈길을 피했다.

"겁나나?"

나는 발끈했다.

"말을 왜 그렇게 하나? 그저 일이 내 생각과는 다르게 흘러가는 게 마음에 걸릴 뿐이야. 나는 꼬리 아홉 개 달린 여우의 정체를 확인하고 싶었을 뿐이었다네."

"하긴 여우가 더 이상 여우가 아니니, 이제 재미로 쫓아다닐 일은 아니지."

"솔직히 자네도 그만두는 게 좋겠네. 호장가와 맞서는 것은 무모한 일이야."

"나는 감무일세. 자네도 알다시피 이 자리는 호장과 맞서라고 조정에서 만든 것이야. 명을 받은 이상 그만둘 수 없네. 자네는 그만두게. 본래 자네 일도 아니니."

"아니, 나는 그런 뜻이……."

금행은 내 말을 잘랐다.

"관아 앞이니 들어가겠네. 자네도 쉬게. 고생 많았어."

금행은 내 인사를 기다리지 않고 관아로 들어갔다. 뭐라고 말을 하고 싶었으나 그게 뭔지 알 수가 없었다. 자존심이 상하기도 하고, 또 그렇다고 금행과 입씨름하고 싶지도 않았다. 나는 관아 앞에 털썩 주저앉았다. 고초를 치르고 무기력하게 세월을 보내고 있는 아버지가 떠올랐고, 호장가에 둘째 처로 가는 선화를 붙잡지 못했던 내가 떠올랐다.

집에 들어가니, 아내로부터 아버지가 나를 부른다는 말을 들었다. 무슨 이야기를 하려는지 알 것 같아서 머리가 지끈거렸다. 나는 마른세수하고 본채로 갔다.

아버지는 찻주전자에 찻잎을 넣는 중이었다. 내가 인사를 하자 왔느냐, 한마디만 할 뿐 차를 우리는 일에 열중했다. 아버지는 조정에서 밀려난 후 차를 취미 삼아 세월을 보냈다. 어느새 새어버린 하얀 머리와 구부정한 등에는 낙향한 문사의 초라함이 새겨져 있었다.

"요즘 과거 준비는 잘되어가느냐?"

"네, 그럭저럭."

나는 자리에 앉으며 대답했다.

"네 나이가 적지 않다. 언제까지 그럭저럭 살 것이냐?"

언제까지 이럴 것인지는 나도 알지 못했다. 솔직히 앞으로도 무탈하게 살고 싶었다.

"듣자 하니 요즘 밖으로만 쏘다닌다면서? 허황된 이야기를 쫓아다니는 것도 모자라서, 왜 감무 일까지 돕고 나서는 것이냐? 그리 나랏일이 하고 싶으면 출사를 하면 될 것을……."

아버지는 자신의 찻잔에만 차를 따른 후 찻주전자를 내려놓았다. 못마땅하다는 뜻이리라. 아버지의 성품은 이랬다. 대놓고 싫은 소리를 하지 못했다. 그래서 소심해 보이기도 하고 때로 옹졸해 보이기까지 했다.

"무슨 일로 부르셨습니까?"

아버지는 차를 한 모금 마시고, 천천히 음미하다가 말했다.

"네가 감무 일을 돕는다는 것이 무슨 뜻인 줄 아느냐?"

나는 대답하지 않고 내 앞에 놓인 찻잔에 차를 따랐다.

"감무 일을 돕게 되면 호장가와 척을 지게 된다. 그걸 모르지는 않겠지?"

"그렇습니까?"

일부러 모른 척했다.

"조정과 호장 사이에 끼여봐야 좋을 것 없다. 괜한 짓 말거라."

"그렇습니까?"

나는 또 모른 척하며 차를 마셨다. 차향이 제법 그윽했지만, 오늘따라 이상하게 거북했다. 차의 문제가 아니라 향을 우려낸 사람이 문제였다.

"지금 나라 형편이 아버님이 벼슬할 때와 그리 다릅니까?"

이번에는 아버지가 대답하지 않고, 찻주전자를 들어 찻잔을 채웠다.

"소자가 볼 때는 다를 바가 없습니다. 조정에 가면 아버님처럼 저도 어쩔 수 없이 정도전이든 정몽주든 누군가의 연을 붙들어야 할 테고, 그러면 반대편과 척을 지겠지요. 그건 감무와 호장 사이의 알력다툼과는 비교도 되지 않을 겁니다. 호장가와도 척을 지지 말라고 당부하는 아버님께서 왜 더 큰 환란으로 저와 우리 가문을 밀어 넣으려고 하십니까?"

"출사를 해서 나라를 위해 이름을 떨치는 일은 효이고 충이다. 효와 충은 유학을 하는 선비의 도리다. 마땅히 해야 할 일을 하는 것인데, 무슨 말이 그리 많으냐?"

아버지의 말투가 평소와 달랐다. 그는 자식인 내게도 감정을 좀처럼 드러내는 일이 없었다. 그런데 방금은 짜증이 섞여 있었다. 평소 반복되던 대화인데 오늘따라 유난히 심기를 거슬린 것이다. 짐작건대, 호장가에서 모종의 언질을 받았음에 틀림없었다. 그리 생각하니 아버지가 더욱 옹색해 보였다. 저렇게 작은 사람이 내게는 큰 뜻을 펼치라고 하다니. 나는 부아가 치밀었다.

"그래서 조정에 출사하신 아버님은 선비의 도리를 다하셨습니까? 아버님이 앉으셨던 그 벼슬자리마저 노려 모함하고 참소하는 곳이 조정 아닙니까? 아버님은 조정에서 임금을 모실 기회를 잃었고, 덕분에 가세도 기울었습니다. 결과적으로 충과 효를 다하지 못하셨지요. 지금 조정이 충과 효의 도리를 다할 수 있는 곳이며, 도리만 지키고 가만히 있겠다 해서 가만히 있어지는 곳입니까?"

내 말이 끝나자마자 아버지는 찻물을 내게 끼얹었다. 뜨거웠지만 굳이 닦아내지 않았다. 아버지에게 모질었을 수도 있지만 언젠가 해야 할 말이라고 생각했다.

"운이 풀리지 않은 것과 아예 하지도 않는 것이 같을 리 있느냐? 나는 적어도 출사는 했다."

내가 뭐라고 더 말하려고 하자, 아버지는 그만 나가라는 손짓을 했다. 나는 자리에서 일어섰다. 아버지는 등을 구부리고 비워버린 찻잔에 다시 차를 따랐다. 우리 부자 관계가 저러했다. 이렇게 감정을 비우고, 다시 차곡차곡 쌓았다.

여덟. 동자승과 곶감

아버지와 다툼이 있은 후로 나는 집에 틀어박혀 지냈다. 아내가 곁에서 그런 나의 심기를 계속 살피었다. 그이는 오히려 내 뜻을 이해해주었다. 출사해서 집안이 풍비박산 날 거라면 차라리 이렇게 지내는 게 낫다고 말해주기도 했다. 하지만 아내가 그렇게 말해줘서 오히려 더 마음이 심란했다. 선비의 아내가 된 이상, 고관대작의 부인이 되고 싶은 마음이 없을 리 없다. 문득 이래저래 귀찮아졌다. 아버지와 불편한 것도 그렇고, 괜스레 아내의 마음을 헤아려보는 것도 그랬다. 그래서 또다시 이야기를 찾아 훌쩍 떠나볼까 싶었다.

어차피 이 고을에 있다던 귀신은 수선이었고, 꼬리 아홉 달린 여우도 사람일 게 분명해 보였다. 그러니 이 고을에 눌러앉아 있을 이유가 없었다. 이런저런 생각에 글을 읽어도 눈에 들어오지 않았다. 공연히 바깥만 내다보기 일쑤였다. 그렇게 사나흘을 보내다 결국 행장을 차렸다.

대개는 개경으로 가는 길을 잡았다. 그러려면 산길을 넘어야 했다. 하지만 여우가 있을지도 모르는 산길은 내키지 않았다. 해서 이번에는 강을 건너 남쪽으로 내려가보기로 했다. 어차피 정처 없이 떠나는 길이니 꼭 개경이 아니어도 상관없었다. 지금 처지를 잊을 만큼 나를 붙잡아둘 이야기가 있는 곳이면 어디든 좋았다.

나루터에 도착하고 보니, 배를 타고 내리는 길목에 한 무리의 백성이 무엇인가를 에워싸듯 모여 있었다. 싸움이라도 벌어졌나 싶어 그들 사이를 비집고 들어가보니, 허름한 윤건을 쓴 초로의 중년이 돗자리를 펴고 앉아 옛날이야기를 들려주는 중이었다. 그는 수선의 아비로 고을에서 부적과 약초 따위를 파는 도사였다. 나는 호기심이 동하여 그 앞에 자리하고 앉았다.

도사는 사람들에게 삼족구라는 다리가 세 개 달린 개에 대한 이야기를 하는 중이었다. 옛날 은나라 시절, 주왕의 첩 달기는 당시 최고의 책사인 강태공을 두려워했다. 그래서 달기는 한 가지 꾀를 내는데, 주왕에게 구슬로 집을 지어달라고 부탁했다. 난감한 부탁에 주왕은 오히려 달기에게 구슬로 집을 지어줄 수 있는 사람이 누구냐고 되물었다. 그러자 달기는 지략이 많은 강태공이라면 가능할 것이라고 대답했다. 이 때문에 강태공은 주왕에게 불려 와 구슬로 집을 지으라는 명을 받게 되었다. 달기는 만약 강태공이 구슬로 집을 짓지 못하면 주왕의 명으로 그를 없애버릴 계획이었다. 강태공은 구슬로 집을 지을 수 있다고 말한 후에 그길로 달아났다. 그사이 달기의 횡포는 점점 심해졌고, 옳은 말을 하는 충신들을 붙잡아다가 숯불 위에 기름을 바른 구리 기둥을 걸쳐놓고 그 위를 걷게 하는 형을 내렸다. 그리고 신하가 숯불 위로 떨어져 죽으면 몰래 잡아먹었다. 그러는 동안 강태공은 발이 세 개 달린 개, 삼족구를 구해서 주왕에게 되돌아갔다. 그가 주왕의 어전에 서자, 그의 도포 안에 숨어 있던 삼족구가 뛰쳐나와 달기에게 달려들어 목을 물었다. 결국 달기는 미처 피하지 못하고 죽고 마는데, 그 시신은 꼬리가 아홉 달린 여우로 변해 있었다.

　도사가 손짓 발짓을 동원해 어찌나 재미있게 이야기를 하는지 시간 가는 줄 모르고 들었다. 하지만 삼족구 이야기 자체는 완전히 허황된 것이었다. 역사를 보면 은나라는 강태공을 앞세운 주나라의 문왕에 의해 멸망한다. 그러나 나는 이야기가 끝나고도 쉬이 도사 곁을 떠나지 못했다. 애초에 사람을 해친다는 여우가 꼬리가 아홉 달린 영물일 거라는 말을 퍼뜨린 이가 바로 도사였다. 그런데 이번에는 꼬리 아홉 달린 여우를 잡았다는 삼족구 이야기를 사람들에게 들려주고 있었다. 이야기로 병을 주고 이야기로 다시 약을 주는 셈이었다. 나는 돗자리를 챙기고 있는 도사에게 다가갔다.

"안녕하시오. 이야기 재밌게 잘 들었소."

도사는 나를 한눈에 알아보고는 반갑게 맞았다.

"선비님 아니오? 여식의 일로 폐를 많이 끼쳤다고 들었소. 여기는 어쩐 일이시오?"

"좀이 쑤셔서 길을 떠나던 참이오. 도사님이야말로 어쩐 일로 여기서 삼족구 이야기를 하시오?"

도사는 갑자기 한숨을 내쉬었다.

"다 까닭이 있소. 선비님도 수선이에게 들어서 아시겠지만 산에서 둘째를 잃었지요. 내가 공연히 꼬리 아홉 달린 여우 이야기를 퍼뜨린 탓에 둘째가 당한 끔찍한 일은 제대로 알아보지도 않고 여우 탓이 되어버렸소. 그 일이 그렇게 가슴에 사무칠 수 없었지요. 그러다 얼마 전에 수선이와 감무님 그리고 선비님께서 여우를 잡아보겠다고 애쓰신 일을 듣고, 나라도 뭔가 도움이 되어야겠다 싶어서 이렇게 나서게 되었소."

"그런데 왜 삼족구 이야기를 하시오?"

"방금 선비님도 들었다시피, 삼족구는 꼬리 아홉 달린 여우를 잡는 또 다른 영물이오. 여우도 잡혀서 죽임을 당할 수 있다는 걸 알려주면, 고을 백성들 마음이 좀 가벼워지지 않을까 싶었소."

149

"허나 삼족구가 세상에 있소?"

도사는 쓸쓸하게 웃었다. 그리고 잠깐 생각하다가 대답했다.

"그건 나도 모르오. 하지만 여우를 잡을 수만 있다면 그게 무엇이 되었건 삼족구가 아니겠소? 이 고을에도 삼족구를 구해올 강태공이 나타나길 바랄 뿐이오. 배를 타고 남쪽으로 가시거든 선비님께서 구해보시오. 허허."

"나도 삼족구를 구할 수 있으면 좋겠소."

때마침 나루에 배가 들어오고 있었다. 나는 도사에게 인사를 했다. 그는 내 어깨를 두어 번 두드린 다음, 고을 쪽으로 천천히 발길을 돌렸다.

배는 느릿느릿 강을 건너 남쪽으로 향했다. 나는 뱃머리에 앉아 삼족구를 떠올렸다. 왜 하필 발이 세 개밖에 없는 개가 꼬리 아홉 달린 여우를 죽일 수 있게 되었을까, 하는 헛된 고민도 해보았다. 그때 감무에 관한 이야기를 나누는 이들의 목소리가 들려왔다.

"저 고을 감무는 처녀 귀신의 원한을 풀어주었다고 하더군."

"어떻게?"

"알고 보니 처녀 귀신은 살아생전에 계모가 데려온 오라비에게 당했다더라고. 그걸 감무가 알아내서 그 오라비를 잡아서 벌을 주었다는 거야. 그랬더니 처녀 귀신이 감무에게 절을 올리고 사라졌다나."

150

가만 들어보니 얼마 전에 내가 퍼뜨린 감무의 이야기에 살이 붙어서 떠도는 모양이었다. 속으로 웃었다. 나 또한 이야기를 만들어낼 수 있는 사람이라는 사실이 신기하게 느껴졌다. 백성들의 이야기는 계속해서 이어졌다. 나는 그들의 이야기에 집중했다.

"그런 일이 있었나? 살다 보니 별일이 다 있네. 저 고을 감무는 귀신의 원한도 풀어주는 사람이니 꼬리가 아홉 달렸다는 여우도 잡을 수 있지 않겠나?"

"글쎄. 그럴 수도 있겠지."

문득 도사의 말이 떠올랐다. 꼬리 아홉 달린 여우만 잡을 수 있다면 무엇이건 삼족구가 될 수 있다고 했던가. 갑자기 이런 저런 생각들이 이어졌다. 내가 강태공이 되면 어떨까? 그리고 금행이 여우를 잡는 삼족구가 되면 또 어떨까? 내가 금행을 여우 앞에 데려다 놓을 수만 있다면 불가능한 일은 아니지 않을까? 생각이 떠오를수록 가슴이 조금씩 부풀어 오르는 것 같았다. 어느새 배는 강 건너에 다다랐다. 나는 배에서 내릴까 하다가 다시 뱃머리에 주저앉았다. 어쩌면 새로운 이야기를 하나 더 만들 수 있을 것 같다는 기대 때문이었다.

길 떠난 지 하루도 되지 않아 집으로 되돌아오니 아내는 놀란 눈치였다. 다른 한편으로 마음을 놓는 눈치기도 했다. 그래서였을까, 이튿날 아내가 술상을 봐서 사랑채에 가져다 놓았다. 어디서 구했는지 찐 생선에 육전도 있었다. 내가 무슨 날이기에 이렇게 거한 상을 차렸냐고 묻자 적적해 보여서 친구를 불렀다고 했다. 누구냐고 물어보니 미소만 띨 뿐이었다. 아내가 나가고 사랑채에 홀로 앉아 잔에 술을 따르니 밖에서 기침 소리가 들렸다. 들어오게, 하고 방문을 열자 금행이 서 있었다.

며칠 전 금행에게 발끈했던 일이 떠올라 무람없이 대하기가 조금 어색했다. 그래서 음식이 식으니 속히 올라오라고 괜히 타박했다. 금행은 자리에 앉자마자 종이에 싸 온 것을 상에 올려놓았다.

"뭔가?"

"육포일세."

"수선이가 해주었나?"

"어찌 아나?"

"이런 음식을 자네에게 해줄 사람이 수선이밖에 더 있나? 원에서나 들어오는 귀한 것인데, 이런 것도 할 줄 아나 보이."

"화척에게 구했다고 들었네."

"그래도 자네를 생각하는 정성이 대단하네."

"그런가?"

"아예 수선이에게 장가드는 게 어떻겠나? 둘 다 혼기를 놓쳤으니, 서로 아쉬울 것 없는 좋은 짝이 될 텐데."

나는 은근히 금행을 떠보았다. 그는 가볍게 웃을 뿐, 다만 술잔을 내밀었다. 나는 술을 따라주었다.

"지금은 장가갈 형편이 못 된다네."

"혼인은 사람이라면 마땅히 해야 하는 일인데, 형편 따질 일이 무엇인가?"

"사흘 전에 조정에서 사람이 왔네."

"조정에서 여기까지 왜 사람을 보낸단 말인가?"

"여기가 만만하기 때문이지."

금행의 말에 따르면, 임금을 위시한 조정의 사대부들과 향리에 기반을 가지고 있는 세족들의 알력다툼에 이 고을이 끼여 있다고 했다. 현재 조정의 실세들은 모든 향리에 감무를 파견해 중앙의 지배력을 높이려는 시도를 계속하는 중이고, 세족과 향리에 있는 호장들은 그런 그들이 달가울 리 없었다. 이 고을은 호장이 위세를 부린다고는 하나, 딱히 조정과 연이 닿아 있지 않았다. 그러니 조정의 실세들은 이런 곳을 우선적으로 장악하려고 했다. 반면 세족들은 그들이 언젠가 자신들의 기반을 무너뜨릴 생각으로 밑밥을 깔고 있는 것이라 의심했다. 지난날 세족들이 백성들에게 매질을 해서 땅을 빼앗는 일이 비일비재했던 터였다. 더욱이 감무가 하는 일 중에는 고을의 전답을 정확히 살펴 조세를 매기는 것도 포함되어 있으니, 그런 의심은 확신에 가까웠다.

"그래서 말이네, 조정에서 벼슬을 하고 있는 세족들을 중심으로 조정과 연이 닿지 않는 고을에 감무를 파견하는 것을 반대하는 움직임이 커지고 있다고 하네. 그런데 하필 이 고을 일이 여러 차례 조정에 장계로 올라가면서 조정 대신들의 화젯거리가 되었다네. 그런데 감무를 파견하자는 쪽은 감무가 이 일을 해결해야 한다고 주장하고 있고, 세족들은 여우 하나 잡지 못하는 감무를 폐하고 옛 법에 따라 고을 사정을 속속들이 알고 있는 호장에게 처분을 맡겨야 한다고 주장하고 있다네."

"이 고을이 조정의 실세들과 세족들 알력다툼을 대리하는 형국이 되어버렸군."

금행은 술잔을 내려놓으며 깊은 한숨을 내쉬었다.

"심지어 꼬리 아홉 달린 여우 같은 사람을 죽이는 요물이 나타난 것은 임금의 덕이 부족하고 나라의 근본을 뒤흔드는 선비들이 있어 그러하니, 임금이 먼저 덕을 쌓고 팔관회를 크게 열어 부처님 전에 성대하게 제를 올리면 여우 같은 요물은 자연스럽게 사라질 것이라고 간언하는 자들도 있다고 하네. 나라가 대체 어찌 되려고 이러는지……."

금행은 한심하다는 투로 말했지만, 나는 살짝 구미가 당겼다. 이 여우가 뜻하지 않는 방식으로 되살아나고 있다는 생각이 들었던 것이다. 말이 무성해지면 그 말에 살이 붙는다. 꼬리 아홉 달린 여우도 마찬가지로 제 몸집을 불리고 있었다. 조정과 세족의 틈바구니에 낀 이 이야기가 어떻게 귀결될지 궁금해졌다.

"그래서 자네에게 온 조정 사람은 뭐라고 하던가?"

"앞으로 한 달 안에 여우를 잡든 사람을 잡든 어떻게든 해결하라고 하더군."

"한 달?"

"자네도 알다시피 이 고을 호장이나 나나 둘 다 조정에 특별한 연줄이 닿는 사람들이 아니네. 때문에 어느 쪽이든 뒷배가 생기면 그리로 기울게 되어 있지. 그런데 호장가에서 먼저 움직인 듯하네. 몇몇 세족들이 간언을 올린 모양이야. 이 고을에서 자꾸만 문제가 생기니 감무직을 폐하자고 말이지. 하지만 직할지를 하나라도 늘리고 싶은 입장에서는 달가울 리 없는 간언일 수밖에. 그렇게 타협을 본 게 내가 사건을 해결할 수 있도록 한 달 말미를 주자고 했다는 거야."

"그게 말이 되나? 몇 년간 해결하지 못한 일을 어찌 한 달 만에 해결한단 말인가?"

"호장가에서 연줄을 단단히 붙든 모양일세. 조정의 실세조차 굽히려 드는 걸 보면."

나는 조금 생각에 잠겼다가 말했다.

"그건 아닐 수도 있네. 요즘 같은 분위기라면 호장이나 세족이나 잇속이 맞을 테니, 호장가에서 몇몇 세족을 움직여서 간언이야 올리게 할 수 있겠지만, 실권을 잡은 쪽에서 이렇게 물렁하게 나올 리는 없을 것 같네."

"그럼?"

"자네가 저번에 말하지 않았나? 이미 이 고을에 올 다음 사람이 있다고. 조정의 실세들 입장에서도 자네가 물러나면 나쁘게 없지. 오히려 세족의 간언을 핑계 삼을 수 있으니 더 명분이 서는 일일세."

"그렇다면 나는 이제 한 달 뒤에는 끼니를 걱정해야겠네그려. 요즘에는 왜구도 잠잠하니 군으로 돌아갈 자리도 없고, 농사지을 땅도 없으니 어디 세도가의 사병 자리라도 구해봐야겠네."

금행은 육포를 씹으며 너털웃음을 지었다.

"아직 한 달이 남은 것 아닌가? 포기하기는 이르네."

"물론 조정에서 명이 왔으니 나는 사건을 해결하기 위해 최선을 다할 것이네. 하지만 한 달은 너무 짧아."

"시간을 탓할 수만은 없네. 어떻게든 살아남아야지."

나는 금행에게 술을 따라주었다. 그리고 잔을 부딪쳤다. 잔에 가득 찬 소주를 쭉 들이켜고 나니 술기운이 제법 올랐다. 그 때문인지 금행을 도와야겠다는 마음이 불쑥 치밀었다.

"이렇게 하세. 자네는 먼저 수달이라는 놈부터 조사해보게. 지금으로서는 그놈이 왜 그날 밤에 홍왕사에 있었는지 알아보는 게 먼저일세. 나는 최정에 대한 소문을 들어보겠네."

"최정? 호장가 장남의 뒤를 캐보겠다는 건가? 자네가 이 일에 또다시 끼어들겠다는 것도 위험한데, 하물며 최정을……. 차라리 내가 할 테니 자네는 가만있게."

"아니. 수달이 같은 놈은 자네가 어찌해볼 수 있지만 최정은 자네나 나나 함부로 상대할 수 있는 인물이 아니야. 괜히 자네가 나서서 들쑤시는 것보다는 내가 돌아다니면서 소문을 듣는 편이 좋아. 사실 그날 밤 일에 대해 풀리지 않는 의문이 하나 있었네."

"그게 뭔가?"

"수선의 말로는 자기를 해치려고 했던 자의 옷감이 미끄러웠다고 했네. 옷감이 미끄럽다니? 뭔가 이상하지 않나?"

"글쎄. 이상한 듯싶기도 하고, 아닌 듯싶기도 하고 그렇네만."

"보통의 백성들은 삼베로 옷을 지어 입지. 자네도 알다시피 삼베는 거칠어. 미끄럽다고 할 수 없네. 옷감 중에 미끄러운 게 있다면 그건 비단이야. 비단은 여염에서는 구하기 어렵지. 요즘 같은 시절에 비단을 대체 어디서 구할 수 있겠나? 수선이는 어쩌면 비단을 만져본 적이 없어서 미끄러웠다고 말한 게 아니었을까?"

"그럴 수도 있겠네. 자네가 하고 싶은 말은 뭔가?"

"만약 그자가 입은 옷이 비단이라면, 범인으로 물망에 올릴 수 있는 이의 숫자가 매우 줄어든단 말일세. 이 고을에서 비단옷을 지어 입을 수 있는 형편이 되는 집안은 딱 두 군데뿐이니까."

"어딘가?"

"우리 집안과 호장가. 그런데 나는 그날 자네와 함께 움직였으니 내가 수선에게 해를 가할 수는 없는 노릇이네. 그렇다면 적어도 이 고을에서는 비단옷을 입고 밤에 돌아다닐 사람은 호장가밖에 없어."

"그럴 수도 있겠군. 허나 인근에서 넘어온 다른 자일 수도 있지 않겠나?"

"물론 자네 말대로 인근 고을 호장이나 그 식솔일 수도 있고, 심지어 흥왕사의 스님일 수도 있지. 그런데 말이야. 행랑어멈이 같은 자의 손에 난도질을 당했고, 그 행랑어멈은 감무들을 죽게 했어. 그렇다면 그자는 행랑어멈과 모종의 관계가 있다고 봐야 하네. 생각해보게. 인근 고을 호장이나 흥왕사의 스님이 왜 이 고을 감무에게 손을 댄단 말인가?"

금행은 고개를 끄덕였다.

"일리 있는 말이네. 그렇게 최정이 의심스러우면 더더욱 내가 나서야 하지 않겠나?"

"자네를 지켜보는 눈이 많아. 한량인 내가 낫네. 걱정 말게. 돌아다니면서 소문만 들어보겠네. 중요한 건 그날 그 산속에 최정이 있었느냐 아니겠나? 나는 그것만 알아보도록 하지. 그리고 당분간 관아에는 가지 않겠네. 아내에게도 말해놓을 테니, 자네가 술자리 핑계로 여길 오도록 해. 친구끼리 정담을 나누는 것가지고 호장가가 눈을 부라리기는 어렵겠지."

"그래도……."

"그리하게. 자네가 감무 자리를 잃으면, 이 일을 도왔던 수선이도 위험해질 수 있어."

내 말에 금행은 입을 닫았다. 나는 다시 그의 잔을 채워주었다.

다음 날, 술이 깨고 나니 공연히 금행을 돕겠다고 나선 게 아닌가 하는 걱정이 들었다. 하지만 욱해서 괜한 일에 나서는 것이 이번 한 번뿐이랴. 내 속에 내 스스로 어쩌지 못하는 성정이 있다는 게 이해할 수 없었다. 이부자리에서 머리를 한 대 쥐어박고 말았다.

나는 느지막이 고을을 한 바퀴 돌았다. 하지만 별달리 주워담을 말은 없었다. 수달이 어디 땅을 받았더라는 이야기가 돌기는 했지만, 그쪽은 금행이 알아보기로 한 터라 내가 더 파고들지는 않았다. 게다가 고을 일에 손을 떼라고 했던 최정의 말이 계속 귀에 맴돌고 있었기 때문에 겉으로는 여우 일에 관심이 없는 것처럼 보여야 했다. 이 고을에서는 호장가 사람들에 대해 함부로 입을 놀리는 이가 없었다. 그도 그럴 것이 감무도 불러다가 은근히 겁박하는데, 백성들이야 말할 것도 없었다.

저녁이 다 되어서야 집으로 발길을 돌렸다. 가는 길에 금행이 군졸들을 이끌고 어디론가 향하고 있는 모습이 보였다. 관

159

아의 일을 파할 시간에 군졸들을 대동하고 나선 것을 보니, 이 고을에 내가 모르는 변고가 또 일어났나 싶었다. 나는 발걸음을 재게 놀려서 금행을 따라잡았다.

"이 시간에 어딜 가나?"

금행은 목소리가 들리자 놀란 듯 뒤를 돌아보았다.

"자네가 말한 대로 수달이라는 놈을 조사하러 간다네. 보아하니 수소문하고 다닌 모양인데 들은 게 좀 있는가?"

나는 고개를 가로저었다.

"같이 가세. 나도 수달이 무슨 소리를 하는지 궁금하네. 그런데 낮에 뭐 하고 저녁이 다 되어서야 이렇게 움직이는가? 게다가 수달 정도야 관아로 부르면 그만 아닌가?"

금행은 어두워지는 하늘을 한 번 보고 나서 말했다.

"뭔가를 물어볼 때는 어두울 때가 좋네."

알쏭달쏭한 말이었지만 더 이상 묻지 않았다. 어차피 가보면 알 일이었다.

수달은 수선의 동생인 수련이 죽고 난 다음, 의붓아비였던 도사의 집에서 나와 제 어미와 따로 살고 있었다. 같은 고을에 살았지만 딱히 볼일이 없던 사이라 수달의 집을 찾는 것은 처음이었다. 초가를 얹기는 했으나 가로로 두 칸, 세로로 세 칸을 이어붙여 제법 규모가 있었다. 여기에 더해, 가지고 있는 밭이 열 마지기는 된다고 했다. 도사의 집에서 얹혀살던 처지나 다름없었

160

는데, 불과 몇 년 사이에 이렇게 살림을 불렸으니 새삼 지난 행적이 수상해 보였다. 하지만 다른 백성들 집에 비해 클 뿐, 마당에 서서 보면 전체가 한눈에 들어오기는 매한가지였다.

금행은 일부러 수달의 집 싸리문을 걷어차며 요란스럽게 들어갔다. 나는 조심스럽게 처리해야 할 일 같은데 초장부터 왜 이리 요란하게 구느냐 책망했지만, 그는 들은 척도 하지 않았다. 마침 수달과 그 어미가 마루에 앉아 저녁을 먹고 있었다. 밥상을 보니 푸성귀 말고도 삶은 닭이 한 마리 놓여 있었다. 여염의 백성치고는 몹시 넉넉한 상차림이었다.

이 고을의 감무와 군졸들이 앞마당에 서자, 수달 모자는 당황한 모습으로 재빨리 밥상을 물리고 마루에서 내려와 고개를 조아렸다. 나는 금행이 어떻게 수달에게 캐물을지 궁금했다. 그는 다짜고짜 칼을 꺼내 수달의 목에 갖다 댔다. 수달은 눈을 동그랗게 뜬 채 몸이 굳었다. 수달의 어미는 금행의 팔을 붙잡았다.

"아이고, 나리. 갑자기 왜 이러십니까? 제 아들이 무슨 죄가 있다고……."

나도 금행이 수달을 죽이기라도 할까 싶어, 그에게 넌지시 말했다.

"웬만하면 말로 하게."

금행은 대꾸도 하지 않고, 주위의 군졸들에게 눈짓을 했다. 그러자 군졸 둘이 수달의 어미를 금행에게 떼어내 무릎을 꿇렸고, 다른 셋은 수달을 에워싸고 창을 겨눴다.

"지금부터 묻는 말에 한 치의 거짓 없이 말하거라. 오늘은 호장가도 어쩌지 못할 것이니 딴생각은 품지 않는 게 좋아. 네놈 하나 죽여서 묻어버리고 여우 짓이라 둘러대는 것쯤은 나도 얼마든지 할 수 있는 일이니."

수달은 너무나 두려운지 소리 내어 대답하지 못하고 다급하게 고개를 끄덕였다.

"고을에 도는 이야기가 있어. 네놈이 호장가에서 땅을 좀 받았다고?"

"네네. 받았습니다."

수달은 떨리는 목소리로 말했다.

"어떤 일로 받았느냐?"

수달은 섣불리 말하지 못하고 눈치를 살폈다. 그러자 금행이 그의 목에 칼날을 더 깊숙이 찔렀다. 주르륵, 피가 실금을 이루며 흘렀다. 수달의 어미는 악, 소리를 지르며 입을 틀어막았다. 갑자기 수달의 바지가 축축하게 젖어들었다. 오줌을 지린 것이었다. 수달의 어미는 이를 어째, 하며 발을 동동 굴렀다. 그러거나 말거나 금행은 여전히 수달의 목에 칼을 겨눈 채 싱긋 웃었다. 지켜보는 나로서는 그 모습이 기괴해 보일 정도였다.

"세 번은 안 묻는다. 이번에도 대답 안 하면 목을 날릴 테니. 어떤 일로 받았어?"

"수, 수고했다고……."

"어떤 수고?"

"그저 홍왕사 공방에 있기만 하면 된다고 했습니다."

"왜?"

"그, 그건 소인도 모릅니다."

금행이 칼로 내리치려고 하자, 수달은 털썩 무릎을 꿇었다. 그리고 울음을 터뜨렸다.

"정말 모릅니다. 소인은 시키는 대로 했을 뿐입니다. 제발 살려주십시오."

금행은 약간 누그러진 목소리로 물었다.

"네놈만 정직하게 말한다면 오늘 일은 누구에게도 발설치 않겠다. 그런 부탁은 자주 받았느냐?"

"네. 가끔……."

"어쩔 때마다 부탁을 받았느냐?"

"소인도 잘 모릅니다. 그냥 어느 날 가 있으라는 기별이 오면 그리할 뿐입니다."

"그래?"

"정말입니다. 소인 목숨을 걸고 말씀드릴 수 있습니다. 제발 믿어주십시오, 감무님!"

"그럴 때마다 재물을 받았느냐?"

"그건 아닙니다. 어쩌다 한 번씩 화전민이 버리고 간 땅을 받

있습니다."

"화전민의 땅?"

내가 끼어들면서 물었다.

"네. 꼬리 아홉 달린 여우 때문에 화전민의 딸들이 주로 죽어나가자 일궈놓은 땅을 버리고 떠나는 화전민들이 종종 있습니다. 그러면 호장가가 그 땅을 차지해서 저에게 조금 떼줄 때도 있고, 쓸 만한 것은 홍왕사에 시주도 한다고 들었습니다."

"틀림없는 사실인가?"

"네. 확실합니다."

수달은 믿어달라는 듯 땅에 닿을 듯 머리를 숙이고 말했다. 나는 금행에게 눈짓을 했다. 어차피 더 추궁해봤자 얻을 것도 없을 듯했다.

"알겠다. 추후에 조금이라도 거짓이 드러나면 그때는 가차 없이 목을 베겠다."

금행이 칼을 거두고는 말했다. 수달은 말없이 두 번 세 번 고개를 조아렸다. 군졸들은 수달의 어미를 풀어주었다. 그이는 다급하게 달려가 아들의 목을 살폈다. 피는 이미 말라서 엉겨붙어 있었다. 하지만 수달은 혼이 달아나서 그것도 알지 못하는 눈치였다. 수달 어미의 울음소리가 들렸다.

어느새 달이 떠 있었다. 그렇지만 또 변고가 있을 거라는 생각은 들지 않았다. 수달이 집에 있으니, 역으로 호장가도 움직이지 않을 거라고 짐작됐다. 나는 금행과 함께 길을 걸으며 머릿속에 맴돌던 말을 꺼냈다.

"수달이 받은 땅이 이상하네."

"땅이 이상하다니?"

"자네도 알다시피 천하에 주인 없는 땅은 없네. 주인이 없으면 그건 임금의 것이야. 화전도 마찬가지지. 화전을 하는 자들이 버리고 떠났다면 그건 임금의 땅이고, 마땅히 감무의 소관 아닌가. 그런데 그 땅을 호장이 멋대로 나눠 준 거야."

"조상 대대로 그리해왔으니, 당연한 일이라고 생각한 모양이군."

나는 고개를 저었다.

"그간 아무도 모르게 호장가가 전횡을 부려온 것이네. 자네 이전에도 감무 중 누군가가 호장가에서 제멋대로 화전민의 땅을 차지하거나 나눠 준 걸 안 사람이 있었을 수도 있네. 만약 그가 이 문제를 조정에 올려 공론화시키기로 했다면 호장가는 그를 죽일 이유가 생긴다네. 그 이후는 제 발 저려서 미리 감무들을 제거하려고 했을 수도 있고. 그 정황을 좀 알아보게."

"그리하겠네."

나는 소나무 꼭대기에 걸려 있는 달을 바라보며 생각을 정리했다.

"사람을 죽여대는 그 미친놈 때문에 화전민이 떠나고 새로운 땅이 생긴다면 호장가와 홍왕사 모두에게 좋은 일일세. 게다가 시체만 나오면 순라꾼들이 제일 먼저 알아채고 여우가 나타났다고 소리를 질러대지 않나. 어쩌면 여우는 호장가가 만들어낸 것 아닐까?"

"구미호 이야기는 수선 낭자의 아버님이 처음 꺼낸 거라고 하지 않았나?"

"그렇지. 그런데 꼬리 아홉 달린 여우 이전에도 사람을 해치는 여우가 있었고, 꼬리가 아홉 달린 여우라고 이름 붙여진 이후에도 여우는 있었네."

"그럼, 결국 여우라는 놈은 최정일까?"

"글쎄. 이런저런 정황은 무성한데 호장가, 홍왕사 그리고 여우를 이어줄 명확한 고리가 없다는 느낌이 드네."

"그 고리만 찾으면 일이 풀리겠지. 나는 내일부터 군졸 하나를 풀어서 수달의 동태를 살피겠네. 만약 그자가 홍왕사로 가는 날에는 무슨 일이 생길 수도 있을 걸세."

"좋은 생각이야. 나는 나대로 고리를 알 수 있는 길을 찾아보겠네."

때마침 갈림길이 나왔다. 금행은 관아로 나는 집으로 향했다. 오늘따라 달이 유난히 밝았다. 조금은 앞이 보이는 듯싶었다.

다음 날, 나는 급한 마음에 날이 밝자마자 홍왕사로 불공을 드리러 가자고 아내를 재촉했다. 평소 같지 않은 모습에 아내는 무슨 일이냐고 되물었다. 아직 우리 부부 사이에 아이가 없었기 때문에 아내는 틈만 나면 영험하다는 절을 다니며 기도를 올리곤 했다. 이왕이면 부부가 같이 빌면 더 좋지 않겠느냐고 성화를 부렸지만, 그럴 때마다 나는 불법이 유학과 맞지 않는다는 핑계를 대고 집에 머물렀다. 그런데 이번에는 내가 먼저 재촉을 하니 아내의 의심을 살 만도 했다. 나도 나이가 들고 보니 자식을 봐야겠다고 둘러댔다. 아내는 눈을 흘기며 이제야 그럴 생각이 들었느냐, 타박했다. 하지만 내 마음이 변할세라 부리나케 외출 준비를 했다.

아내와 함께 불공을 드리는 척 홍왕사에 왔지만, 나를 보는 스님들의 눈길은 냉담하기 그지없었다. 지난날 금행이 절을 들쑤셔놓았을 때, 곁에 있던 나를 기억하고 있기 때문이었다. 가뜩이나 이 고을에서 유일한 사대부 집안사람이라 내 얼굴을 모르는 이가 드문 형편이었다.

나는 스님들의 눈에 들기 위해 그 어느 때보다 열심히 불공을 드렸다. 뿐만 아니라 수선의 노리개값으로 주지스님에게 은자 하나를 넉넉히 찔러주었다. 하지만 그는 정중히 차만 대접할 뿐, 내게 말 한마디 걸지 않았다. 주지스님이 이러하니, 곁에서 얼씬거리는 스님이 있을 리 없었다. 이래서야 오늘도 허탕이다 싶었다. 물론 이런 분위기라면 앞으로도 허탕일 게 틀림없었다.

홍왕사에서 뭔가를 캐내려면 어떻게 해야 할까. 아니, 캐낼 수 있기는 한 걸까. 이런저런 고민만 안고 아내와 함께 절을 나서야 했다. 일주문으로 가는 길은 빽빽하게 늘어선 아름드리나무 사이로 반듯하게 나 있었다. 옆으로는 계곡물이 세차게 흘렀고, 간간이 이름 모를 산새들의 지저귐이 들리기도 했다. 아내는 기분이 좋은지 평소 즐겨 부르던 가락을 흥얼거렸다. 불전을 나설 때보다 더 마음이 고요하게 가라앉는 기분이었다.

일주문 앞에 다다랐을 무렵, 아내의 흥얼거림이 멈췄다. 돌아보니 그이가 한껏 부드러운 눈길로 일주문 주변을 쓸고 있는 동자승들을 바라보고 있었다. 세 명이었고 나이는 여덟 살에서 열 살 정도였다. 나라에 커다란 기근이 들면 가끔 절에 아이를 버리고 가는 경우가 있는데, 절에서는 불가의 자비로 이 아이들을 거두어 길렀다. 대개 동자승들은 그대로 절에 남아 스님이 되었다. 그러니 저 동자승들은 한평생 절문을 벗어나지 못하는 셈이다.

아내는 동자승들에게 다가가 곶감 하나씩을 나눠 주고 합장을 했다. 곶감을 받아 든 동자승들은 제법 의젓하게 합장을 했지만, 이내 한 입 베어 물고 싱글벙글했다. 아무리 승복을 입었어도 아이는 아이였다. 아내는 그중 가장 자그마한 동자승의 머리를 쓰다듬어준 다음, 오물오물 곶감 먹는 모습을 지켜보았다.

나는 그런 아내의 모습을 바라보았다. 어쩐지 그이가 안쓰러

위 마음 한구석이 썰렁했다. 새삼 이야기를 쫓아다니느라 정작 집안은 돌보지 않았다는 생각이 들었다. 금행이 수선과 혼인해서 이웃에 살고, 각자 아이를 낳아 크는 모습을 지켜보며 여생을 보내면 그 또한 행복이 아닐까 싶었다. 나는 아내 곁으로 다가가서 손을 잡았다. 그이는 깜짝 놀라서 손을 빼려고 하다가, 주위에 동자승들 말고는 아무도 없는 걸 보고 내게 손을 맡겼다. 나는 아내와 나란히 일주문을 넘었다.

아내는 신이 났는지 아이를 낳고 살림을 늘리는 일에 대해 조잘거렸고, 나는 그 조잘거리는 목소리가 좋아서 그럼 그렇지, 하며 맞장구를 쳤다. 아내는 아이를 낳으면 집에 감나무를 몇 그루 더 심자고 했다. 그래서 해마다 감이 잔뜩 열리면 아이들을 위해 곶감을 만들어두고 싶다고도 했다. 나도 어릴 때 곶감을 들고 조금씩 아껴서 베어 물던 기억이 떠올랐다. 동시에 또다른 생각이 번뜩 스쳤다. 어쩌면 곶감으로 새로운 실마리를 마련할 수 있겠다 싶었다.

집으로 돌아오자마자 나는 아내가 곶감을 담아놓은 채반을 눈여겨보았다. 그리고 이틀 뒤, 그 곶감을 몽땅 챙겨 들고 일주문으로 향했다. 아내와 함께 일주문을 나서던 시간에 맞춰 가니 역시나 동자승 하나가 그 앞을 빗자루로 쓸고 있었다. 나는 곶감 하나를 흔들며 아이를 불렀다. 동자승은 빗자루를 놓고 쪼르르 달려와 냉큼 합장을 했다. 나는 곶감을 먹기 전에 일주

문 옆 계곡으로 내려가자고 했다. 다른 이들의 눈을 피해 동자
승과 이야기를 나눌 필요가 있었다. 동자승은 경계하는 눈빛을
띠며 망설였다. 나는 곶감을 뒤춤으로 숨겼다. 동자승은 군침
을 삼키더니, 이내 나를 따랐다.

　동자승을 데리고 동굴처럼 조금 움푹 들어간 곳에 자리를 잡
았다. 물소리도 세차서 말이 샐 것 같지 않았다. 우선 동자승에
게 곶감 하나를 건네주었다. 아이는 그사이 인내심이 바닥났는
지 허겁지겁 먹어치웠다. 어릴 때는 언제나 군것질거리가 궁하
기 마련이다. 절에 있는 동자승이라면 말할 것도 없다. 나는 또
다른 곶감을 꺼냈다. 동자승은 급하게 합장을 했다. 하지만 곶
감을 다시 뒤춤에 숨겼다. 동자승은 의아한 눈빛으로 나를 쳐
다보았다.

　"내가 묻는 말에 대답하면 이 곶감을 주마."

　동자승은 낭패한 표정을 지었다.

　"왜 그러느냐?"

　"스님이 선비님과 어떤 말도 하지 말라고 해서요……."

　동자승은 말끝을 흐렸다. 미련이 가득한 목소리였다. 나로서
는 어느 정도 예상한 일이었다.

　"그러냐? 여기는 너하고 나밖에 없다. 우리 둘만 비밀로 하면
누구도 몰라."

　다시 곶감을 흔들며 동자승을 회유했다. 아이는 애처로운 눈

빛으로 나를 바라보았다. 고민하는 기색이 역력했다.

"말을 하지 않겠다면 할 수 없지."

나는 곶감을 최대한 맛있게 먹었다. 동자승은 그런 나를 빤히 쳐다보았다. 다 먹고 남은 곶감 꼭지를 바닥에 던진 후에 품에서 또 다른 곶감을 꺼냈다.

"이건 어떠냐?"

동자승은 습관적으로 합장을 했다. 하지만 나는 다시 뒤춤에 감췄다. 동자승은 혀를 내밀어 마른 입술을 축였다. 바짝 애가 단 모양이었다. 나는 아랑곳하지 않고 또다시 눈앞에서 곶감을 먹어치웠다. 그러기를 수차례. 슬슬 배가 찼다. 동자승은 울 것 같은 얼굴을 하고 있었다. 나는 품 안에 남아 있는 곶감 세 개를 몽땅 꺼내놓았다.

"이제 얼마 안 남았다. 어쩌겠느냐? 묻는 말에 대답만 하면 모두 주마."

동자승은 어린아이치고는 퍽 긴 한숨을 내쉬더니 마침내 고개를 끄덕였다. 나는 곶감 하나를 손에 쥐여준 다음, 아이가 그걸 먹는 동안 최정의 용모를 설명해준 뒤에 물었다.

"짙은 청색의 비단옷을 입기도 하는 사람이야. 그 사람을 아느냐?"

"네. 이 고을 호장님의 아드님이라는 이야기를 들었어요."

"착하구나. 잘했다."

동자승을 일부러 과장되게 칭찬한 다음 곶감을 하나 더 주었다. 아이는 합장하는 걸 잊지 않고 곶감을 받아 들었다.

"내가 이 고을 감무님하고 밤에 왔던 일은 기억하고?"

동자승은 곶감을 먹으며 순순히 고개를 끄덕였다.

"그럼 호장님의 아드님이 그날 여기에 있었느냐?"

동자승은 곶감을 먹다 말고 움찔했다. 나는 아이의 입막음을 해놓은 곳이 여기라는 걸 눈치챘다.

"내 손에 곶감이 하나 더 있다. 하지만 이게 마지막이 아니야. 감은 해마다 열린다. 내 아내 기억하지? 며칠 전에 곶감을 줬었는데?"

"네, 알고말고요. 올 때마다 이런 걸 주세요."

동자승은 싱글벙글했다.

"내가 아내에게 말해서 내년에는 너만 특별히 곶감을 배불리 먹게 해주마. 아주 물릴 만큼 말이다. 나는 선비다. 한번 내뱉은 말은 지키지."

나는 동자승에게 곶감을 주면서 손가락을 걸었다. 그제야 아이는 내 귓가에 조그맣게 속삭였다.

"그날 그분은 여기 계셨어요. 하루 종일요."

"하루 종일?"

"네. 그분은 오시면 꼭 하룻밤 묵으시거든요."

하긴 생각해보면, 살인이 있던 때만 잠깐 머물다 가면 자신이 범인이라고 말하는 것이나 마찬가지다. 이곳에 머물면서 밤에 잠깐 빠져나갔다가 다시 돌아오는 게 행적을 숨기기에는 더나을 수도 있었다.

"그러냐? 그럼 어디에 계셨느냐?"

"공방 뒤쪽에 시주님들이 머무는 곳이 있어요. 오시면 항상거기 계시죠."

동자승의 말에 나는 비로소 그날 최정을 발견하지 못한 이유를 알았다. 금행과 내가 너무 부주의해서였다. 수달이 튀어나오자마자 그자를 범인으로 단정해버린 게 문제였다. 뒤를 더뒤졌어야 했다. 하지만 달리 생각해보면 수달이 튀어나온 것은최정을 숨기기 위한 계책일 수 있었다. 만약 그때 그자가 모습을 드러내지 않았다면 우리는 공방 뒤까지 살펴보았을 터였다.이로써 호장가, 홍왕사 그리고 여우의 연결고리가 확실해졌다.

"잘 말해주었다. 하나만 더 약속하자. 오늘 나와 이야기를 나눈 것은 누구에게도 말해서는 안 된다. 안 그러면 영원히 곶감은 없다. 부처님께 맹세할 수 있겠느냐?"

동자승은 미처 먹지 못한 곶감 하나를 움켜쥔 채 어설프게 합장했다.

"사실 우리 집에는 곶감 말고도 주전부리가 더 있다. 떡도 있고, 꿀도 있고, 살구도 있어. 앞으로도 내 말을 잘 들으면 모두네게 주마. 그리 어려울 것도 없다. 내가 여기 들를 때, 호장가 아드님이 와 있으면 엄지손가락 하나만 들거라."

동자승은 꿀꺽, 군침을 한 번 삼키고서는 고개를 끄덕였다. 나는 동자승의 머리를 쓰다듬어주었다. 이로써 나도 홍왕사에 든든한 연줄 하나가 생겼다.

그날 밤, 금행이 찾아왔다. 술은 없었지만 안주가 든 자그마한 보자기 하나가 들려 있었다. 빨간색이라 유난히 눈에 잘 띄었다.

"올 때마다 핑곗거리를 하나씩 가지고 오느라 고생이 많네."

"나야 보자기를 싼 것밖에 없고, 안줏거리 마련하느라 수선 낭자가 고생했네."

"허, 혼인도 하기 전에 내조부터 시작하는 건가? 반가의 상식으로는 이해하기 어렵네그려."

내가 짓궂게 비꼬자, 얼굴에 열이 올랐는지 금행의 귀가 시뻘게졌다.

"애쓰지 말라고 해도, 자꾸 이런다네."

"애써도 남이 뭐라고 하지 않게 만들면 되지 않나?"

"자네도 알지 않나? 내 처지가 지금 바람 앞에 등불일세."

"자네는 아직 수선이를 모르는군."

"무슨 얘긴가?"

"수선이는 굳센 처녀일세. 자네가 어떤 처지에 있든 상관치 않을 거라는 말이야. 실직을 하면 오히려 자네를 벌어 먹일 걸세."

"이 사람아, 처자를 건사하는 것은 사내가 할 일 아닌가? 나는 자네처럼 한량으로 지낼 수 있는 처지가 아니네."

"한량은 쉬운 줄 아나? 등과하라는 눈치를 견뎌야 하는 걸세."

"암, 자네가 세상에서 제일 어려운 처지지."

금행은 나를 비꼬면서 되갚았다. 이번에는 내가 술을 내놓고, 금행이 가져온 안줏거리를 풀어서 상을 차렸다. 하지만 오늘 일을 전하는 것이 급했기 때문에 바로 본론으로 들어갔다.

"저번에 내가 알아보라고 했던 것은 좀 살펴봤나?"

"자네 말대로 이 고을에 부임한 감무들의 행적을 한 명씩 조사해봤네. 다른 감무들은 잘 모르겠네만, 맨 처음 귀신 때문에 죽었다는 감무 말일세. 그분이 쓰다 만 장계를 찾았네. 다행히도 과거 서류를 보관해놓은 궤짝에 있더군. 자네 말대로 화전민들의 토지를 호장가가 멋대로 나눠 주는 것을 조정에 보고하려고 했었다네. 추가로 이 관아에 오래 있었던 군졸에게 물어보니 최정이 관아로 찾아와 큰 소리가 한 번 났다고 하네. 자세한 이야기를 듣지는 못했지만, 감무의 일을 최정이 말리려는 것 같았다고 해. 최정이 관아를 나서면서 만약 멋대로 하면 가만두지 않겠다고 한 얘기를 들었다고 하네."

"그렇다면 최정이 감무를 해치려고 했다는 것이 확실해 보이네. 나도 알아낸 게 있어."

175

"뭔가?"

나는 금행에게 홍왕사 동자승에게 들은 이야기를 해주었다.

"지금까지의 단서들을 모아서 생각해보면 최정이 여우와 호장가 그리고 홍왕사를 연결하는 고리가 확실하네. 감무들의 죽음과 사람들의 죽음 모두로부터 이득을 보는 자는 최정밖에 없으니."

"나는 그래도 여전히 납득이 가지 않네. 그런 목적이라면 그냥 사람을 죽이면 될 것을 왜 그렇게까지 참혹한 짓을 벌이는지."

"그건 일부러 보여주려고 그런 것 아니겠나? 가급적 처참한 시신을 보여줘야 소문도 빨리 나고, 화전민들도 더 겁에 질릴 테니까."

"그럴까……."

"그런데 중요한 것은 그게 아닐세. 소문이야. 애초에 이 고을에는 밤마다 관아에 나타난다는 귀신 이야기와 꼬리가 아홉 개까지 늘어난 여우 이야기가 있었네. 이 소문들이 나온 이유는 단 하나야."

"뭔가?"

"죄를 덮기 위해서였네. 감무가 죽은 것은 귀신 짓이고, 처녀들이 그렇게 참혹하게 죽은 것은 여우 짓인 이상 최정을 위시한 호장가는 아무런 의심을 받지 않을 수 있었네. 게다가 조정에서는 여우를 잡으라고 감무를 닦달하니, 감무의 신경이 온통

거기에 쏠리게 되었네."

"그렇게 해서 자연스럽게 조정의 눈도 피하게 되었다?"

"그렇지. 처음 자네가 이 고을에 왔던 날, 내가 말하지 않았나. 이야기와 소문 뒤에는 단단한 것이 있다고."

"그게 바로 최정이다?"

"말해 뭐 하겠나. 죄를 덮기 위해 이야기를 만들고, 또 이야기를 만들기 위해 사람을 죽였네. 이야기를 흉기로 쓴 셈이지."

"딴엔 그래 보이는군."

나는 술을 한 모금 마셔 목을 축였다.

"아직 시간은 보름도 넘게 남았네. 그사이 놈의 살인 현장을 덮치게."

"어떻게? 계획이 있나?"

"물론. 홍왕사에 끄나풀이 하나 있거든."

"끄나풀?"

나는 동자승과 했던 약속을 금행에게 알려주었다. 내가 갔을 때 동자승이 엄지손가락을 치켜든다면 최정이 홍왕사에 있다는 뜻이고, 그렇다면 그날 살인이 벌어질 가능성이 높았다.

"자네는 호장가를 감시해주게. 최정이 출타하면 내게 알려줘. 그러면 내가 홍왕사에 최정이 있는지 알아보겠네. 만약 그자가 있다면 그날 밤 군졸을 풀어서 산에 매복하게."

"좋아. 자네 말대로 하지. 이거 매번 신세를 지는 것 같네."

"신세라는 말 말게. 나는 자네가 이 고을에 오래 있으며 나와 술벗을 해줬으면 해."

나는 잔을 들었고, 금행도 잔을 들어 부딪쳤다.

하지만 최정을 추적하는 일보다 다른 일이 먼저 닥쳤다. 금행이 조정에 올려 보낸 장계가 화근이었다. 화전민이 버리고 간 나라의 땅을 호장가가 전횡을 부려 멋대로 나누고 있다는 것을 일렀던 것이다. 이 때문에 조정에서는 사대부와 세족들 간에 격렬한 논쟁이 벌어졌다. 겉으로는 이 고을 호장가의 조치에 대한 것이었지만, 따지고 들면 이번에도 향리를 직접 관할하려고 하는 조정의 실세들, 특히 사대부들과 이를 반대하는 세족들 간의 알력다툼이었다.

세족들은 호장가는 옛 법대로 했으니 죄가 없고, 오히려 이를 무고한 금행에게 죄를 물어야 한다고 주장했다. 반면 사대부들은 호장가에 죄를 물어야 한다고 했다. 하지만 상황은 금행에게 불리하게 돌아갔다. 사대부들 중에도 호장 가문에 뿌리를 둔 자들이 적지 않았기 때문이다. 이들은 당연히 미적지근한 태도를 보일 수밖에 없었다. 거기에 더해 호장가가 적지 않은 재물을 써서 기어코 저울의 추가 자신들 쪽으로 기울도록 했다는 말이 돌았다.

결국 금행은 파직되었다. 다만 다음 감무가 부임할 때까지 이 고을의 일을 맡으라는 단서를 달았다. 세족과 사대부들 간의 어쭙잖은 타협안인 셈이었다. 금행은 파직을 명받은 날 이 사정을 내게 전했다. 우리는 밤새 술을 마셨다. 대체 나라가 어찌 돌아가려고 하는 것인지. 고려라는 나라에 낙조가 짙게 드리운 것 같았다. 이런 시대는 또 어찌 살아야 하는지 나로서는 알지 못했다.

아홉. 위협과 위기

매일 관아를 찾았다. 풀이 죽었을 금행이 걱정되었다. 하지만 그는 겉으로는 아무런 내색도 하지 않았다. 변함없이 성실하게 관아의 일을 처리했다. 심지어 내가 가도 차 한잔 할 시간 정도밖에 내주지 않았다. 그래서 오히려 금행이 안타까웠다. 일에 몰두하는 척하면서 자신의 처지를 잊으려고 하는 것 같았다. 나는 시간이 날 때마다 그를 찾아가 정담 나누기를 게을리 하지 않았다.

최정이 직접 관아에 찾아왔을 때도 나는 금행과 차를 마시고 있었다. 동헌 마당까지 막무가내로 들어온 그는 대청에 앉아 있는 우리를 보고 껄껄 웃으며 합석을 청해도 되겠느냐고 물었다. 그 곁에는 차마 그를 완력으로 막지 못한 군졸 하나가 쩔쩔매고 있었다. 금행은 괜찮다는 말로 군졸을 물리고, 최정을 대청으로 들였다. 그는 당연하다는 듯 상석을 차지하고 앉았다. 어찌 보면 감무가 최정이고, 우리가 식객인 모양새였다. 심히 무례한 태도였지만, 금행은 우려놓은 차를 조용히 따를 뿐 아무 말도 하지 않았다. 최정은 차를 한 모금 마시더니 이내 인상을 찌푸렸다.

"감무는 차를 좀 배우셔야겠소."

분명 하대하는 말투였다. 나는 금행의 역성을 들었다.

"고을 감무입니다. 예의를 갖추는 게 어떻겠습니까?"

"며칠 후에 파직당하면 일개 백성으로 되돌아갈 위인인데, 이 정도도 예의를 갖춘 것 같습니다만. 선비님은 너무 나대지 말고 조용히 한량으로 지내시지요. 안 그러면 사대부 가문이라고 더 이상 대접해주는 일은 없을 겁니다."

최정은 적의가 가득한 눈빛으로 쏘아보면서 말했다. 나도 모르게 눈길을 피했다. 얼굴이 붉게 물들고 나서야 비굴했다는 생각이 들었다.

"어쩐 일로 오셨소?"

금행은 무뚝뚝하게 물었다. 상대가 걸어온 기싸움에 물러서지 않겠다는 의도일 터였다. 최정은 빙긋 웃었다. 명백한 조소였다.

"하루살이 감무이니 함부로 날뛰지 말라는 말을 전해주려고

181

왔소."

"하루를 살아도 감무는 감무요. 그동안만이라도 함부로 날뛰지 말아야 할 자는 따로 있는 것 같소만."

"한 치도 지지 않고 말대꾸하는 것을 보니 아직 덜 당한 것 같네."

최정은 혼잣말하는 것처럼 중얼거리더니 금행을 보고 말을 이었다.

"댁이야 쫓겨나는 대로 야반도주를 하든 말든 상관없지만, 이 고을에 남아 있을 사람들도 생각해봐야 하지 않겠소. 요즘 들어 관아에 들락거리는 처녀가 있다고 하던데, 그이를 어찌하느냐에 따라 좋은 본보기가 될 듯도 하오만."

"그게 무슨 소리요?"

금행의 눈빛이 돌변했다. 순간적으로 뿜어내는 기운이 매우 섬뜩했다. 어쩌면 말로만 듣던 살기가 아닐까 싶었다. 나는 슬쩍 금행의 팔을 잡았다. 오른쪽 팔이 팽팽하게 경직되어 있었다. 검 손잡이에 손을 올린 채였다. 최정은 그런 낌새를 아는지 모르는지 태연하게 차를 마셨다. 지금 이대로라면 무슨 사달이 일어날 게 틀림없었다.

"무슨 말인지 충분히 알아들었으니, 그만 자리를 파하는 게 좋겠습니다."

나는 금행의 오른팔을 붙들고 말했다. 그러자 최정은 찻잔을 탁 소리 나게 내려놓고 자리에서 일어났다. 나는 최정에게 재빨리 인사했다.

"먼저 가시지요. 멀리 안 나갑니다."

"그럼 이만. 오늘 마신 찻값은 다음에 더 좋은 차로 갚아드리겠소."

최정은 금행을 쳐다보지도 않고 동헌 마당을 느긋하게 가로질러 갔다. 그가 시야에서 사라지고 나서야 나는 비로소 금행의 오른팔을 놓았다.

"수선이를 생각해서라도 자중하게. 저자는 반드시 보복해 올 것이네."

금행은 나를 물끄러미 보다가 말했다.

"그걸 알면서 자네는 왜 나를 말렸나?"

"그게 무슨 소린가? 설마 자네……."

"어쩌면 저자를 죽여야 할지도 모르겠네."

"큰일 날 소리! 그러면 자네도 경을 치게 되네. 그 당연한 걸 몰라서 그러는가?"

"저자를 가만 두면 몇 명이 더 죽을지 모르네."

"최정이 수선이를 입에 올려서 화난 것은 이해하네. 하지만 냉정해지게."

"전쟁터에서는 하나가 죽어서 여럿을 살릴 수 있다면 그리해야 하네. 그래야 이기는 걸세."

"여기는 전쟁터가 아니지 않나?"

"아니면? 자네 앉은 자리 옆에서 사람들이 죽어 나가고 있네. 그 칼끝이 자네를 향하지 않는다고 어찌 장담하나?"

"최정이 그리 무도한 자라고 생각하지는 않네."

"단정 짓지 말게. 칼은 주인의 말을 듣는 물건이 아니야. 사람을 죽이면 죽일수록, 죄업이 쌓이면 쌓일수록 더 잔인해지는 게 칼일세. 작금의 조정에서 벌어지는 저 잔인한 살육이 과연 칼을 빼 든 자의 의중에 따르던가?"

아버지의 일이 떠올라서 나는 아무 말도 하지 못했다. 이 자리를 파하고 금행이 냉정을 찾을 시간을 줘야 할 것 같았다.

"차 잘 마셨네. 최정, 그자의 말은 귀담아듣지 말게. 자네의 차 우리는 솜씨는 그리 나쁘지 않아."

금행은 피식 웃었다.

"또 오게. 이제 이런 날이 얼마나 되겠나."

이번에는 내가 아무 말도 하지 않았다. 금행에게 작별을 고하고 관아를 나섰지만 어쩐지 찝찝한 기분을 떨칠 수 없었다. 바람이 매서웠다. 어느새 겨울이 코앞에 와 있었다. 나는 옷깃을 여미고 몸을 움츠렸다.

최정과 대면하고 난 후, 금행은 나를 더욱 재촉했다. 덕분에 나는 주전부리를 들고 부지런히 흥왕사 일주문을 드나들었다.

금행의 마음을 모르지 않았기에 내가 해줄 수 있는 일을 할 뿐이었다. 그나마 다행인 것은 금행의 후임이 아직 정해지지 않은 모양인지 조정에서 더 이상의 전갈은 없었다. 조정과 세족 간의 줄다리기가 계속되고 있을 테니, 결론 내리기가 쉽지 않을 것이라는 짐작이 들었다.

일주문의 동자승과 눈짓을 주고받기 시작한 지 닷새가 지났을 때, 비로소 동자승이 엄지손가락을 치켜들었다. 나는 반가운 마음에 한달음에 관아로 달려가 이 사실을 금행에게 알렸다. 금행은 군졸을 대기시키고 채비를 했다. 나는 그런 그를 멀뚱히 보다가 말했다.

"혹여 최정을 붙잡더라도 섣불리 죽이지는 말게."

"그리할 생각이네."

"응?"

금행이 쉽게 대답하자 도리에 당황한 쪽은 나였다.

"내가 최정의 목을 치면 애꿎은 군졸들도 함께 몰려서 죄를 받을 걸세. 죄를 짓는 현장에서 붙잡는다면 그만큼 확실한 증좌가 어디 있겠나? 하옥시키고 벌을 내리겠네."

"잘 생각했네!"

나는 반색했다.

"자네는 나서지 말게. 이 일에 자꾸 휘말리면 위험해질 수도 있어."

"무슨 소린가? 나도……."

금행은 손을 들어 말을 잘랐다. 그리고 내 눈을 똑바로 들여다보며 물었다.

"정말 이 일을 돕고 싶다는 마음 그것뿐인가?"

"그게 무슨……."

나는 말꼬리를 흐렸다.

"지금은 이야기를 쫓아다니고 싶어 하는 자네의 사심을 채울 때가 아니야."

뭔가 말을 하려고 했지만, 금행은 기다리지 않고 총총걸음으로 관아를 나섰다. 나는 그런 그의 등에다 대고 말했다.

"그럼 따로 움직이지. 자네가 아무리 감무라고 해도 나 홀로 산길을 산책하는 것까지 막을 수는 없을 것이네."

금행은 끝내 아무 말 없이 관아를 나섰다. 하지만 그가 그러거나 말거나 나는 따로 확인할 게 있었다. 바로 여우 이야기 뒤에 가려진 실체 말이다. 그게 진짜 여우든 최정이든, 이 이야기의 끝을 보고 싶었다. 몰래 숨어서 지켜보기만 한다면 골치 아픈 일에 휘말릴 것도 없었다.

그날 밤, 나는 아내와 함께 홍왕사를 찾았다. 쌀을 좀 시주하고, 아예 기거할 방까지 구했다. 함께 밤을 새워 불공을 드리자고 하니 아내도 기꺼이 따랐다. 홍왕사 스님들은 여전히 냉담했으나, 이제는 신경조차 쓰이지 않았다. 그런데 홍왕사가 내

준 방은 공방 뒤에 있다는 손님방이 아니라 일주문과 본당 사이에 있는 행랑채 같은 곳이었다. 김이 새기는 했지만, 무턱대고 산속을 헤집는 것보다는 홍왕사에서 최정의 뒤를 쫓는 것이 훨씬 나은 계책이라고 여겼다.

낮에는 백팔배를 하고 바로 이어서 탑돌이도 했다. 피곤했지만 밤에 아내를 확실히 재우기 위해서였다. 다행히 아내는 한 번 잠들면 웬만한 인기척에는 절대 일어나는 법이 없었다. 밤이 되자 내 생각은 그대로 적중했다. 아내가 잠에 들자마자 밖으로 나왔다. 그리고 공방으로 향했다. 아니나 다를까, 수달이 무료한 듯 서성이고 있었다. 나는 그에게 다가가 말없이 어깨를 붙잡았다. 수달은 깜짝 놀랐는지 헉, 소리를 내며 돌아보았다. 나는 재빨리 그의 입에 손가락을 가져다 댔다.

"조용히 해. 지금 여길 떠나게. 안 그러면 금행이 자네를 죽일 것이야."

수달은 겁에 질린 얼굴로 고개만 끄덕였다. 나는 그의 입에 댄 손가락을 뗐다. 수달은 허겁지겁 자리를 벗어났다. 나는 그가 시야에서 완전히 사라지는 것을 확인하고 난 다음에 공방 뒤쪽으로 걸어갔다. 최정의 옷은 낮에 동자승에게 확인해두었다. 짙은 청색 두루마기를 걸치고 있었고 두루마기 밑으로 드러난 아랫도리 역시 청색이라고 했다. 짐작건대, 수선을 해하려고 했던 날과 같은 옷인 듯했다. 밤이라 짙은 청색은 더욱 눈에 잘 띄지 않는다. 달이 밝기를 불전에 빌었다.

우선 공방을 지나 손님들이 머무르는 곳으로 갔다. 좁고 긴 마당을 중심으로 양쪽으로 열 개 정도의 작은 방이 늘어서 있었다. 손님들을 위한 장소보다는 다른 곳에서 온 스님들이 잠깐 머물렀다가 가거나 혹은 수도를 위해 동안거를 하기 위한 곳처럼 보였다. 마당에는 아무도 없었다. 대략 둘러보니 섬돌에 신발이 놓여 있는 곳은 두 군데였다.

오른쪽 세 번째 방에는 옅은 노란색의 가죽신이 놓여 있었는데, 값비싼 담비 가죽으로 만든 것이었다. 홍왕사 주변에서 이런 신발을 신을 수 있는 사람은 많지 않다. 그 맞은편 방에도 신발이 놓여 있었는데 분홍색 매화가 수놓아진 한 쌍의 꽃신이었다. 이 역시 귀한 물건이다. 그 방에는 지체가 있는 여자 손님이 머물고 있을 것이다. 그렇다면 최정이 머물고 있는 방은 오른쪽 세 번째임에 틀림없다. 나는 인기척을 느끼기 위해 거기로 다가가 귀를 곤두세웠다. 아니나 다를까, 방에서 얕게 코 고는 소리가 났다.

나는 곧바로 마당을 가로질러 뒷문으로 나갔다. 낮에 동자승에게 확인해보니 홍왕사의 출입문은 두 군데밖에 없었다. 사천왕상이 있는 산문과 바로 이곳이었다. 뒷문 밖으로 좁고 긴 오솔길이 산의 봉우리를 향해 뻗어 있었다. 만약 몰래 일을 저지르고자 한다면 산문보다는 여기가 더 맞춤해 보였다.

뒷문 주위로는 사람 키를 훌쩍 넘는 높은 담벼락이 있어서 혹시라도 담을 타고 넘나들 염려는 없을 듯했다. 나는 주위를 살핀 후 구해 온 굄목을 문 아래에 끼워놓았다. 이 굄목을 치우기 전에는 문이 열리지 않도록 하기 위해서였다. 특히 안에서는 절대로 문을 열 수가 없었다. 이제 최정이 나갈 곳은 산문밖에 없었다. 문제는 나도 안으로 들어가기 위해서는 다시 굄목을 치워야 한다는 데 있었다. 할 수 없이 홍왕사의 담벼락을 타고 빙 돌아서 산문으로 발걸음을 재촉했다.

재차 최정의 방 앞에 당도했을 때는 방문이 열려 있었다. 당연히 섬돌에 놓여 있던 신발도 없었다. 아뿔싸! 그사이 최정이 사라진 것이었다. 오늘 밤 누군가 죽을지도 모른다. 최정을 죽였어야 했다는 금행의 말이 자꾸만 귓가에 맴돌았다. 마음이 급했다. 나는 산문을 향해 힘껏 내달렸다.

숨이 차올랐지만 도저히 걸음을 멈출 수가 없었다. 어느새 밝은 달이 사라지고, 무성한 나뭇가지 때문에 어둠이 짙게 깔린 길과 마주했다. 처녀들이 가장 많이 당한 곳이 바로 여기였다. 나는 비로소 천천히 걸으며 숨을 가다듬었다. 이곳 어딘가에 놈이 있을 것만 같았다. 숨이 잦아들자 신경이 곤두섰다. 풀벌레의 조그마한 바스락거림에도 흠칫 놀라며 돌아보기 일쑤였다. 그때 돌연 아악, 비명 소리가 울려 퍼졌다. 이 길이 아니었다! 산중이라 소리가 어디서 들리는지 가늠되지 않았다. 달빛이 비추는 곳까지 되돌아 나왔지만 비명 소리는 이미 끊긴 뒤라 어느 길로 가야 할지 알 수 없었다. 자칫 잘못하면 혼자 산속을 헤맬 수도 있었다. 여기저기서 북소리가 들려왔다. 금행과 군졸들이 두드리는 것 같았다. 경고를 주기 위함일 것이다. 어쩌면 북소리에 놀라서 희생자를 두고 그대로 달아나기를 바라는 마음일 수도 있었다.

나는 깊게 숨을 들이마셨다. 차분해야 할 때였다. 가만 생각해보면 이 산에는 나만 있는 게 아니다. 금행과 그 일행도 있을 것이다. 그들도 비명 소리를 들었을 테고, 그쪽으로 달려가고 있을 것이다. 변고를 당한 이는 그들에게 맡겨두고, 나는 다른 선택을 하는 것이 나을 수도 있었다. 바로 길목을 지키는 것. 만약 비명을 지른 이를 습격한 놈이 정말로 최정이라면 산문 쪽으로 되돌아올 게 틀림없었다. 뒷문은 내가 막아두었으니, 설령 그리로 가더라도 돌아오게 되어 있었다.

나는 흥왕사에서 가장 빠른 길로 반듯하게 내달려 왔기 때문에 비명 소리가 난 곳보다는 흥왕사와 더 가까울 수밖에 없었다. 따라서 지금 흥왕사로 되돌아간다면 놈보다 빨리 도착할 수 있을 거라는 계산이 섰다. 내가 길목을 지키고 있다가 최정을 붙잡고 늘어진다면, 그사이 금행 일행이 도착해서 놈을 포박하는 것도 가능하리라. 나는 몸을 돌려 흥왕사로 달려갔다.

하지만 계산과는 달리 아무리 길목을 지켜도 최정을 만나지는 못했다. 달이 기울었을 때가 되어서야 나는 비로소 포기하고 산문 안으로 들어섰다. 경내는 여전히 고요했다. 나는 곧장 손님방으로 갔다. 최정이 묵고 있는 방 앞 섬돌에는 가죽신이 가지런히 놓여 있었다. 눈이 의심스러워 몇 번을 다시 봤지만 틀림없었다. 대체 최정은 어떻게 해서 나보다 빨리 도착했단 말인가. 나는 섬돌로 다가가 가죽신을 살펴보았다. 바닥에 흙이 좀 묻어 있기는 했으나 새로 만든 것처럼 깨끗했다. 산길을 헤맨 것 같지 않았다. 정말 여우가 재주라도 넘은 것처럼 보였다. 대체 어떻게 나보다 먼저 여기에 도착했으며, 어떻게 신이 이토록 깨끗할 수 있단 말인가. 나는 최정이 묵고 있는 방 마루에 걸터앉았다. 생각 같아서는 그의 멱살이라도 붙잡고 자초지종을 묻고 싶었다.

얼마나 있었을까. 아쉬운 마음에 최정이 묵고 있는 방 쪽을 흘끔 돌아보고 나서 마당으로 내려섰다. 그런데 여러 명의 발걸음 소리가 들려왔다. 금행과 군졸들이 횃불을 들고 들어서는 중이었다. 나는 금행과 마주쳤다. 그는 잔뜩 상기된 얼굴로 다짜고짜 소리쳤다.

"최정, 어디 있나?"

나는 섬돌에 놓여 있는 가죽신을 가리켰다.

"저 신이 놓여 있는 방에 묵고 있네."

191

금행은 나를 제치고 최정의 방으로 성큼성큼 걸어갔다. 오른손으로 검자루를 잡고 있는 것으로 보아 당장 무슨 일을 치를 것 같았다. 언제나 냉정하던 그였는데, 이렇게까지 흥분한 모습은 처음이었다. 나는 재빨리 금행을 막아섰다.

　"서두르지 말고 진정하게."

　"무슨 진정?"

　"자네 최정이 죄를 짓는 것을 봤나?"

　"아니."

　"그런데 무턱대고 왜 이러는가?"

　"최정을 보지는 못했지만 청색 두루마기에 같은 색 바지와 저고리를 입고 있는 것은 봤어. 비단 같았네. 수선 낭자가 본 것과 비슷한 옷차림이었다고. 그뿐인 줄 아나? 저것과 똑같은 신발까지 신고 있었네. 이 주변에서 저 비싼 담비 가죽신을 신을 수 있는 사람이 얼마나 되겠나?"

　"제대로 봤나?"

　"눈앞에서 놓쳤어! 제대로 보지 못했을 리가 없네."

　"정황으로는 최정이 범인일 수 있지만, 단정 짓기 어렵네. 석연치 않은 점도 있고."

　"저자를 끌고 가서 물어보면 되겠지."

　"자중하게! 자네가 노리는 자는 평범한 백성이 아니야. 호장의 장자란 말일세."

"비키게!"

금행이 나의 어깨를 밀쳤다. 힘에서 이길 수 없는 나는 맥없이 비켜났다. 그래도 힘껏 금행의 팔을 붙잡았다.

"무슨 일이 있어도 죽이지 말게."

금행은 대답하지 않았다. 그런데 그때, 최정이 방문을 열고 나왔다. 청색 두루마기를 걸치지는 않았지만, 역시 청색 바지와 저고리 차림이었다. 그는 자다 깬 듯 잔뜩 찌푸린 얼굴을 하고 있었다. 뒤이어 스님들도 하나둘 모여들기 시작했다.

"이 밤에 웬 소란인가?"

최정은 짜증이 가득 섞인 목소리로 물었다. 금행은 말없이 그에게 다가가 검을 뽑아 겨눴다. 달빛을 받은 검날이 파리하게 빛났다. 나는 눈을 질끈 감았다. 이제 일은 가늠할 수 있는 정도를 넘어섰다.

"무슨 짓이야?"

최정은 깜짝 놀라 뒷걸음질까지 하며 호통을 쳤다.

"무슨 일인지는 스스로가 잘 알 터."

금행은 군졸들을 돌아보며 포박하라고 일렀다. 스님들의 수군거림이 커졌다. 주지스님이 나타나 불전에서 이렇게 할 수 없는 노릇이라고 일렀지만, 금행은 아랑곳하지 않았다. 그의 단호한 태도에 주저하던 군졸들이 최정을 포박했다. 최정은 분노에 차서 어서 놓으라고 소리를 질러댔다. 그러나 누구 하나

나서서 그를 도와주는 이가 없었다. 그만큼 금행의 서슬이 퍼렇다.

나는 금행이 최정을 포박해서 관아로 갈 때까지 동행하며, 내가 흥왕사에 도착했을 때 최정이 이미 자신의 방에 머물고 있었던 것이 아무래도 꺼림칙하다고 말해주었다. 금행은 알겠다는 말만 짧게 한 후 침묵을 지켰다. 답답했다. 지금까지 그토록 침착했던 금행이 오늘따라 왜 이렇게까지 감정적인지 알 수 없었다.

하지만 관아에 도착하자, 비로소 그 이유를 눈치챌 수 있었다. 산속에서 들었던 비명의 주인공이 바로 수선이었던 것이다. 듣기로 수선은 화전민들이 캐놓은 약초를 받아서 내려오던 길에 산을 오르던 금행을 만났다고 했다. 금행은 오늘은 위험하니 산 근처에 얼씬도 하지 말라고 일렀다. 하지만 수선은 그럴 수가 없었다. 산에는 나물을 캐러 올라간 그이의 친구가 있었기 때문이다. 수선은 산속을 헤매다가 이미 참혹한 시신으로 변해버린 친구의 모습을 보고 말았다. 그이는 비명을 질렀고, 그 소리를 바로 내가 들었던 것이었다.

그런데 그 자리에 수선만 있었던 게 아니었다. 청색 두루마기에 검은색 복면을 쓰고 있던 자가 수선을 보자 달려들었다. 하지만 때마침 북소리가 사방에서 울렸다. 수선을 죽이려던 놈은 당황해서 칼을 잘못 휘둘러 그이의 어깨만 베고 말았다. 그러자 이번에는 수선이 칼을 든 놈의 손을 필사적으로 붙잡았다. 놀란 쪽은 오히려 그자였다. 사방에서 북소리와 더불어 발자국 소리가 들려오는데, 반대로 붙들린 형국이 되어버린 것이었다. 놈이 몸을 빼지 못해 쩔쩔매는 사이, 금행이 군졸들과 함께 현장에 모습을 드러냈다. 결국 놈은 칼까지 내던지고 달아났다. 그 후 금행이 놈을 뒤쫓다가 흥왕사까지 오게 된 것이었다.

동헌 대청에 앉아 있던 수선은 심한 충격을 받은 듯 멍하니 넋을 놓고 있었다. 그이의 어깨는 헝겊으로 단단히 감싸놓았지만 피가 축축하게 배어 있었다. 안타까웠다. 죽을 고비를 넘긴 것도 모자라 아직 혼인도 하지 않은 처녀가 저렇게 깊은 상처까지 입게 되었으니. 그 충격이 이만저만하지 않았을 터였다. 나는 그런 그이의 어깨를 토닥여주었다. 이 순간에 위로의 말이 무슨 필요가 있으랴.

그때, 수선이 내게 칼 하나를 주었다. 피가 묻어 있는 단도였는데, 날이 은백색으로 예리하게 빛나는 게 예사로운 물건이 아니었다. 무엇보다 손잡이 가죽에 최(崔) 자 인장이 선명하게 새겨져 있었다.

"그놈의 것이에요."

수선이 낮고 떨리는 목소리로 말했다. 나는 단도를 다시 한 번 달빛에 비춰 보았다. 이 예리한 날이 누구를 얼마나 베어왔을지 나로서는 짐작조차 하기 어려웠다.

아직 해가 뜨지 않았다. 밤이 점점 길어지고 있는 탓이었다. 일단 나는 홍왕사로 돌아가기로 했다. 일이 이렇게 된 이상, 지금으로서는 내가 할 수 있는 일이 없었다. 그리고 아침에 일어나서 내가 곁에 없으면 아내가 놀랄 것이 걱정되기도 했다. 아니, 더 정확히는 그 뒤에 쏟아질 잔소리가 염려됐다.

묵고 있는 방에 도착하니 아내는 아직 자고 있었다. 본당의 소란이 여기 일주문 근처까지 닿지는 않았던 모양이다. 나는 평온한 아내의 얼굴을 한동안 들여다보다가 오랜만에 그이를 안고 잠이 들었다. 아내는 잠결에도 몸을 돌려 내게 안겨 왔다. 일이 이렇게 커졌으니 앞으로 단잠을 이룰 수 있을까 하는 걱정에 오히려 잠들지 못했다.

아내의 성화로 아침부터 불전에 백팔배를 하고 절밥까지 얻어먹고 나서야 홍왕사를 나설 수 있었다. 일주문으로 가는 길에 뜻밖의 인물을 만났다. 바로 선화였다. 그이는 길가의 나무 그루터기에 홀로 앉아 쉬고 있었다. 분홍색 저고리에 흰색 치마를 입은 모습이 여전히 처녀처럼 고왔다. 선화는 무언가 사연이라도 있는 사람마냥 넋을 놓고 냇가에 시선을 두고 있었는데, 덕분에 나를 알아보지 못했다.

나는 괜스레 곁에 있는 아내가 신경 쓰였다. 예전의 일이 켕겨서 그런 것일지도 몰랐다. 나는 선화를 스치듯 지나갔다. 아내는 호장가의 둘째 부인이 아니냐고 물었고, 나는 짐짓 이제야 알아챈 듯 그러냐고 되물었다. 아내는 지체가 있는 분이 시중드는 이 하나 없이 왜 여기에 혼자 저러고 있을까 혼잣말처럼 물었다. 나는 그러냐, 또 어영부영 대답하고 말았다.

고을 어귀에 도착하니 어느새 정오 무렵이었다. 뜻밖에 한 무리의 군졸을 이끌고 어디론가 바삐 걸어가는 금행과 마주쳤다. 의아했다. 최정을 포박해 갔으니 문초하고 있거나 관련된 일을 처리하고 있어야 했다. 그런데 관아를 벗어나 있다니. 그 연유가 궁금하여 인사보다 지금 어디로 가고 있느냐는 말이 먼저 튀어나왔다. 금행은 굳은 얼굴로 말했다.

"아침에 수달이 죽었다고 하네."

"뭐?"

"목을 맸다는데, 어제 큰일을 냈다고 근심하다가 그리한 것 같다는 이웃의 말이 있었네."

심상치 않았다. 수달의 죽음 이상의, 뭔가 생각지도 못한 일이 벌어진 것 같았다. 나는 아내에게 눈짓을 했다. 그이 역시 나와 금행의 분위기를 보고는 조심해서 다녀오라고 말해주었다. 나는 그길로 금행의 뒤를 따랐다.

수달의 집에 당도했을 때는 그의 시신이 이미 마루에 내려져 있었고, 그 곁에서 어미가 가슴을 치며 통곡하고 있었다. 금행과 함께 다가가보니 수달은 청색 비단 두루마기를 입고 담비 가죽신을 신고 있었다. 어제 최정의 행색과 다르지 않았다. 그

197

가 잘 산다 해도 비단 두루마기와 담비 가죽신은 여느 백성이 가질 수 있는 물건이 아니다. 그러니 볼 것도 없었다. 수달을 죽인 후 최정의 죄를 뒤집어씌울 속셈이리라. 최정이 붙잡히자마자 흥왕사의 승려나 최정의 하인 중 하나가 그 소식을 호장가에 전했을 테고, 그 즉시 이런 꾀를 내어 움직였을 것이다. 호장가의 안주인인 강씨를 떠올렸다. 그이라면 못할 일도 아니다 싶었다.

동시에 나는 혼란스러워졌다. 지난밤 최정의 행적으로 봤을 때 그가 범인이 아닐지도 모른다는 생각을 했었다. 그런데 지금은 자신과 똑같은 복장을 입힌 자를 죽여 면피하고 있었다. 범인이 아니라면 굳이 이런 짓을 할 필요가 있을까. 누군가에게 죄를 뒤집어씌우려고 한다는 것 자체가 범인임을 증명하는 것 아닐까. 비록 금행이 한눈에 알아차릴 정도로 어설픈 솜씨이기는 하지만, 이런 빌미를 만들어놓고 자신들이 원하는 방향으로 우겨대는 게 호장가의 일 처리 방식 아니었던가. 귀신 이야기가 그러했고, 여우 이야기가 그러했다. 어찌 됐건 호장의 장남이 붙잡힌 이상 호장가에서 가만있지는 않았을 것이다. 예감이 좋지 않았다.

내가 이런저런 생각에 잠겨 있는 사이 군졸들이 수달의 시신 곁으로 가 어미를 떼어냈다. 그이는 아들을 보낼 수 없다며 심하게 몸부림쳤지만, 장정 두 명의 힘을 당할 수는 없었다. 뒤이어 금행이 수달의 시신을 살펴보기 시작했다.

"이상한 점이라도 있나?"

"혀가 검은빛을 띠고 있어. 죽기 전에 독을 먹은 것 같네."

예상대로였다. 수달은 죽임을 당한 것이었다. 그나마 다행이었다. 이렇게 수달이 타살되었다는 흔적이 있으니 그에게 죄를 뒤집어씌우기는 쉽지 않아 보였다. 금행은 군졸들에게 명하여 시신을 수습한 후에 관아로 옮길 것을 지시했다. 아들을 함부로 데리고 가지 말라며 또 한 번 어미가 몸부림쳤다. 그이의 사정이 딱했지만, 수달의 시신이 곧 타살의 증좌이니 어찌할 도리가 없었다.

"또 두 명이 더 죽었군."

금행은 나지막하게 혼잣말을 했다. 나는 그 말이 유난히 신경 쓰였다.

금행은 관아로 돌아오자 최정을 불러다가 동헌 마당에 꿇어앉혔다. 그는 금행을 노려보기만 할 뿐 어떤 동요도 없었다.

"단도직입적으로 묻겠소. 어제 이 고을의 처녀를 죽였소?"

금행은 최정이 호장가의 아들이라는 점을 참작하여 하대하지는 않았다. 최정은 침묵했다.

"어젯밤 흥왕사에서 뭘 했소?"

그는 이번에도 말하지 않았다.

"오늘 아침에 수달이라는 자가 죽었소. 당신이 시킨 일이오?"

최정은 비릿한 웃음을 지었다. 그러나 그뿐이었다.

"지금까지 이 고을의 처녀를 죽이고, 감무를 죽인 것 또한 당신 짓이오?"

최정은 끝내 침묵했다. 아예 입을 열 생각이 없어 보였다. 금행은 고민하는 눈치였다. 그러다 최정을 노려보며 말했다.

"고신할 준비를 하라."

그제야 최정의 낯빛이 변했다.

"뭐 하자는 건가?"

금행은 무표정했다. 최정을 죽이려고 했던 그다. 고신 또한 망설이지 않을 것이다. 군졸 하나가 최정을 묶을 형틀을 가지고 왔을 때, 나는 다급하게 그를 가로막았다.

"왜 또 막아서는가?"

금행이 짜증 섞인 목소리로 물었다.

"아직은 때가 아니네. 조금 더 조사해보게."

"뭘 더 조사한단 말인가? 죄지은 자가 눈앞에 있어. 실토를 받으면 끝이야. 지금 저자의 죄를 묻지 않으면 앞으로 몇 명이나 더 죽을지 짐작도 하지 못하네."

"아무리 그래도 고신 앞에 장사가 어디 있나? 억지 자백을 받았다가, 만약 다른 정황이라도 나오면 어찌 감당하려고 그러나?"

"무슨 정황?"

금행은 내가 우물쭈물하자 한숨을 내쉬었다.

"오늘 하루 자네에게 말미를 주겠네. 무슨 정황이든 내가 납득할 만한 것을 가져오게. 그러면 자네 말대로 하지. 하지만 아무것도 가져오지 못한다면 문초는 계속될 걸세."

금행은 군졸들에게 최정을 다시 하옥시키고, 내일 문초할 준비를 하라고 일렀다. 그러고는 동헌의 집무실로 들어가버렸다. 나는 끌려가는 최정을 바라보았다. 그는 나를 돌아보고는 또다시 비릿하게 웃었다. 갑자기 소름이 끼쳤다.

그날 하루, 나는 부지런히 돌아다녔다. 우선 수달의 어미를 만나서 지난밤 그의 행적을 물었다. 그이는 울면서 간신히 떠듬떠듬 말을 이었는데, 새벽에 누군가가 수달을 불러서 나갔다는 것은 알았지만, 그 후로 잠을 설친 탓에 오히려 아침에 잠이 들어서 수달이 들어오는 것은 확인하지 못했다고 했다. 그이는 어미가 되어서 아들이 죽어가는데도 잠이나 자고 있었다며 가슴을 쳤다. 그쯤에서 나는 수달의 어미를 위로하고 그 집을 나섰다. 수달의 어미로부터 들은 정황은 그가 살해당했을지도 모른다는 추측에 힘을 실어주었다.

이어 나는 호장가를 찾아갔다. 그들은 어쩐 일인지 나를 순순히 들여보내주었는데, 강씨가 직접 나를 찾아와서는 두 손을 꼭 잡기까지 했다. 그이는 최정을 고신당하지 않게 해주어서 고맙다는 인사를 했다. 그새 조금 전의 일이 호장가의 귀에도 들어간 모양이었다. 새삼 이 고을 어디에나 호장가의 귀와 눈이 있다는 말이 떠올랐다.

어차피 이렇게 된 것 나는 찾아온 사정을 설명하고, 수달의 시신을 처음 봤을 때부터 들었던 의문을 직접 물어보았다. 수달이 왜 최정과 똑같은 복색을 하고 있느냐는 거였다. 그러자 강씨는 최정의 옷과 신발을 지을 때 호장의 명으로 서자인 최단도 같은 것으로 맞추어서 두 벌 있었는데, 최단이 없는 틈에 수달 그자가 훔쳐 달아난 모양이라고 했다. 옷이 없어진 지 여러 해가 지나서야 그 사실을 알게 되었다고 분통을 터뜨렸다. 최단은 어디 있냐고 묻자, 그러지 않아도 감무에게 이 사실을 고하러 관아에 갔다고 했다.

그날 최정의 행적에 대해서도 물었다. 강씨는 주지스님으로부터 최정은 홍왕사를 벗어난 적이 없다는 말을 들었다고 했다. 덧붙여 이 억울한 사연을 이미 조정에 연이 있는 대신에게 고했으니 빠른 시일 내에 조치가 있을 거라고 했다. 이미 짐작하기는 했지만 이로써 호장가는 이 일을 수달에게 덮어씌우기로 작정했다는 사실이 확실해졌다. 더 이상 물어봤자 건질 것이 없을 듯싶어 집으로 돌아갔다. 결국 짐작한 것 이상을 알아내지는 못했다. 공연히 분주한 하루였다.

이튿날은 관아를 찾아가지 않았다. 시동을 시켜 어제 하루 종일 알아낸 것이 없노라는 말만 금행에게 전했다. 금행이 최정을 고신하는 것을 차마 볼 자신이 없었다. 아버지가 당하던 때가 떠올랐기 때문이다. 그런데 그날 저녁, 금행이 불쑥 나를 찾아왔다. 한 손에는 술이 든 호리병을, 다른 한 손에는 안줏거리를 싼 보자기를 들고서였다. 금행은 나를 보자 옅게 웃었는데, 어쩐지 쓸쓸해 보였다. 반가운 마음보다 좋지 않은 느낌이 먼저 스쳤다. 나는 금행의 두 손에 든 것을 받아 들면서 걱정스레 물었다.

"갑자기 어쩐 일인가?"

"친구 집인데, 갑자기 오면 안 되는가?"

금행의 농담 비슷한 말에 나는 그를 가만히 쳐다보았다.

"이별주라네. 오늘부로 관아에서 쫓겨나서 말이지."

금행은 너털웃음을 지으며 뒷머리를 긁적였다. 올 것이 왔다는 생각이 들었다. 다만 벌써 조정에서 말미를 준 한 달이 되었나 싶었다. 하지만 아무리 날짜를 헤아려봐도 아직 닷새가 남아 있었다.

금행의 말로는 정오쯤에 속히 짐을 싸서 떠나라는 명을 받았다고 했다. 그는 여우의 일은 호장의 장남이 범인으로 보이고, 그를 잡아 하옥시켰으니 자백만 받으면 시일 내에 모든 일을 해결할 수 있다고 항변했다. 그러나 조정에서 온 자는 그게 바로 직을 그만둬야 하는 이유라고 했다. 여러 정황상 수달이라는 자를 가장 먼저 의심하고 문초를 했어야지, 무고한 사람을 하옥시키고 문초를 해서는 안 됐다는 것이었다. 게다가 호장의 자제를 그리했으니 그 죄가 크지만, 그간 나라를 위해 고생한 것이 있으니 이쯤에서 마무리를 지은 것이라고도 했다. 그렇게 금행은 무기력하게 관아를 나와야 했다.

"그럼 최정은 어찌했나?"

"풀려났네. 감무가 없으면 이 고을은 호장이 다스릴 수밖에 없지 않은가. 제 발로 걸어 나갔지."

"그냥 나가든가?"

"두고 보자더군. 몇 배로 갚겠다고."

나는 펄쩍 뛰면서 말했다.

"그럼 속히 이 고을을 떠나야지! 여기는 뭐 하러 왔나?"

"아무리 급해도 친구하고 석별의 술 한잔은 나눠야 하지 않겠나. 이 술 한 잔만 하고 고을을 떠날 생각이네."

"수선이는?"

금행은 또다시 뒷머리를 긁적였다.

"지금은 화척만도 못한 신세네. 어떻게 가정을 이루겠나. 어디 세도가 아래에 들어가서 사병 자리라도 얻으면 또 모르겠네."

마음이 착잡했다. 나라를 위해 목숨 걸고 싸웠고, 감무 일도 흠결 없이 성실하게 해냈는데 사람을 이렇게 내치는 것이 이치에 맞는 건가 싶었다. 금행과 말없이 술잔을 비우다 보니 어느

새 마지막 잔이었다. 아쉬웠다. 집에 있는 술을 몽땅 털어서라
도 금행과 대작하고 싶었으나 더 이상 붙잡았다가는 그가 위험
했다. 나는 금행과의 마지막이 될지도 모르는 그 한 잔을 오래
머금었다. 삼키기가 너무나 어려웠다. 먼저 잔을 비운 쪽은 금
행이었다.

"자리 잡는 대로 연락하겠네."

"꼭 연락주게. 전쟁터 한가운데라도 찾아가겠네."

"그런 곳에 자네 같은 겁쟁이가 올 수 있겠나?"

"이래 봬도 시신을 여럿 본 사람이네."

금행은 껄껄 웃었다. 그리고 자리에서 일어났다. 나는 고을
어귀까지 배웅해줄 심산으로 따라나섰다. 금행도 나와의 이별
이 아쉬웠는지 굳이 만류하지 않았다. 그런데 대문을 나서자마
자 한 무리의 사내가 우리를 둘러쌌다. 맨 앞에 앉은 자들은 화
살을 겨누고 있었고, 뒤에 선 자들은 몽둥이를 들고 있었다. 그
가운데 최정이 서 있었다. 그는 앞으로 나와 금행을 노려보며
말했다.

"검을 버리고 순순히 따라와. 안 그러면 옆에 있는 선비님에
게도 해가 갈지도 몰라."

금행은 검을 천천히 바닥에 내려놓았다. 나는 그의 팔을 급
히 붙들었다.

"이보게⋯⋯."

"어차피 저 모든 화살을 검으로 막을 도리는 없네. 게다가 화살이 날아들면 자네까지 위험해질 거라는 저자의 말이 틀린 것도 아니고. 내 검이나 잘 보관해주게."

말이 끝나자마자 몽둥이를 든 자들이 덤벼들어 금행을 포박했다. 최정은 금행에게 다가가 힘껏 그의 뺨을 후려쳤다. 금행의 고개가 돌아가는가 싶더니 입술이 터져 피가 흘렀다. 내가 급히 피를 닦아주려고 하자, 최정이 내 손을 붙들었다.

"선비님도 다치고 싶지 않으면 적당히 하세요."

최정은 내 손을 내팽개친 다음, 금행을 포박한 자들에게 턱짓을 했다. 그러자 그들은 금행을 잡아끌었다. 금행은 전장에서 붙잡힌 포로처럼 끌려갔다. 나는 불안한 마음을 안고 그 뒤를 쫓아갔다. 최정이 금행을 데리고 간 곳은 짐작대로 호장가였다.

열. 정도전과의 담판

금행은 호장가의 사랑채 앞마당에 꿇어앉혀졌다. 호장가의 하인들이 그 주변을 에워쌌다. 그들의 손에는 몽둥이가 하나씩 들려 있었다. 나는 달려가 그들을 말리려고 했지만, 곁에 있던 또 다른 하인들이 나를 단단히 붙잡았다. 최정이 내 곁으로 다가오더니 귀에 대고 은근하고 낮은 목소리로 속삭였다.

"잘 보시오. 호장가에 맞서면 어떻게 되는지. 저걸 보면 선비님도 저절로 몸가짐을 삼가게 될 거요."

"그러지 마시오!"

나는 최정을 향해 소리쳤다. 하지만 그뿐이었다. 최정이 손짓하자 금행에게 무지막지한 매질이 시작되었다. 처음에는 금행도 이를 악물고 참아내는 듯했지만, 얼마 가지 않아 참혹한 비명을 내질렀다. 최정은 흐뭇한 미소를 지었다. 그 모습을 보자 나도 모르게 악에 받쳤다.

"그만하라고!"

나는 다시 소리를 질렀다. 그러자 최정이 이죽거렸다.

"당장 죽이지는 않을 거요. 이 고을 전체에 본보기를 보여야 하니까. 그러니 지금 너무 악쓰지 마시오."

나는 최정을 노려보았다. 그는 아랑곳하지 않았다. 매질은 계속해서 이어졌고, 금행의 비명은 오히려 점점 사그라지기 시작했다. 그제야 최정이 그만, 하고 소리쳤다. 하인들은 매질을 멈추고 한쪽으로 비켜섰다. 널브러져 있는 금행이 보였다. 얼굴은 퉁퉁 부어올라 눈도 뜨지 못할 지경이었고, 옷은 피에 물들지 않은 곳이 없었다. 금행을 향해 달려가려고 했지만 나를 결박하고 있는 하인들이 놓아주지 않았다. 최정은 나를 돌아보고 싸늘하게 말했다.

"충분히 교훈을 얻으셨을 테니, 선비님을 밖으로 모시거라."

"제발 저 친구를 보고 가게 해주시오! 이대로 갈 수 없소!"

나는 발버둥 치며 버텼다. 하지만 몇 명의 하인이 더 달라붙어 나의 사지를 붙잡는 통에 더 이상 버틸 도리가 없었다. 나는 호장가의 대문 밖에 짐짝처럼 부려졌다. 다시 일어나 호장가에 들어가려고 했으나, 대문에는 굳게 빗장이 걸려 있었다.

도저히 호장가 앞을 떠날 수가 없었다. 나는 넋이 나간 얼굴로 주저앉았다. 얼마 지나지 않아 금행의 참혹한 비명 소리가 담장을 넘었다. 다시 매질이 시작된 모양이었다. 나는 귀를 틀어막았다. 그래도 비명은 계속해서 귀를 파고들었다. 괴로웠다. 이리될지도 모른다고 짐작했으면서도 왜 금행이 최정을 죽이도록 내버려두지 않았을까. 왜 최정을 고신해서 자백받도록 두지 않았을까. 그러면 금행의 운명이 달라지지 않았을까. 어쩌면 나는 겁이 났던 것은 아니었을까. 수없이 많은 생각이 꼬리에 꼬리를 물고 이어졌다.

눈물이 났다. 자신이 위험에 처했는데도 나와 술 한잔 기울이고 싶은 생각이 더 간절했던 친구를 저리 만든 것은 결국 내 탓이었다. 한시라도 빨리 금행을 살릴 수 있는 방도를 찾아야 했다. 만약 시간이 조금만 더 주어진다면 아주 방법이 없지는 않을 것이다. 나는 자리에서 일어서서 처음으로 간절히 기도했다. 제발 금행의 목숨이 붙어 있게 해달라고 빌고 또 빌었다.

나는 그길로 어머니를 찾아갔다. 본가의 대문을 열어젖히고 어머니를 소리쳐 부르며 안방으로 내달렸다. 다급한 기척에 놀란 어머니가 안방 문을 열었다. 나는 신발도 벗지 않고 마루로 뛰어올라갔다.

"어머니, 도와주세요."

어머니는 어리둥절한 얼굴로 물었다.

"대체 무슨 일이야? 얼굴은 왜 또 그 모양이고? 울었느냐, 다

큰 사내가······."

"네, 울었습니다. 제 친구 금행이 호장가에 잡혀 있습니다. 그를 살려야 합니다."

"느닷없이 그게 무슨 소리야? 우선 숨을 좀 가라앉히고 차근차근 말해보거라."

어머니는 방석을 꺼내 자리를 내주었다. 나는 무너지듯 주저앉아 지금까지 금행과 있었던 일을 모두 이야기했다. 중간중간 감정이 격해져 목이 메는 바람에 두서가 없었다. 하지만 어머니는 이런저런 질문을 하면서 차분히 이야기를 들었다. 내가 모든 이야기를 마치자 어머니는 이맛살을 찌푸렸다.

"일이 참 고약하게 되었구나. 너의 말마따나 지금은 감무가 없으니 호장의 말이 곧 법이다. 그런데 어찌 네 친구를 구할 수 있겠느냐? 생각 없이 오지는 않았을 테니 말해보거라."

"이 고을 감무를 제가 해야겠습니다. 외가를 통하면 조정에도 연이 닿을 테니, 음서를 이용해 감무 자리 정도는 충분히 맡을 수 있지 않겠습니까?"

어머니는 조금 생각에 잠겼다가 나를 바라보았다.

"네 말대로 조그마한 고을의 감무 정도는 할 수 있을 게다. 어찌 되었건 벼슬에 뜻이 없던 네가 출사를 한다고 하니 못 밀어줄 것도 없다. 허나 이 고을의 감무 자리가 조정의 실세와 세족들의 다툼에 끼여 있다면 자칫 위험해질 수도 있다. 그만한 각오는 하고 부탁하는 것이냐?"

어머니의 걱정을 모르는 바는 아니었다. 하지만 지금은 각오를 다지고 말고 할 것도 없었다. 한시가 급했다.

"네, 다 작정한 일입니다."

"그럼 알았다. 어차피 출사를 하게 되면 어떤 다툼에든 끼게 마련이다. 다투거든 꼭 이기거라."

"네, 어머니."

"늦었으니 내일 아침에 와서 외숙부에게 전할 서신을 가지고 가거라."

"감사합니다."

어머니는 미소를 지으며 내 등을 두드려주었다. 예기치 않았지만 내가 벼슬에 대한 생각을 바꾼 것이 꽤나 흐뭇한 것 같았다.

본가를 나와 수선의 집으로 갔다. 수선은 제 아비인 도사와 함께 고을의 서쪽 끝 실개천 옆에 살고 있었다. 비가 많이 오면 더러 개천이 넘치기도 해서 본래 아무도 살지 않는 곳이었는데, 십수 년 전 도사가 두 딸을 데리고 와서 허름한 모옥을 짓고 자리를 잡았다. 세월이 흐르고 도사의 부적이나 탕약을 찾는 이들이 조금씩 늘면서 지금은 두 칸 정도 되는 집을 짓고 사는 형편이 되었다.

솟대가 서 있는 싸리문 앞에 서서 수선을 불렀다. 그이는 때마침 저녁을 먹고 대청에 앉아 별을 보고 있던 중이었다. 나를 보자 반갑게 웃으며 달려왔다.

"이 누추한 곳까지 선비님이 어쩐 일이세요?"

"부탁할 일이 있네."

"뭐든 말씀하세요."

수선은 씩씩하게 말했다. 나는 조금 머뭇거리다가 금행이 최 정에게 붙들려 간 일을 말해주었다. 수선의 얼굴이 어두워지더 니 눈에 눈물이 맺혔다.

"그럼, 우리 감무님 어떡해요?"

수선이 울먹였다. 나는 그이의 어깨를 두드려주었다.

"내게 생각이 있네. 지금은 자네에게 말할 수는 없지만 잠깐 어딜 다녀와야 해. 짧으면 닷새, 길면 열흘 정도. 그동안만이라 도 금행에게 신경을 써주었으면 좋겠네."

"당연히 그래야지요. 힘껏 보살펴드릴게요."

"호장가에 붙들려 있어서 쉽지 않을 거야. 무리하지는 말게. 자네도 위험해질 수 있으니."

"위험한 게 대수인가요? 문을 부수고라도 들어갈 거예요."

수선의 괄괄한 성격이 지금은 참으로 의지가 되었다. 그래도 방자하게 굴 때가 아니었다. 어떻게든 내가 돌아올 때까지 금 행이 살아 있도록 해야 했다.

"이 고을에서 금행이 의지할 사람은 나하고 자네밖에 없네.

게다가 나는 지금부터 자리를 비울 거야. 그럼 자네밖에 남지 않아. 자네가 살아야 금행을 돌봐줄 수 있네. 부디 조심하고 또 삼가게."

수선은 끝내 눈물이 터졌다. 그이는 대답도 하지 못하고 고개만 주억거렸다. 나는 손수건을 건네주었다.

"마음을 굳게 먹게."

수선은 눈물을 닦으며 또다시 고개를 끄덕였다. 그이라면 어떻게든 금행을 돌봐줄 거라고 믿었다.

날이 밝자마자 본가로 갔다. 어머니는 서신이 든 봉투를 건네주었다. 그리고 조정 사람들을 만나거든 몸가짐을 조심하라고 당부했다. 나로서는 벼슬아치가 어떤 사람들인지 아버지를 통해 익히 보아온 터라 안심하라는 말을 남기고 집을 나섰다. 그런데 마당에서 뜻밖에 아버지를 마주쳤다. 갈 길이 급한 터라 나는 아버지에게 허리를 굽혀 가볍게 인사했다. 하지만 아버지는 그런 나를 불러 세웠다.

"출사를 하겠다면서? 그런데 아비에게 말도 하지 않는 게냐?"

솔직히 말하고 싶지 않았다. 아버지는 내가 감무 자리를 맡겠다는 것에 만족할 사람이 아니었다. 분명히 공부를 더 해서 사대부답게 과거에 급제하라고 닦달할 것이다. 그래도 아무 말도 하지 않는 것은 자식의 도리가 아닌 것 같아서 한 번 더 고개를 숙였다.

"죄송합니다. 제 불찰입니다."

"사내놈이 뜻을 크게 보지 못하고, 고작 감무 자리라니."

끝내 아버지는 한소리를 했다. 답답함이 치밀어 올라서 대꾸를 하려고 하자 아버지가 다시 말했다.

"포은 말고, 삼봉을 찾아가라."

"네? 그래도 인품은 포은 선생이⋯⋯."

"이런 일은 인품을 따질 것이 아니라 기민함을 따져야 한다. 삼봉은 야심이 많은 인물이니 구미에 맞으면 빠르게 처리해줄게다. 꼭 삼봉을 찾아가."

"명심하겠습니다."

"속히 가거라."

아버지는 뒷짐을 지고 돌아섰다. 나는 그런 아버지의 뒷모습을 보고, 이번에는 제대로 절을 올렸다.

고을을 막 벗어나려는데, 고을 어귀 아름드리나무에 사람 하나가 매달려 있었다. 섬뜩한 느낌에 말에서 내려 달려가보니 아니나 다를까 금행이었다. 이 쌀쌀한 날씨에 상의가 벗겨진 채 맨몸이나 다름없는 모습이었다. 온몸에 멍은 물론이고, 살이 터져 곳곳에 피딱지가 앉아 있었다. 얼핏 보면 어제의 금행과 같은 사람인가 싶을 정도로 참혹한 몰골이었다.

최정이 이리 금행을 매달아놓은 이유는 간단했다. 감무였던 이조차 치도곤을 낼 수 있다는 것을 보여줌으로써 고을 사람들에게 호장가의 위세를 과시하려는 것이리라. 여기에는 호장가에 대들지 말라는 뜻도 포함하고 있었다. 한편으로 생각해보면 다행이다 싶기도 했다. 며칠은 이렇게 매달아둬야 할 테니 금행을 당장 죽이지는 않을 것 같았다.

근처에는 호장가의 하인 하나가 지키고 있었고, 수선은 그에게 제발 죽이라도 한술 뜨게 해달라고 매달리는 중이었다. 당연히 하인은 요지부동이었다. 애원하는 게 통하지 않자 수선은 가져온 채반을 옆에다 내려놓고 팔을 걷어붙였다. 성질이 난 모양이었다. 나는 일이 더 커지기 전에 수선의 옷깃을 잡았다.

"선비님, 이거 놓으세요. 사람을 저렇게 대하는 자들은 혼이 나봐야 해요."

수선이 씩씩거리자 하인은 혀를 찼다.

"저런 돼먹지 못한 년이 있나! 함부로 이자에게 손댔다가는 너뿐만 아니라 너희 집구석도 줄초상 날 줄 알아. 보면 몰라?"

"뭐요?"

수선이 발끈하며 하인의 멱살을 잡았다. 나는 두 사람 사이에 끼어들어 수선을 뜯어말렸다. 하인도 분통이 터졌는지 손을 뻗어 수선의 뺨을 후려치려고 했다.

"둘 다 그만하게!"

나는 소리를 질렀다. 두 사람은 움찔하며 나를 돌아보았다.

"내가 아무리 허울뿐이라 해도 이 고을의 선비 집안사람일

215

세. 가볍게 보지 말게."

나는 목소리에 힘을 주어서 근엄하게 말했다. 그제야 하인은
슬쩍 내 눈치를 보았다. 이 틈을 놓치지 않고 그에게 은자를 쥐
어주었다. 본래 조정의 벼슬아치를 만나면 주려고 챙겨두었던
것이었다. 하인은 눈이 휘둥그레졌다. 그로서는 평생 만져보
지도 못할 물건이었으니 놀라는 것도 당연했다. 하인은 손바닥에
은자를 올려놓고 그저 두고만 봤다. 나는 누가 볼세라 재빨리
그의 손을 감쌌다.

"이거 넣어두게. 대신 아무도 없을 때 저 친구 목이라도 축이
게 하고, 죽이라도 한술 뜨게 해주게. 무리하라는 것도 아니야.
한밤중이라도 좋네. 부탁일세."

하인은 헤벌쭉했다가, 곧 주위를 둘러보고 내게 은밀히 고개
를 끄덕였다. 나는 수선에게 나지막하게 말했다.

"이제 무리하지 않아도 되네. 사람이 없을 때 오면 저이가 눈
감아줄 걸세. 달리 생각하면 호장가에 갇혀서 생사도 모르는
것보다 오히려 나아."

"네, 선비님. 정말 고맙습니다."

수선의 눈가가 다시 빨개졌다.

"그런 말 말게. 그리고 물이 있으면 내게 주게. 금행에게 좀
먹이고 가겠네. 아무리 호장의 아들이라고 해도 나는 섣불리
건드리지 못할 테니."

수선은 재빨리 채반에 있던 호리병을 내게 건네주었다. 나는 그것을 들고 금행에게 다가갔다. 금행은 축 늘어져 있다가 내 인기척을 느꼈는지 실눈을 떴다. 가까이에서 본 얼굴은 더욱 참혹했다. 이마가 터져 흐른 피가 입가까지 고스란히 눌어붙어 있었고, 얼굴 전체에 피멍이 들어서 온전한 혈색을 찾아보기가 어려웠다. 눈물이 나려고 했다. 하지만 입술을 깨물고 참았다. 약한 모습을 보이면 금행도 무너질까 봐 두려웠다.

나는 호리병 마개를 열고 금행의 입에 가져다 대주었다. 금행은 목이 말랐는지 꿀꺽꿀꺽 소리 내어 마셨다. 호리병에 든 물이 모두 비자, 그는 희미한 미소를 지어 보였다. 나는 하인이 들을세라 금행의 귀에 대고 최대한 목소리를 낮춰 말했다.

"며칠 내로 자네를 구할 방도를 찾아올 생각이네. 그동안 하루에 한두 번은 수선이 찾아올 걸세. 내가 돌아올 때까지 제발 버텨주게."

말을 마친 나는 간절한 마음으로 금행의 눈을 바라보았다. 그는 고개를 끄덕였다. 나는 살아달라고 한 번 더 힘주어 말하고 말에 올랐다. 뒤돌아보고 싶은 마음이 굴뚝같았지만 그 시간도 아까웠다. 부러 말에 채찍을 모질게 내리쳤다. 말이 속력을 내면서 길게 울었다.

외숙부의 집은 개경을 동서와 남북으로 가로지르는 십자로 가운데서 조금 왼쪽에 있는 서소문 근방에 있었다. 어려서부터 어느 정도 나이가 찰 때까지 외가에서 살았으므로 나로서는 개경이 오히려 고향이나 다름없었다. 외가는 본래 지금의 세족과 가까운 편이나 외조부와 외숙부, 이대에 걸쳐 과거에 급제하여 출사한 탓에 사대부 집안으로 여겨졌다. 학문에 대한 자부심이 높았던 외숙부는 세족보다는 사대부로 불리는 것을 더욱 좋아했다. 어머니를 아버지와 혼인시킨 것도 그 이유 때문이었다. 본래 양주 땅의 자그마한 지주에 불과했던 아버지로서는 과거에 급제하지 않았다면 어머니 가문과 맺어지는 것을 꿈꿀 수도 없었을 터였다.

외숙부는 반가이 맞아주었다. 하지만 한시가 급한 나는 짧게 안부를 전하고는 어머니의 서신을 건넸다. 외숙부는 유심히 읽고 나서 한숨을 내쉬었다. 그 연유를 묻자 찾아온 때가 좋지 않다고 했다. 음서로 직을 주는 날짜가 지났기 때문이었다. 순간 눈앞이 캄캄해졌다. 나는 지푸라기라도 잡는 심정으로 다음 음서가 언제쯤인지 물었다. 외숙부는 대개 일 년에 한 번 정도이고, 왕실이나 나라에 특별한 일이 있을 때도 음서로 직을 주는 날이 있다고 했다. 하지만 그게 언제인지는 알 수 없는 노릇이었다. 확실히 하자면 일 년을 기다려야 한다는 것인데, 그때까지 금행이 살아 있을 리 만무했다. 나는 깊은 한숨을 내쉬었다. 외숙부는 그런 내 모습을 보고 잠깐 고민하더니 정도전을 찾아가보라고 했다.

"밀직부사로 요직에 있는 데다가 이성계 장군의 오른팔이다. 네 부친과도 연이 있는 분이고."

정도전이 곧 삼봉이다. 아버지가 찾아가보라고 했던 인물인 것이다. 외숙부와 아버지 모두가 만나기를 권하는 인물이라면 무슨 방도를 내줄 수 있을 것 같았다. 외숙부는 추천서 한 장을 써줄 테니 그걸 들고 속히 찾아가보라고 일렀다. 나는 외숙부에게 거듭 고개를 숙여 고마움을 전하고 자리에서 물러났다.

그날 저녁, 외숙부가 써준 추천서를 품에 넣고 정도전의 집으로 찾아갔다. 조정의 실세가 기거하는 곳치고는 생각보다 단출했다. 행랑채, 사랑채, 본채 그리고 안채가 전부였다. 다만 하인은 여느 고관의 문지기와 다를 바 없이 고압적인 태도로 찾아온 용건을 물었다. 나는 외숙부의 이름을 댈까 하다가 아버지의 이름을 대고 그 아들이 찾아왔다고 전해달라고 했다. 정도전의 이름을 부르는 외숙부보다 호를 부르는 아버지 쪽의 인연이 깊을 거라고 생각했다. 아니나 다를까, 잠시 후 되돌아온 하인은 태도를 바꿔 공손하게 사랑채로 안내했다.

정도전은 손수 찻상을 봐놓고 나를 반겼다. 그 마음이 정성스러운 듯해서 오히려 뜻밖이었다. 처음 본 그는 다부진 체구에 눈매가 매섭고 날카로운 사람이었다. 틈만 나면 나를 꿰뚫어 보려는 것 같아 그 눈을 마주치기가 쉽지 않았다.

"율재의 아들이라고?"

율재는 아버지의 호다. 대뜸 호를 부르는 걸로 봐서 아버지와 막역한 사이임에 틀림없었다.

"네, 정덕문이라고 합니다."

"자네 부친이 낭사로 있을 때 하루같이 보던 사이라네. 성품이 부드럽고 학문도 매우 뛰어났어. 평안한 세상에서 벼슬을 했더라면, 그 뜻을 높게 펼쳤을 걸세."

"감사합니다. 지금은 안분지족하고 계십니다."

"그리해야지. 율재의 성품으로 작금의 세파를 넘기가 쉽지 않을 거야. 그나저나 자네는 지금 무슨 일을 하고 있나?"

정도전은 내 얼굴을 똑바로 보고 물었다. 이미 자신을 찾아온 이유를 짐작하고 있는 눈치였다. 아버지가 기민한 사람이라고 했던 말이 떠올랐다. 나는 대답 대신 외숙부가 써준 추천서를 내밀었다. 정도전은 한동안 추천서를 유심히 읽어보더니 뭔가 납득이 가지 않는다는 투로 물었다.

"고을의 감무를 하겠다? 자네 정도면 조정에서 뜻을 펼칠 수도 있을 텐데?"

나는 사연이 있다고 운을 뗀 다음, 어제부터 준비한 말을 꺼냈다. 일을 쉽게 풀기 위해서는 정도전의 구미에 맞아야 했기 때문에 할 말을 미리 생각해두었다. 정도전은 토지 제도를 혁파하는 데 관심이 많은 인물이라고 들었다. 쉽게 말해 세족들의 땅을 몰수해서 백성들에게 나눠 주려고 하는 것이다. 그러니 세족들과 척을 지고 있는 것은 당연했다. 볼 것도 없이 정도전은 세족들의 힘을 약하게 하는 일이라면 솔깃해할 게 틀림없었다. 나는 지금까지 우리 고을에 있었던 일을 소상히 이야기하는 한편, 이 모든 일이 호장가의 토지 욕심에서 비롯되었다는 점을 힘주어 말했다.

"그뿐이 아닙니다. 호장가는 세족의 여론을 등에 업고, 이 나라의 나쁜 관습을 그대로 지키려는 속셈으로 조정에서 보낸 감무까지 치도곤을 내고 있습니다. 글 읽는 선비로서 어찌 그런 꼴을 두고 보겠습니까? 감무 자리를 해서라도 고을이 잘못 돌아가는 것은 바로잡아야겠습니다."

말을 하다 보니 감정이 격해져서 나도 모르게 목소리가 높아졌다. 정도전은 그런 나를 빤히 보다가 말했다.

"자네는 사심을 대의로 만드는 재주가 있구먼."

"네? 무슨 말씀이신지……."

"십여 년 전쯤, 율재와 만난 적이 있네. 그때 자네 걱정을 하더군. 성균관 유생까지 했으니 재주는 있는 것 같은데 벼슬에 통 뜻이 없다고 말이야. 만약 자네에게 대의나 의기가 있었다면 진즉 벼슬을 했겠지. 그런데 이제 와서 갑자기 감무 자리를 하겠다? 그 의도가 사심이 아니고 뭐겠나?"

진땀이 났다. 정도전은 예의 그 날카로운 눈매로 나를 빤히 쳐다보았다. 추궁당하는 기분이었다. 눈을 감았다가 다시 떴다. 이렇게 된 것 이판사판이었다. 나는 솔직하게 말했다. 친구 금행을 살리고 싶다고. 정도전은 껄껄껄 웃었다.

"사심을 대의와 합치시키는 것은 벼슬하는 자에게 좋은 덕목이지. 대의만으로는 조정에서 벌어지는 힘겨운 싸움을 버티지 못해. 욕심도 있어야 하네. 자네는 자네 부친과는 다른 것 같군. 모친을 닮았나 보이. 자네 같은 사람이 우리 당여가 되어주면 좋겠네. 어떤가? 당여가 되면 감무 자리가 대수겠나? 더 높은 곳까지 끌어주겠네."

나는 말없이 고개만 조아렸다. 정도전의 당여가 된다는 것은 이성계의 휘하로 들어간다는 뜻이다. 그러면 소위 삼은이라 불리는 포은, 야은, 목은* 등을 위시해 이성계를 견제하려는 이름 있는 선비, 사대부들과 척을 지게 된다. 자칫 잘못하면 이전투구의 틈바구니에 끼게 될 수도 있었다. 선뜻 대답하기가 어려웠다.

"천천히 생각해보게. 음서를 뽑는 때는 지났지만, 어차피 비어 있는 자그마한 감무 자리 하나 못 해주겠나? 더구나 세족이나 호장 일파보다는 자네 같은 사대부 집안사람이 그 자리를 맡아준다면 더욱 좋겠지. 내일 관인을 내어주겠네."

나는 기뻐서 넙죽 큰절을 올렸다.

---

* 고려 말의 문장가이자 학자인 포은 정몽주, 야은 길재, 목은 이색을 일컬어 삼은이라고 한다.

"감사합니다! 감사합니다! 부사 어른."

"단 조건이 있네. 고을 일을 잘 해결하면 다시 한번 나를 찾아오게. 뒷얘기를 듣고 싶네."

"반드시 찾아오겠습니다."

정도전은 밖에 있는 하인에게 술상을 봐 오라고 했다. 생각지도 않게 그와의 저녁이 길어졌다. 하지만 일은 내 예상보다 훨씬 빨리 처리되었다. 아버지 말대로 정도전은 매우 기민한 사람이었다.

말에 채찍질을 하면서 나는 금행이 살아 있기를 빌고 또 빌었다. 고을 어귀에 들어서자마자 제일 먼저 금행이 나무에 매달려 있는지를 확인했다. 만약 나무에 매달려 있지 않다면 금행은 이미 죽어서 치워졌을 수도 있었다. 그런데 아직 매달려 있는 사람의 형체가 보였다. 게다가 그 앞에 또 다른 사람 형체가 있는 걸로 봐서 하인도 금행을 지키고 섰는 모양이었다. 그렇다면 금행은 아직 살아 있을 가능성이 높았다. 죽은 이를 지키고 있을 리는 없으니까. 나는 말에 급히 채찍질을 했다.

막상 아름드리나무에 도착해보니 사람이 하나 더 있었다. 몸집이 작아서 하인에게 가려져 있었을 뿐이었다.

"이러다가 죽어요! 제발 따뜻한 물 한 모금만 마시게 해주세요."

수선은 하인의 팔을 붙들고 애원하는 중이었다. 하인은 난감해하며 수선의 손을 뿌리쳤다.

"자꾸 이러지 마. 호장 댁 눈에 띄면 너도 죽고 나도 죽는다고."

"지금 아무도 안 보잖아요. 걸리면 모두 제 탓이라고 하세요. 네?"

"글쎄. 안 되는 건 안 돼!"

하인은 버럭 소리를 질렀다. 그러고는 괜히 움찔하며 주변을 두리번거렸다. 덕분에 나와 눈이 마주치고 말았다. 하인은 깜짝 놀랐다가 이내 공손하게 고개를 조아렸다.

"선비님!"

나는 말에서 내렸다. 수선은 나를 보자마자 인사도 잊은 채 아직 온기가 남아 있는 호리병부터 내밀었다.

"정말 잘 오셨어요. 감무님께 물 한 모금만 먹여주세요. 네?"

나는 수선에게 호리병을 받아 들고 금행에게 걸어갔다. 하지만 하인이 두 팔을 벌리며 막아섰다.

"아무리 선비님이라도 사람들이 앞을 지나다닐 때 이러면 안 됩니다. 죄송합니다."

"비키게. 감무의 명령일세."

"네?"

"오늘부터 내가 이 고을의 감무야."

나는 하인에게 감무의 패를 보여주었다. 그는 눈을 끔뻑거리며 나와 패를 번갈아 보았다. 하긴 글자를 알아볼 리 없으니, 패가 무슨 소용이랴 싶었다. 그런데 수선이 와서 내 패를 보고 함박웃음을 지었다.

"정말, 감무가 되어서 오셨네요!"

수선은 경문을 읽고 부적을 쓰는 도사의 딸이라 어느 정도의 글은 아비에게 배워서 알고 있는 듯했다.

"이제 살았네요. 그렇죠? 감무님, 우리 이제 산 거죠?"

수선은 뒤늦게 감정이 북받쳤는지 울음 섞인 목소리로 말했다. 나는 그이에게 살짝 미소 지어주었다.

"그동안 고생 많았네. 그래도 아직 할 일이 있네. 우선 금행을 살려야지."

수선은 가까스로 감정을 진정시키려는 듯 흐르는 눈물을 다급하게 훔쳤다. 나는 하인을 가리키며 말했다.

"이자가 아직 믿지 못하는 듯하니, 자네는 여기서 금행에게 물을 먹이고 있게. 나는 관아에 들러서 군졸들을 데리고 돌아오겠네."

나는 다시 수선에게 호리병을 건넸다. 하인은 말리려고 하다가 내 눈초리를 보고는 어물어물 손을 내렸다. 수선은 보란 듯이 하인을 밀친 다음 금행의 입에 조금씩 물을 흘려 넣어주었다. 온기가 닿아서인지 금행은 그제야 눈을 떴다. 나는 가슴을 쓸어내렸다. 금행은 나를 알아보고는 힘없이 입꼬리를 올렸다.

기운이 빠질 대로 빠진 그로서는 최대한의 반가움의 표시일 터였다. 나는 눈물이 핑 돌았다.

"조금만 기다리게. 오늘은 따뜻한 곳에서 잘 수 있을 걸세."

금행은 아주 조금 고개를 끄덕였다. 나는 다시 관아를 향해 말을 달렸다. 금행이 살아 있다는 걸 확인했지만 마음이 급했다.

군졸들을 이끌고 금행이 매달려 있는 곳으로 오니, 최정이 하인 몇을 데리고 그 주변을 서성이고 있었다. 수선은 두려움 때문인지 창백한 얼굴이었지만, 꿋꿋하게 금행 곁을 지키고 있었다. 나를 보자 얼굴을 활짝 펴며 선비님, 하고 큰 소리로 불렀다. 나는 최정에게 다가갔다.

"오늘부터 감무 일을 하게 되었습니다. 내일 정식으로 인사를 드리려고 했지만, 이렇게 만났으니 인사드립니다."

최정과 부딪치지 않고 금행을 데려오고 싶은 마음에 나는 최대한 정중하게 인사를 했다. 그러나 최정은 고개만 까딱여 내 인사를 받을 뿐이었다. 다분히 시비조였다. 하지만 정도전의 매서운 눈빛을 버텨내고 온 후라서 그런지 이전처럼 위축되지는 않았다. 혹은 말단이기는 해도 감무라는 벼슬을 등에 업었기 때문인지도 몰랐다.

"저자는 죄인이니 데리고 갈 수 없습니다."

최정은 팔짱을 끼고 말했다.

"금행의 죄는 이제부터 제가 판단하겠습니다."

나는 군졸들에게 눈짓을 했다. 군졸 중 하나가 준비해 온 낫을 들고 금행을 묶어놓은 줄을 끊어내려고 했다. 그러자 최정의 하인들이 금행 주위를 둘러쌌다.

"뭐 하는 거요?"

나는 최정을 노려보았다.

"감무님이 없을 때 이미 호장가에서 판단한 일입니다. 여기까지만 하시지요."

"그리 못 하겠다면요?"

최정은 코끝에서 그의 숨결이 느껴질 만큼 내게 바짝 다가왔다.

"그리하세요. 안 그러면 이제부터 저와 적이 되는 겁니다."

적이라는 말이 생경하게 다가왔다. 솔직히 최정의 이런 반응을 예상하지 못한 것은 아니었다. 그럼에도 이렇게 직접 맞닥뜨리자 그 어떤 말도 쉽게 나오지 않았다. 내가 평생 애쓰며 살아온 유일한 일이 누군가와 부딪치고, 적대하는 상황에 휘말리지 않는 것이었다. 나는 마른 입술을 축였다. 최정이 냉소하며 말했다.

"지금까지 한량으로 살아온 것으로 알고 있습니다. 감무가 되었다 해서 딱히 뭔가를 하려고 들지 마세요. 고을 일은 제가 알아서 할 터이니, 관아에서 편히 지내면서 과거 준비나 하세요."

최정은 나의 어깨를 밀치듯이 지나쳤다. 나는 우두커니 서 있었다. 그런데 누군가 옷깃을 당겼다. 보니 수선이었다. 그이는 두려움에 찬 얼굴로 나를 바라보고 있었다. 그제야 정신이들었다. 지금 부딪치지 않으면 금행은 죽는다. 나는 군졸에게가서 그가 든 낫을 낚아챘다. 최정의 하인들이 나를 둘러쌌다. 감무고 뭐고 여차하면 가만두지 않을 기세였다. 여기서 밀리면끝장이라는 생각이 스쳤다. 나는 낫을 치켜들고 군졸들에게 말했다.

"지금부터 한 발짝이라도 떼는 자가 있으면 모두 잡아들여라."

"네!"

군졸들이 일제히 대답했다. 최정이 같잖다는 듯 헛웃음을 쳤다.

"허! 뭐 하자는 거요? 좋게 말할 때⋯⋯."

"거기서 한 발짝을 떼면 당신부터 잡아넣을 거요. 금행이 그리했는데, 나라고 못 할 것 같소? 내가 홀로 감무 자리를 꿰찬줄 아시오? 하루 만에 감무 자리 정도는 내어줄 뒷배는 내게도있소."

일부러 잔뜩 힘을 주고 말했다. 최정은 눈초리가 몹시 사나웠다. 하지만 그뿐이었다. 나는 코웃음을 쳤다. 보기와 달리 최정 역시 겁이 많은 자였다.

금행에게 다가가서 그를 묶은 줄을 끊었다. 그는 축 늘어졌다. 수선이 곁에 있다가 재빨리 부축했다. 그간 아무리 야위었어도 남자의 몸이라 그이가 휘청했다. 나는 곁에 있던 군졸에게 명해 금행을 업게 했다.

"모시거라. 오늘부터 죄인이 아니라 나와 함께 관아 일을 보게 된 대정님이시다."

사실 감무의 관인을 받을 때 정도전에게 부탁해서 금행도 복직시켰다. 다만 이미 파직된 터라 감무에서 대정으로 좌천된 것 같은 모양새를 갖추었다. 금행이 대정이 되었다는 말을 들은 수선은 환하게 웃었다. 나는 최정과 하인들을 돌아보며 말했다.

"이제 다 끝났으니 일들 보시오."

최정은 분한 듯 아랫입술을 깨물었다가, 이를 악물고 말했다.

"두고 봅시다."

최정은 하인들을 데리고 고을 쪽으로 사라졌다. 나는 그들이 시야에서 완전히 사라지자 깊은 한숨을 내쉬었다. 안도감이 들었다기보다는 앞으로 그와 싸울 일이 걱정되었다.

금행을 내아의 안방에 뉘었다. 원래 그가 있어야 할 곳이었다. 나는 당분간 수선에게 금행을 보살펴줄 것을 부탁했다. 수선은 부탁하지 않아도 당연히 자신이 해야 할 일이라고 했다. 긴 하루가 끝났다. 집으로 갔다. 뒤늦게 아내가 무척 보고 싶었다.

열하나. 미끼를 위한 미끼

금행을 구하기는 했으나, 그렇다고 곧바로 최정을 어찌할 수
는 없었다. 금행이 회복하기를 기다려야 했다. 대신 가끔 나
루터와 그 근처 장시를 돌며 백성들을 살폈다. 최정이 무슨 일
을 꾸미고 있는 게 아닌지 소문이라도 듣기 위해서였다. 그런
데 내 귀를 사로잡은 것은 따로 있었다. 내가 퍼뜨렸던 처녀 귀
신의 원한을 들어주는 감무 이야기와 도사가 퍼뜨렸던 세 개의
발을 가진 영물 삼족구 이야기가 서로 어울려 새로운 이야기가
되어 떠돌고 있었다.

이 이야기를 줄여 말하자면 이랬다. 처녀 귀신 때문에 차례
대로 감무들이 죽어 나가던 이 고을에 새로 감무 하나가 부임
했다. 그는 왜구를 물리친 장수 출신으로 담력이 무척 센 사람

인지라 처녀 귀신을 봐도 크게 놀라지 않았다. 오히려 처녀 귀신을 보고 침착하게 찾아온 까닭을 물었다. 처녀 귀신은 산길을 걷다가 갑자기 어떤 자에게 죽임을 당하게 되었는데 시신이 갈가리 찢기는 바람에 저승으로 가지 못하고 구천을 떠돌고 있으며, 그 원한이 사무쳐 견딜 수가 없다고 하소연했다. 이에 감무는 처녀 귀신의 한을 풀어주겠다고 대답한 후 어디론가 출타했다. 보름 후에 돌아온 그는 품속에 다리가 세 개 달린 개인 삼족구를 넣어 왔다. 감무는 그날 밤 산길에 그 영물을 풀어 처녀를 죽인 자를 물어 죽이게 했는데, 알고 보니 그자는 꼬리 아홉 달린 여우였다.

백성들 사이에서 새롭게 떠도는 이야기를 들으며, 이야기라는 놈은 정말 살아서 돌아다니고 있구나 생각했다. 동시에 두 이야기가 합쳐진 데에는 무슨 연유가 있지 않을까 짐작해보았다. 강바람을 맞으며 나루터를 배회하다가 문득 불가살이가 떠올랐다. 쇠를 먹는다는 괴물은 농사지을 쇠붙이까지 모조리 수탈해 가는 조정일 수도 있고, 먹고살기 위해 쇠를 먹는 괴물을 만들어 그 뒤에 숨고 싶은 백성들의 염원일 수 있었다. 어쩌면 이 이야기에도 백성들의 염원이 담겨 있을지 몰랐다. 꼬리 아홉 달린 여우를 없애달라는 염원.

이야기를 가만히 뜯어보니 백성들은 감무가 직접 꼬리 아홉 달린 여우를 해치워주기를 바라고 있었다. 난감했다. 내가 처녀 귀신의 원한을 들어주는 감무 이야기를 했을 때는 감무가 금행이었다. 하지만 지금은 내가 감무다. 문득 어깨가 무거웠다. 어디 가서 여우를 물어 죽일 삼족구를 구해 와야 할 판이었다. 그래도 한 가지 다행인 것은 백성들은 어쩌면 호장보다는 감무를 더 믿고 있을지도 모른다는 점이었다.

닷새쯤 지나 금행은 몸을 추슬렀다. 수선이 정성을 다해 그를 돌봐준 것도 한몫했겠지만 타고난 체질이 워낙 강골이었다. 때마침 아내가 찻잎을 덖어놓았기 때문에 나는 오랜만에 내아에서 금행과 마주 앉아 차를 마셨다. 그런데 금행은 찻잔을 앞에 두고 한참을 우물쭈물했다.

"뭐, 하고 싶은 말이 있나?"

"자네도 알다시피 내가 아직은 오갈 데가 없네. 평생 전장을 떠돌아다니며 막사 생활을 해서 집도 없다네. 해서 이번 겨울만 관아의 건넌방에서 지낼 수 있게 해주게. 겨울을 나면 다른 곳에 자리를 잡겠네."

"무슨 그런 걸 부탁이라고 하나? 안방이고 건넌방이고 자네가 있고 싶을 만큼 있게."

나는 차를 한 모금 마시며 금행에게 물었다.

"그런데 왜 이번 겨울까지만인가? 이번 겨울을 나면 어디 갈 데라도 있나?"

금행은 곤란한 질문이라도 받은 듯 헛기침을 몇 번 했다.

"내년 봄에 수선 낭자와 살림을 꾸릴 생각이네."

"정말인가?"

금행은 대답 없이 허허, 웃었다. 나 역시 웃음이 났다.

"정말 잘되었네! 처음 두 사람을 봤을 때부터 이리될 줄 알았어."

"그런데 말이네……."

금행이 말꼬리를 길게 끌었다.

"자네는 적이 뭔지 아나?"

"적? 그것도 모르는 사람이 있나? 무슨 얘길 하고 싶은 건가?"

"적은 말일세 어려운 존재라네. 나보다 세면 두렵고, 나와 비슷해도 두렵네. 나보다 약하다고 해서 만만하지 않아. 호시탐탐 내 목숨을 노리니 여간 신경이 쓰이는 게 아니라네. 설령 화해를 한다고 해도 마음을 놓을 수 없는 것은 마찬가지지. 서로 목숨을 노렸던 사이니 겉으로는 웃고 있어도 속을 알 수는 없지. 그래서 적은 말이네……."

금행은 잠깐 뜸을 들이다가 단호하게 말했다.

"죽여야 하네. 반드시."

나는 그제야 금행이 하려는 말을 짐작했다.

"최정 말인가?"

금행은 고개를 끄덕였다.

"최정은 자네까지 적으로 돌려버렸어."

나는 쓴웃음을 지었다.

"하긴 자네와 수선이가 혼례를 치르기 전에 최정의 일을 마무리 짓는 게 좋겠지. 그래야 나도 얼떨결에 맡은 이 감무 자리에서 홀가분하게 내려올 테고."

"자네에게 무거운 짐을 지우는 것 같아 미안하지만, 솔직히 나도 싸움은 지긋지긋해. 새롭게 삶을 시작해야 한다면 평범하고 평안하고 싶네."

"동감일세."

"화평하기 위해 싸워야 하는 게 모순이지."

"그런 세상일세."

나는 천천히 찻잔을 비운 후, 잠깐 생각을 정리했다.

"실은 그러지 않아도 요 며칠 동안 계획해둔 게 있네."

"뭔가?"

금행은 몸을 당겨 앉으며 눈을 반짝였다.

"이 일을 하려면 수선이, 아니지 제수씨가 필요하네. 괜찮겠나?"

"말해보게."

나는 최정을 상대하기 위해 짜두었던 계획을 금행에게 털어놓았다. 그는 잠깐 고민하는가 싶더니 고개를 끄덕였다.

"어차피 수선이 예전에 하던 일이니 문제없을 것 같네. 그리하자고 말해놓겠네."

"그럼, 관아 일을 봐줄 사람을 뽑은 다음부터 움직이세."

"자네 바람대로 나쁜 자들이 들어왔으면 좋겠군."

농담인지 진담인지 모를 금행의 말에 나는 웃으며 그의 빈 잔에 차를 따라주었다.

행랑채에 기거하며 관아의 허드렛일을 할 사람을 수소문한 지 사흘쯤 되었을 때, 하겠다는 자들이 나타났다. 이번에도 내외였는데 행색이 낯선 게 이 고을 사람은 아니었다. 어디서 왔냐고 물으니 개경에서 새경을 받으며 머슴살이를 하다가 마침 기한이 끝나 알음알음으로 소문을 듣고 찾아왔다고 했다.

나는 금행을 불러 내외가 개경의 어느 댁에서 일했는지 일러주고, 찾아가서 이들의 신원을 확인해달라고 했다. 그리고 둘에게는 행랑채를 내어준 다음, 우선 닷새 정도 일하는 것을 지켜본 후에 더 있을지 말지 결정하겠다고 했다. 물론 닷새간 일한 삯은 충분히 쳐주겠다고도 했다. 내외는 고마워하며 열심히 일해서 마음에 들도록 하겠다고 두 번 세 번 고개를 조아렸다.

나는 그날부터 금행이 있던 안방에서 지냈다. 그리고 밤에 행랑어멈이 아궁이 불을 보러 나올 때에 맞춰 수선이 안방 주위를 서성이다가 재빨리 모습을 감췄다. 물론 나는 구들에서 어떤 독기도 올라오지 않도록 단단히 단속했다. 또한 낮에 잠깐 졸고 밤에는 깨어 있으려고 노력했다. 사흘을 내리 그렇게 하니 관아에 귀신이 다시 나타난다는 소문이 고을에 파다하게 돌기 시작했다. 역시 이야기는 금방 일어났다.

　나흘째 밤에도 나는 잠에 들지 않으려고 애쓰며 머리에 들어오지도 않는 서책을 붙들고 있었다. 자정쯤 되니 방 밖에 그림자 하나가 나타나 잠깐 머물렀다가 사라졌다. 수선일 것이다. 그러고도 한참 동안 아무 일이 없었다. 오늘도 별일 없으려니 생각하는 순간, 참았던 졸음이 쏟아졌다. 나도 모르게 꾸벅꾸벅 졸고 있다가 미세한 발소리가 들리는 것 같아 번뜩 눈을 떴다. 안방 장지문 너머에 그림자 하나가 서 있었다. 순간 소름이 돋았다. 그렇지만 목소리를 가다듬고 애써 태연하게 물었다.

　"수선이 자네인가?"

　그림자는 미동이 없었다. 아무런 대답도 들려오지 않았다. 입술이 바짝 말랐다. 올 것이 왔구나 싶었다. 나는 곁에 두었던 검을 그러쥐었다. 손바닥에 식은땀이 흘렀다. 동시에 장지문이 활짝 열리는가 싶더니 검은색 옷을 입고 복면을 한 자가 달려들었다. 나는 재빨리 검을 겨누었으나 당황한 나머지 일어서지 못했다. 자객은 내 검을 자신의 검으로 가볍게 쳐서 튕겨냈다. 나는 재빨리 몸을 뒤로 젖혔지만 등 뒤에 벽이 버티고 있어 더 이상 물러날 곳이 없었다. 자객은 내 목을 노리고 검을 찔러 왔다. 이대로 죽는구나 싶던 찰나, 딱 소리가 났다. 갑자기 자객이 허물어지듯 쓰러졌다. 그의 뒤에는 금행이 검을 들고 서 있었다. 나는 벽에 기댄 채 축 늘어졌다. 너무 긴장한 나머지 기운이 빠져버린 탓이었다.

"죽었나?"

금행은 자객의 목에 손가락을 갖다 대보더니 고개를 가로저었다.

"검의 등으로 머리를 때렸네. 죽지는 않았어. 자네가 살려두라고 하지 않았나. 자네는 어떤가?"

"딱 죽기 직전에 들어와준 덕분에 살았네. 어찌 그리 사람을 무섭게 하나?"

나는 놀란 가슴이 진정되지 않아 타박하듯 말했다.

"자네도 이렇게 생사가 오고 가는 순간을 겪어봐야 담이 좀 커지지 않겠나. 내 일부러 때를 좀 늦춰봤네."

"예끼! 이 사람아."

나는 버럭 소리를 질렀고, 금행은 눈길을 허공에 두고 모른 체를 했다. 쓰러진 자의 복면을 벗겨보니 짐작한 대로 나흘 전에 행랑채에 들어온 자였다. 뒤이어 여자의 비명 소리가 들렸다. 수선 목소리가 아닌 걸로 봐서 그이가 행랑어멈을 잡도리하고 있는 듯했다. 금행이 빙긋 웃었다.

"천생연분일세."

나는 비꼬듯 말했다.

"고맙네."

금행도 지지 않고 응수했다. 사실 금행이 행랑채 내외의 신원을 확인해준 것은 이들이 들어온 바로 다음 날이었다. 짐작대로 거짓이었다. 그렇다고 해서 이들을 함부로 족칠 수는 없었다. 또 다른 거짓말로 빠져나갈 수도 있기 때문이었다. 나는 금행에게 몸을 숨기라고 일러두고, 수선으로 하여금 밤마다 나타나게 해서 관아에 귀신이 나온다는 소문을 퍼뜨렸다. 귀신 핑계를 대고 내 목숨을 노릴 수 있는 기회를 주기 위해서였다. 처음 내 계획을 들은 금행은 너무 위험하다는 이유로 반대했으나, 최정에게는 내 목숨이 가장 먹음직스러운 미끼라는 말에 애써 수긍했다. 결과적으로는 다행히 놈이 미끼를 덥석 물었고, 나도 다치지 않았다.

날이 밝자마자 나는 행랑아범을 동헌 마당에 앉혀놓고 문초를 했다. 예상대로 놈은 입을 열지 않았다. 나는 금행에게 고신을 맡겼다. 자객이라 몽둥이찜질을 한다 해도 뒤가 누구인지 쉽게 털어놓지는 않을 것이다. 어쩌면 놈은 목숨을 내놓을 각오가 되었을 수도 있다. 그래도 상관없었다. 내가 노리는 것은 진실이 아니라 행랑아범의 비명이었다. 아무리 입이 무겁다 해도 매질에 비명을 지르지 않을 인간은 없을 테니. 나는 금행에게 자백은 받지 않아도 좋다고 했다. 단, 비명 소리가 관아의 담장을 넘어갈 수 있게 흠씬 패달라고 부탁했다. 내 말을 듣자 행랑아범의 낯빛이 창백해졌다. 목적 없는 고통보다 두려운 것이 어디 있으랴. 나는 비명이나 마음껏 지르라고 일렀다.

238

평생을 남을 때리거나, 남에게 맞으면서 살아온 금행인지라 행랑아범을 고신하는 데 출중한 능력을 발휘했다. 어디를 어떻게 때리는 것인지는 몰라도 반나절 내내 그의 비명이 끊이지 않았다. 그간 참혹한 시체를 많이 봐왔던 터라 매타작하는 것 정도는 참고 지켜볼 수 있을 줄 알았지만, 새된 비명이 연신 이어지는 광경을 지켜보는 것 또한 참혹하기는 마찬가지였다. 명색이 감무라서 고신하는 내내 자리를 지키고 있기는 했지만, 눈을 똑바로 뜨고 있을 수가 없었다.

반대로 고신을 하는 금행은 눈 하나 깜짝하지 않았다. 내가 알던 사람이 맞나 싶다가도, 전장에서 그는 또 저런 모습이 아니었을까 싶었다. 오전 내내 이어지던 고신은 행랑아범이 고통을 이기지 못하고 정신을 놓아버리고 나서야 끝났다. 이 정도면 관아에서 무슨 일이 있었는지 온 고을에 알려졌으리라.

기분이 이상했다. 분명 저자는 돈을 보고 내 목숨을 노린 악한이었지만, 고통에 몸부림치는 사람을 매정하게 바라보고 있어야만 한다는 것이 마냥 통쾌하지만은 않았다. 불편한 마음도 들었다. 하지만 이제부터는 이런 감정은 외면해야 했다. 싸움을 시작한 이상, 최정에게 지면 고신을 받는 자리에 앉아 무시무시한 고통을 받을 사람은 내가 될 터였다. 이상하게 그 두려움 때문에 오히려 마음이 단단해지는 느낌이 들었다. 그날은 집에 들어가 모처럼 편안하게 잠자리에 들었다.

이튿날은 행랑어멈을 풀어주었다. 죄를 물을 수도 있겠으나, 그이가 직접 내 목숨을 노린 것은 아니었기 때문에 풀어준다고 해도 딱히 이상할 것은 없었다. 그런데 뜻밖에 의리가 있었던지, 두려움에 바들바들 떨면서도 남편을 죽이지만 말아달라고 간곡히 빌었다. 나는 행랑아범을 살려놓으면 구명할 데라도 있는지 넘겨짚어 물었다. 행랑어멈은 입을 닫았다. 나는 그런 그이에게 냉랭하게 말했다.

"네 남편은 어제 고신으로 죽었다. 아무리 죄인이라고 하나 내외를 모두 죽이는 것은 부처님의 자비에 어긋나는 일이라 너만은 놓아주는 것이다. 개경에 두고 왔다던 자식을 챙기며 남편 대신 죄를 뉘우치고 살거라."

내 말과 동시에 군졸들이 축 늘어져 있는 행랑아범을 들것에 실어 왔다. 그리고 덮어두었던 거적을 조금 들춰 행랑어멈으로 하여금 얼굴을 확인하도록 했다. 그이는 피투성이가 된 남편을 보자 울음을 터뜨리며 달려왔다. 하지만 나는 군졸을 시켜 행랑어멈을 제지시켰다.

"감히 조정의 일을 하는 사람을 죽이려 든 죄인의 장례를 치르게 할 수는 없는 법. 죽은 것을 확인시켜주는 것도 애써 베풀어주는 은혜이니 그렇게 알라."

행랑어멈은 가로막는 군졸들을 뚫고 어떻게든 남편에게 다가가려고 몸부림쳤다. 하지만 나는 군졸들에게 명해서 행랑아범을 치우게 했다. 행랑어멈은 떠나가는 남편을 보면서 주저앉아 통곡했다. 그리고 제발 자기 손으로 땅에 묻을 수 있게 해달라고 애원했다. 나는 못 들은 척하고 자리를 떴다. 행랑어멈의 통곡은 하루 내내 이어졌다. 물론 이 곡소리 역시 관아의 담장을 넘었다. 구슬피 이어지는 통곡 소리에 대해 궁금해하는 고을 사람들이 생겨났고, 수선은 행랑아범이 죽어서 행랑어멈이 슬피 울고 있다는 말을 퍼뜨렸다.

행랑어멈의 울음은 해가 뉘엿뉘엿 질 무렵에야 그쳤다. 그이를 감시하던 군졸이 말하기를 사위가 어두워지자 체념했는지 자리에서 일어나 남편이 사라진 곳을 향해 합장한 후에 관아를 나섰다고 했다. 군졸의 보고를 받자 나는 미리 일러둔 대로 금행으로 하여금 즉시 행랑어멈의 뒤를 밟게 했다.

사실 그이는 두 번째 미끼였다. 지렁이를 미끼로 작은 물고기를 잡고, 그렇게 잡은 작은 물고기를 미끼로 다시 큰 물고기를 낚는 것처럼 수선의 귀신 흉내로 잡은 행랑채 내외를 다시 미끼로 놓아 진짜 여우를 잡으려는 계획이었다. 내 생각이 맞다면, 최정은 지난번처럼 자신의 죄를 덮기 위해 반드시 행랑어멈을 죽이려 들 것이다. 행랑아범이 죽은 이상, 최정이 사주했다는 것을 고변할 사람은 행랑어멈밖에 없었다. 사실 행랑아범은 죽지 않았다. 그는 만약을 위해 따로 쓸 데가 있었다.

나 역시 관아에 남아 있는 군졸들과 함께 산으로 올라갔다.

241

금행은 행랑어멈의 뒤를 쫓으며 나무의 잔가지를 꺾어 길에 뿌려 자신의 행방을 알리기로 했다. 나는 그 표식을 쫓아 금행을 따라잡을 계획이었다. 하지만 산 중턱에 다다라서 금행의 표식이 사라졌다. 주변에 멧돼지의 발자국이 어지러이 나 있는 것으로 봐서 놈들이 표식을 지워버린 모양이었다.

엎친 데 덮친 격으로 해가 떨어져서 산 전체가 어둠에 잠기기 시작했다. 당황스러웠다. 금행이 날래다고는 하나, 이 넓은 산에서 홀로 여우몰이를 하는 것은 쉽지 않을 터. 자칫 행랑어멈의 목숨만 잃을 수도 있었다. 비록 내 목숨을 노린 행랑아범과 한통속이라고 해도 남편을 위해 목 놓아 울던 모습이 뇌리에서 떠나지 않았다.

마음이 다급해졌지만 무작정 산길을 헤맬 수도 없는 노릇이었다. 나는 곰곰이 생각해봤다. 지난 몇 해를 돌이켜보면 여우는 아무 곳에서나 나타나지 않았다. 아무리 몸집이 작은 여자라 해도 죽어서 늘어지면 무거운 짐이 되기 때문에 들어서 옮기기가 만만치 않았다. 그래서 놈은 사람이 오가는 길가이면서도 상대적으로 눈에 띌 가능성이 적은 후미진 곳을 노렸다. 나는 놈이 자주 출몰했던 곳을 떠올리며 가장 가까운 데부터 찾아 나서기로 했다.

정체를 숨기면서 조심스럽게 이동하는 일은 쉽지 않았다. 한 장소에서 다른 장소로 이동하는 시간도 몹시 더뎠다. 나는 점점 마음이 조급해졌다. 다행히 얼마 지나지 않아 다시 금행이 남긴 표식을 찾을 수 있었다. 하지만 그 표식의 끝에는 여우가 아니라 허연 무엇인가가 길을 가로질러 놓여 있었다. 다가가보니 금행이 입고 있던 두루마기였다. 군졸 하나가 그것을 걷어내자 행랑어멈의 창백한 얼굴이 보였다. 눈은 뜨고 있었지만 동공이 열려 있었다. 이미 죽었다는 것을 직감했다. 역시나 목에는 깊은 칼자국이 나 있었다. 단 하나만 있는 것으로 봐서 자객의 솜씨로 보였다. 예전의 행랑채 내외에게도 이런 상처가 있었다. 그러나 그때 두 사람의 시신은 갈가리 찢겨 있었다. 금행은 둘을 죽인 자와 시신을 찢어놓은 자가 다르다고 했었다.

나는 다시 행랑어멈의 시신을 살펴보았다. 목에 난 칼자국 외에는 별달리 상처 난 곳이 없었다. 그렇다면 예전에 시신에 위해를 가했던 두 사람 중 하나만 행랑어멈을 노렸다는 말이 된다. 나는 마른 입술을 축였다. 사실 이 고을을 두려움에 떨게 했던 진짜 여우는 솜씨 좋은 자객이 아니라 노파나 처녀들의 시신을 갈가리 찢어놨던 자였다. 이 산속에 있는 여우는 진짜 여우가 아닐 수도 있었다.

하지만 자객이건 여우건 아직 이 산 어딘가에 있을 것이었다. 금행이 그 뒤를 쫓고 있을 테니 여기에 머물러 있을 수는 없었다. 나는 군졸 둘에게 행랑어멈의 시신을 지키고 있으라고 명한 뒤 나머지를 이끌고 다시 금행의 뒤를 쫓았다. 그를 따라

가다 보니 어느새 흥왕사에 다다랐다. 법당에는 이미 불이 환히 밝혀져 있었다. 금행이 한바탕 휘저었음이 분명했다.

나는 공방 앞에서 웅성거리고 있는 승려들을 밀치고 앞으로 나갔다. 손님들이 머무는 곳에 도착하자, 예의 그 좁고 긴 마당에서 금행이 사내 하나를 내리누르고 있었다. 사내의 팔은 이미 등 뒤로 꺾여버린 터라 벗어나지도 못한 채 고통에 찬 비명만 내지르고 있었다. 금행은 나를 돌아보고 씩 웃었다.

"왔나?"

"그자인가?"

금행은 고개를 끄덕였다. 나는 군졸들에게 명해서 사내를 포박하도록 했다. 그제야 금행은 먼지를 툭툭 털면서 일어났다. 칼에 팔이 베였는지 소매 깃에 피가 번져 있었다. 나는 금행에게 다가가 괜찮냐고 물었다. 금행은 베이고 다치는 걸 업으로 살아왔는데 이까짓게 대수겠냐고 별것 아닌 투로 대꾸했다.

그때 언제 나타났는지 흥왕사의 주지스님이 굳은 얼굴로 내게 다가왔다. 나는 일이 어찌되었건 물의를 일으킨 만큼 되도록 공손하게 합장을 했다. 그러나 주지스님은 내 인사를 받는 둥 마는 둥 했다.

"저 시주는 본당의 손님인데, 어찌 함부로 데려가려 하시오?"

주지스님이 나타났을 때 이미 예상했던 물음이었다. 나는 눈짓으로 바닥에 떨어진 금행과 사내의 칼을 가리켰다.

"보다시피 살생을 업으로 하는 자입니다. 사찰에 어울리는 손님은 아닌 것 같습니다. 조금 전에도 사람 한 명을 해쳤습니다. 저자를 감싼다면 살생 그중에서도 사람을 죽인 업을 나눠 가질 것입니다."

주지스님은 포박당한 사내를 물끄러미 보다가 나직하게 아미타불을 읊조렸다. 이로써 홍왕사에서의 볼일은 끝난 셈이었다.

"가자."

나는 군졸들에게 명했다. 사내는 고개를 숙인 채 군졸들이 이끄는 대로 따라왔다. 금행도 널브러진 검을 챙겨 들고 내 뒤를 따랐다.

열둘. 지는 해 뜨는 달

고을에 도착하자마자 순라꾼들이 외치는 소리가 들렸다.

"여우다! 여우가 나타났다! 모두 조심들 하시오!"

나는 혀를 찼다. 호장가에서 먼저 손을 쓴 것이었다. 일단 여우 짓으로 몰아놓고 면피하겠다는 계획일 것이다. 역시나 순라꾼들의 외침은 어김없이 먹혀들었다. 고을 사람들은 물론 돌아다니는 개 한 마리 보이지 않았다. 나는 입술을 지그시 깨물었다.

늦은 밤이었지만 사내를 동헌 마당에 꿇어앉히고 간단히 문초했다. 어디 사는 누구인지, 행랑어멈을 죽였는지, 이 고을에서 지금까지 몇이나 죽였는지, 그리고 이 모든 것을 최정에게 사주받았는지를 차례대로 물었다. 하지만 사내는 입도 벙긋하지 않았다. 언성을 높여 다그쳐봤지만, 그는 고개를 숙이고만 있었다. 금행은 자객 노릇을 할 정도라면 보통내기가 아니니 쉽게 입을 열지는 않을 것이라고 했다. 나도 그리 예상하고 문초를 했던 것이다.

나는 사내를 가두라고 했다. 그리고 군졸들에게 돌아가면서 그를 지키라고 명했다. 나와 금행 역시 동헌에서 함께 밤을 보내기로 했다. 어둠을 틈타 관아에 몰래 숨어드는 자가 있는지 감시하기 위해서였다. 호장가에서 사람을 보내 사내를 죽여 입을 막으려 들지도 모를 노릇이었다.

다행히 간밤에 오고 간 자는 없었다. 하긴 아무리 호장가라고 해도 그쪽에서 사람을 해치기 위해 보낸 자들이 모두 관아에 붙들려 있는 형편이다 보니 몸을 사릴 수밖에 없었을지도 몰랐다. 금행은 아침상을 물리자마자 고신을 준비하겠다고 했다. 일단 그를 말렸다. 따로 할 일이 있었다. 나는 군졸을 불러 행랑어멈의 시신을 동헌 마당에 두고, 행랑아범도 그곳에 데려다 놓으라고 일렀다.

얼마 후 군졸이 분부대로 모두 대령해놓았다고 아뢰었다. 나는 금행과 함께 동헌 마루에 앉았다. 행랑아범은 행랑어멈을 덮어놓은 거적에서 눈을 떼지 못했다. 아마 그도 좋지 않은 예감을 받은 모양이었다. 나는 거적을 걷게 했다. 행랑어멈의 얼굴이 드러나자 그는 묶인 채로 엉금엉금 기어왔다. 군졸이 행랑아범을 말리려고 했지만, 나는 손을 들어 제지했다. 행랑아

247

범은 행랑어멈 곁에서 통곡하기 시작했다. 쥐어짜는 듯한 비통한 울음소리가 동헌 마당을 메웠다.

얼마나 지났을까. 행랑아범의 울음이 어느 정도 잦아들었을 때, 다시 군졸에게 명해서 이번에는 어젯밤에 잡아 온 사내를 데려오라고 했다. 금행은 이제부터 고신할 생각이냐고 물었다. 나는 고개를 가로저었다. 금행은 대체 무슨 생각이냐 물었지만 대답하지 않았다. 군졸이 사내를 데리고 와서 동헌에 무릎을 꿇렸다. 이번에도 그는 나의 눈을 피해 고개를 숙였다. 얼굴을 숨겨서 자신의 속내를 감추려는 것이었다.

행랑아범은 울음을 그치더니, 곁에 앉아 있는 자를 돌아보았다. 나는 지난밤에 물었던 질문을 반복했다. 행랑어멈을 죽였는지, 최정의 명이었는지, 지금까지 이 고을에서 이런 식으로 사람을 몇 명이나 죽였는지 차례대로 물었다. 역시나 사내는 입을 열지 않았다. 어제 아무 말도 하지 않았으니, 오늘도 섣불리 실토하기가 쉽지 않을 것이었다. 하지만 침묵은 긍정일 때가 있다. 지금이 그랬다. 행랑아범의 얼굴에 분노가 차올랐다. 그는 묶인 채로 사내에게 달려가 들이받았다.

"네놈이 진짜로 내 아내를 죽였어?"

사내는 당황한 기색으로 행랑아범을 쳐다보았다. 행랑아범은 그 모습에 더욱 화가 났는지 사내를 짓밟기 시작했다. 나는 군졸들에게 말리지 말라고 이르고, 행랑아범의 화가 가라앉을

때까지 내버려두었다. 처음에는 꿋꿋하게 버티던 사내도 행랑
아범의 모진 발길질이 계속되자 더 이상 참지 못하고 작게 신
음 소리를 흘렸다. 그제야 나는 손을 들어 두 사람을 뜯어말리
게 했다. 행랑아범은 아직 더 분풀이를 하고 싶어 버둥거렸지
만 묶여 있는 그가 군졸들의 힘을 이길 수는 없었다. 반면 사내
는 군졸이 일으켜 세워주자 겨우 다시 무릎을 꿇고 앉을 수 있
었다. 금행은 행랑아범의 목에 칼을 갖다 댔다. 그 서슬에 행랑
아범은 가까스로 정신을 차렸다. 나는 이번에는 행랑아범에게
차분하게 그리고 부드럽게 말했다.

"내외를 모두 죽이는 것은 부처님의 자비에 어긋나는 일이라
서 자네의 아내만은 살려주려고 했네. 하지만 저리 돌아오게
되었어. 누가 죽였는지는 충분히 짐작할 거라고 믿네. 하나 물
어보지. 자네의 아내가 죽어서 돌아왔다는 것이 무슨 뜻인지
아는가?"

행랑아범은 지체 없이 대답했다.

"소인도 죽을 거라는 뜻입니다."

"맞아. 자네에게 일을 부탁한 자는 처음부터 자네 내외를 살
려둘 생각이 없었던 것이야. 내가 죽으면 자네 내외도 죽여서
입을 막을 요량이었겠지. 나를 죽이지 못하면 더더욱 죽여서
입을 막아야 하고. 자식이 있다고 했지?"

행랑아범은 선뜻 대답하지 못했다.

"자네 자식을 해치려고 묻는 게 아니네. 요즘 같은 때에 부모 없는 어린아이는 굶어 죽거나 왜구에게 팔려 가기도 하고, 운이 좋아야 종살이를 하게 되겠지. 내가 행랑어멈을 살려서 보낸 것도 자네를 용서해서가 아니네. 부모 중 하나는 살아남아서 자식을 거둬야 할 듯싶어 그리한 것이네. 하지만 일이 내 뜻대로 풀리지 않았어. 이제 자네 하나 남았네. 어찌하겠나? 자네가 이대로 죽으면 자네 자식의 팔자도 그리되지 않겠나?"

나는 행랑아범을 지그시 내려다보았다. 그는 아랫입술을 잘근잘근 깨물고 있었다.

"자네는 고를 수 있는 게 없네. 어차피 죽어. 내가 자네를 죽일 수도 있고, 풀어줘도 자네에게 일을 맡긴 자가 가만히 두지 않을 테지. 하지만 살아날 길이 아주 없지는 않아."

행랑아범은 고개를 들었다.

"일을 맡긴 자가 누구인지 알려줘서 그자를 붙잡을 수 있도록 도와주면 되네. 그래야 자네와 자네 자식들이 무탈할 걸세."

"제가 나리를 도와드리면 저를 살려주시겠습니까?"

"살려주지. 물론 그냥 풀어주지는 않을 거야. 사람을 해하려 했으니 장을 맞아 그 벌을 받아야 하겠지. 허나 죽이지 않겠다고 약속하네."

"그 약속을 어찌 믿습니까?"

"믿지 않으면?"

나는 행랑아범을 쏘아보았다.

"나는 내 목숨을 노렸음에도 불구하고 자네 안사람을 풀어준 사람이네. 반면 자네에게 일을 맡긴 자는 자객을 시켜 자네 안사람을 죽였고. 판단은 알아서 하게."

나는 금행에게 눈짓을 했다. 그러자 금행은 행랑아범에게 겨눴던 검을 고쳐 잡고, 그의 목덜미에 갖다 댔다. 죽이겠다는 뜻을 내비친 것이었다. 행랑아범은 다가오는 운명을 기다리는 것처럼 조용히 눈을 감았다. 나도 긴장이 됐다. 만약 저자가 끝내 입을 열지 않으면 어제 잡아 온 자객 놈을 고신하는 수밖에 없었다. 그럼에도 그자가 입을 열지 않으면 지금까지 애꿎은 사람들을 죽여 시신을 찢어발기고, 감무들의 목숨을 노린 자를 잡을 수 없을 게 자명했다. 그렇다면 금행과 수선은 물론 나 역시 위험해지는 것은 말할 것도 없었다.

침묵의 시간이 길어졌다. 이제는 결정을 내려야 할 순간이었다. 행랑아범에게 시간을 더 줄 것인지, 아니면 지금 당장 그를 죽여 곁에 있는 사내에게 두려움을 안겨줄 것인지 판단해야 했다. 나는 다시 한번 행랑아범의 얼굴을 바라보았다. 그의 표정이 눈에 띄게 담담해 보였다. 어찌해야 할지 결정한 모양이었다. 나 역시 결심한 듯 금행에게 말했다.

"저자의 목을 치게."

금행은 검을 치켜들었다. 그때, 행랑아범이 눈을 떴다.

"소인에게 일을 맡긴 자는 이 고을의 호장가 사람입니다."

나는 재빨리 손을 들어 금행을 제지했다. 그리고 다시 물었다.

"호장가 누구?"

"제게 일을 부탁한 자의 이름은 알 수 없으나, 호장의 맏아드님이 시킨 일이라고 했습니다."

행랑아범은 고개를 푹 숙였다. 그러나 나는 주먹을 불끈 쥐었다. 비로소 원하던 대답이 나왔다. 하지만 아직 확인할 것이 더 남았다.

"자네의 말을 믿게 할 만한 증좌가 있는가?"

"있습니다. 소인의 포박을 풀어주시면 보여드리겠습니다."

"수작을 부릴 참이냐?"

금행이 행랑아범에게 엄포를 놓았다. 하지만 나는 포박을 풀어주라고 했다. 어차피 행랑아범이 금행과 군졸들을 이기고 달아날 리 만무했다. 군졸이 포박을 풀자 행랑아범은 웃옷을 벗어 뒤집더니 이중으로 덧댄 안감의 솔기를 뜯어내고는 기름 먹인 자그마한 종이봉투를 꺼냈다. 혹여 물이나 땀 같은 것에 상하지 않도록 하기 위해서인 듯했다. 금행이 그것을 내게 가져왔다. 기름 먹인 봉투 안에는 서찰이 들어 있었다. 꺼내어 펼쳐보니 과연 맡긴 일을 성공할 시에 호장가에서 은자 다섯 냥을 주겠다고 약속해놓은 글귀가 보였다. 그리고 마지막에 최정의 인장까지 찍혀 있었다. 확실한 증좌였다. 곁에서 함께 그것을

본 금행은 내 명을 기다리지도 않고 동헌 마당으로 내려서며
말했다.

"지금 가서 그자를 포박해 오겠네."

"잠깐 기다리게."

나는 군졸들에게 명해서 우선 행랑아범과 사내를 다시 하옥
시키도록 했다. 그리고 그들이 모두 눈앞에서 사라지기를 기다
렸다가 금행에게 다가가 귓속말을 했다.

"호장가의 인장을 찾아야 하네. 그걸 눈앞에서 대조해야 부정
할 수 없는 증좌가 될 걸세. 그러지 않으면 아무리 행랑아범에
게 약조한 문서를 눈앞에 내놓는다고 한들 그런 인장은 없다고
잡아뗄 거야. 솔직히 인장이야 없애버리면 그만인 것이고."

"그럼, 어떻게 할 작정인가?"

나는 주위를 둘러보면서 말했다.

"이 관아에도 호장가의 눈과 귀가 있을지 모를 일이네. 최정
이 달아나기 전에 속히 해야 할 일이니 가면서 이야기하세."

나는 관아를 나서기 전에 수선을 불렀다. 아무래도 이런저런
일로 호장가를 자주 드나들었던 수선인지라 어디에 무엇이 있
는지 잘 알고 있을 것 같아서였다. 가는 길에 내 이야기를 들은
수선은 곰곰이 생각하다 그런 것을 놓아둘 곳은 세 군데밖에
없다고 했다.

"맨 먼저 생각나는 곳은 사랑채예요. 뭔가 문서 같은 것을 쓰

고 주고받을 때는 거기를 이용하거든요. 그다음에는 호장님이 누워 있는 안채에도 있을 수 있고, 최정 그놈이 있는 바깥채에도 있을 수 있겠네요. 요즘은 그놈이 호장가 일을 도맡아서 하거든요."

"그럼, 이렇게 하세. 사랑채를 뒤지는 일은 내가 맡겠네. 금행 자네는 바깥채를 살펴보게."

"저는 안채를 살펴볼게요."

수선이 눈치껏 거들었다.

"그렇게 해주면 고맙고."

하지만 금행은 수선이 걱정되는 눈치였다.

"괜찮겠소?"

"걱정 말아요. 안채에는 여자들밖에 없잖아요. 그깟 것들은 얼마든지 상대할 수 있어요."

수선은 자신 있게 말했다. 나 역시 수선이라면 얼마든지 안채를 휘젓고 다닐 수 있으리라 믿었다.

호장가의 대문 앞에 섰다. 나는 크게 심호흡을 했다. 문 안으로 들어서는 순간, 호장가와는 돌이킬 수 없게 된다. 그쪽이 죽든지, 내가 죽든지 결판을 낼 수밖에 없다. 만약 인장이 발견되지 않는다면 생각지도 못한 상황에 빠질 수도 있다. 예측할 수 없는 무엇엔가 휘말리는 것, 그건 내가 지금껏 피해왔던 일이기도 했다. 호장가의 대문을 두드리기 전에 금행에게 물었다.

"우리가 최정을 포박하겠다고 하면 저쪽이 가만히 있지는 않을 테지. 호장가에서 부리는 자들이 우리에게 덤벼들 수도 있어. 자네가 몇이나 감당할 수 있겠나?"

"나를 붙들어 갈 때보니 호장가에 사병이 일곱 명이었네. 그들은 여기에 있는 열 명의 군졸이 상대할 수 있을 테지."

"나머지는?"

"기껏해야 힘깨나 쓰는 장정들은 내가 든 검 하나면 충분하네. 몇 명 베어 넘기면 분명히 겁에 질려서 맥을 못 출 걸세."

"다치게 하되 되도록 죽이지는 말게. 그자들이 무슨 죄가 있겠나."

"그리하지. 장담은 하기 어렵지만."

나는 금행의 말에 힘을 얻어서 호장가의 대문을 두드렸다. 얼마 지나지 않아, 문지기가 짜증 섞인 얼굴을 내밀었다. 그는 나를 보고도 퉁명스럽게 물었다.

"감무께서 무슨 일이십니까?"

나는 마음을 굳게 먹고 대문을 확 밀쳤다. 그 바람에 문지기가 뒤로 나자빠졌다. 뒤이어 하인들 몇이 나를 막아섰지만 금행이 앞으로 나서서 검을 휘두르자 비명을 지르며 나뒹굴었다. 마당에서 비명 소리가 들리자 호장가의 하인들이 미리 훈련받은 것처럼 사랑채 앞으로 우르르 몰려들었다. 예상했던 바였다.

이렇게 모아놓으면 오히려 한꺼번에 쓸어내기가 편할 테니.

덜컥, 사랑채 문이 열리면서 최정이 마루에 섰다.

"웬 소란이냐?"

나도 앞으로 나섰다.

"잘 지냈소?"

"무슨 일로 이리 소란을 피우는 거요?"

최정은 잔뜩 찌푸린 얼굴로 물었다.

"죄인 최정을 추포하러 왔소."

"뭐?"

"이 고을의 수많은 백성을 죽이고도 모자라 감무를 죽이려고 한 죄를 묻겠다는 얘기요. 스스로 짐작되는 바가 있을 테니 순순히 오라를 받으시오. 나도 괜한 소란을 일으키고 싶지는 않으니."

"네놈이 미친 것이냐?"

최정이 벌컥 화를 냈다.

"그동안 글줄이나 읽은 집안사람이라 대접 좀 해줬더니 눈에 뵈는 게 없는 것이냐? 네놈 집안을 멸문시켜 이 고을에 더 이상 발붙이지 못하게 할 것이다! 뭣들 하느냐? 저자들을 당장 쫓아내거라."

최정의 말이 떨어지자마자 사병들이 하인들을 헤치고 나와 일렬로 섰다. 나는 재빨리 뒤로 물러났다. 그와 동시에 군졸들이 사병들과 맞섰다. 금행은 검을 들고 사병들 뒤에 늘어선 하인들에게 달려들었다. 순식간에 다섯 명 정도의 하인이 팔과 다리를 붙들고 쓰러졌다. 군졸들도 그 모습에 용기를 얻었는지 사병들과 맞서 싸우기 시작했다.

나도 가져온 검을 빼 들었지만, 수선의 곁에 가만히 붙어 서 있었다. 살면서 한 번도 검을 휘둘러본 적 없는 내가 저 싸움판에 끼어들었다가는 오히려 짐이 될 게 뻔했다. 홍건적과 왜구가 수도 없이 침략하던 시절을 살아오기는 했으나 수십 명의 사람이 엉겨서 싸우는 것은 처음 봤다. 그리고 저런 싸움에서는 결코 사람이 많다고 유리한 것이 아니라는 것도 알게 됐다. 몽둥이나 곡괭이 따위는 잘 벼려진 검에 비길 바가 아니었다.

금행은 사람을 베는 데 한 치의 망설임이나 머뭇거림이 없었다. 상대가 내려치기 전에 먼저 베어버리니, 감히 그와 맞서는 자가 없었다. 그의 주변에 있던 자들은 겁을 집어먹고 물러서기 바빴다. 적은 수로 많은 수를 이기는 방법을 병서에서 읽은 적이 있기는 하지만, 정말 그럴 줄은 몰랐다. 싸움에 익숙한 자는 참으로 무서웠다.

서로가 죽고 죽이는 전쟁을 한 번도 치러보지 못한 자들은 전쟁터를 전전한 자의 기세를 이겨낼 수가 없었다. 밥 한 끼 먹을 시간도 채 되지 않아 호장가는 하인들이 질러대는 비명으로 가득 찼다. 사병들 역시 군졸들을 이기지 못하고 뒤로 밀리는 중이었다. 여기에 금행이 가세하니 그들조차 모두 금행의 검을 맞고 뒹굴었다. 널브러져 있는 하인들 상당수는 검에 맞지 않은 팔로는 몽둥이를 휘두를 만했다. 그러나 이미 싸우기를 포기하고 검에 베였다는 핑계로 신음만 흘리며 눈치를 살피는 것 같았다.

최정은 금행의 압도적인 힘에 얼어붙었다. 가문을 믿고 큰소리 치기는 했지만, 그도 글만 읽은 샌님이라 이런 광경은 처음 보았을 것이다. 금행이 최정을 쏘아보자 그는 눈을 내리깔았다. 나는 그 틈을 타서 최정을 밀치고 사랑채로 들어갔다. 동시에 금행과 수선도 각자 맡은 곳을 뒤지기 위해 흩어졌다. 군졸들은 쓰러진 사병과 하인들을 한데 모아놓고 창을 겨눴다. 이미 싸울 뜻을 잃은 그들은 꼼짝도 하지 않으려고 했다. 이래서 공자께서 군신 간에는 의가 중요하다고 그리도 말씀하신 모양이었다.

사랑채는 몇 번 와본 적이 있어 익숙했다. 서랍장과 병풍을 다급하게 뒤졌다. 최정은 밖에서 뭣 하는 짓이냐고 소리를 질렀지만, 나를 말리러 들어오지는 않았다. 그는 내가 지금 무엇을 위해 이러고 있는지 짐작하지 못한 듯했다. 그러거나 말거나 인장을 찾는 데 열중했다. 호장가의 집무실처럼 쓰고 있는 이곳에 인장을 놓아뒀을 가능성이 가장 컸다. 하지만 아무리 뒤져도 보이지 않았다. 쉽게 찾을 수 있을 줄 알았는데 눈에 띠지 않으니 당황스러웠다. 밖에 서 있는 최정에게 물어보고 싶은 마음이 들 정도였다.

나는 최정을 지나쳐 금행이 있는 바깥채로 향했다. 그때쯤 최정도 뭔가 짚이는 게 있었는지 곧장 안채로 달려갔다. 안채에는 수선이 있다. 아무리 그이라도 자기보다 키도 크고 완력이 센 최정을 당해내기는 쉽지 않을 터. 나 역시 바깥채로 가던 걸음을 멈추고, 안채를 향해 뛰어갔다.

그런데 최정과 내가 안채에 도착했을 때에는 수선이 이미 인장을 들고 안채 마당에 서 있었다. 그리고 그 옆에는 뜻밖에 선화가 있었다. 하지만 둘이 왜 같이 있느냐고 물을 겨를이 없었다. 최정이 다짜고짜 수선에게 덤벼들어 인장을 빼앗으려고 했기 때문이었다. 수선은 몸으로 인장을 감싸 안고 버텼고, 나는 최정의 허리를 뒤에서 붙잡은 채 그를 제지했다. 최정은 나를 떼어내기 위해 몸부림쳤다. 하지만 나도 안간힘을 다해 그를 붙들고 늘어졌다. 그 틈에 수선이 안채를 벗어났다. 최정은 그 모습을 보더니 힘이 빠졌는지, 바닥에 털썩 주저앉았다.

얼마 지나지 않아, 수선은 금행과 함께 나타났다. 나는 그제야 최정의 허리를 붙들었던 손을 풀었다. 군졸들이 재빨리 최정의 주위를 둘러쌌다. 나는 품속에 간직해왔던 행랑아범의 문서를 꺼냈다. 그리고 최정이 보는 앞에서 안채에서 찾아낸 인장과 행랑아범의 문서에 찍힌 인장을 나란히 들어 보였다. 누가 봐도 똑같은 문양이었다. 나는 숨을 가다듬고 최정을 내려 다보며 말했다.

"이제 네 죄가 없다고 잡아떼지는 못하겠지?"

최정은 대꾸 없이 행랑아범의 문서만 멍하니 바라보고 있었 다. 나는 군졸들에게 최정을 포박하라고 명했다. 그는 순순히 오라를 받았다.

그때, 갑자기 비명이 들렸다. 소리가 난 쪽으로 돌아보니 강 씨가 선화의 머리채를 휘어잡고 있었다.

"네년이 내 아들을 망친 것도 모자라서 인장까지 갖다줘? 아 무리 천한 년이라도 네년도 이 집안사람인데 어찌 가문을 망치 느냐, 이 찢어 죽일 년!"

강씨는 피를 토하듯이 절규하며 선화의 머리를 흔들어댔다. 나는 비로소 조금 전 수선의 곁에 선화가 있었던 이유를 알았 다. 인장을 수선에게 가져다준 사람이 그이였던 것이다. 보다 못한 수선이 달려가서 강씨를 선화에게서 떼어냈다. 강씨가 비 록 나이는 들었어도 몸피가 큰 만큼 힘이 만만치 않은 데다 악 에 받쳐서인지 아무리 수선이라도 한바탕 실랑이를 한 후에야 겨우 둘을 떼어낼 수 있었다. 강씨의 손에는 선화의 머리카락 이 한 움큼 쥐어져 있었다. 선화는 서럽게 울었고, 수선이 그이 의 어깨를 감싸 안으며 달래주었다.

이번엔 강씨가 내게 달려왔다. 군졸들이 강씨를 가로막자 그

앞에 무릎을 끓었다. 그리 당당하고 도도하던 강씨가 갑자기 약한 모습을 보이니 오히려 내가 당황스러웠다.

"감무님, 내 말 좀 들어주시오. 모두 말할 테니, 내 아들을 끌고 가기 전에 꼭 들어주셔야 하오!"

강씨는 두 손을 싹싹 빌면서 애원했다. 그 모습이 하도 절박하고 간절해서 마음이 약해졌다. 어처구니없는 변명을 할지라도 어미 된 자의 절박한 심정을 헤아려주자 싶었다. 이미 모든 게 끝난 판이니 넋두리 듣느라 시간을 조금 더 지체한들 달라질 것도 없었다. 나는 군졸에게 비켜서라고 했다. 강씨는 무릎을 끓은 채로 다가오더니 내 손을 붙잡았다. 나는 손을 다급하게 빼내려 했지만, 강씨는 있는 힘껏 움켜쥐고 놓지 않았다.

"감무님, 저기 저년하고 내 아들 정이는 서로 정을 통하는 사이오."

깜짝 놀랐다. 너무 충격적이라 귀를 의심했다.

"그게 무슨 소리요?"

"저년하고 내 아들이 통정하는 사이란 말이오!"

그 말에 나는 선화와 최정, 둘을 번갈아 보았다. 그런데 최정이나 선화 모두 아무 말이 없었다. 나도 모르게 허, 하고 탄식이 나왔다. 아비의 둘째 부인과 배다른 장자의 통정이라면 아무리 피가 섞이지 않았다고 해도 패륜이다. 갑자기 선화가 서럽게 울기 시작했다. 넋이 나가 있던 최정도 정신을 차린 듯 선화를

261

쳐다보았다.

"그동안 여우 노릇을 한 미치광이는 저년의 아들, 단이라는 놈이요. 어리석은 내 아들 정이가 저년에게 홀려서 그 미친 짓거리를 감싸주려다 이리된 것이요. 모두 다 저년 때문에 벌어진 일이오. 제발 이 사정을 헤아려주시오, 감무님!"

나는 어안이 벙벙했다. 느닷없이 호장가의 패륜을 들은 것도 황당한데, 이 고을의 처녀들을 무참히 죽인 자가 최정이 아니라 최단이라니 믿기 어려운 말이었다. 허나 최정과 선화의 얼굴을 보니, 적어도 두 사람이 예사로운 사이가 아니라는 것은 분명해 보였다. 패륜을 저지르는 자들이 또 무슨 짓을 못할까 싶었다.

그런데 갑자기 어머니, 하고 외치면서 안채 마당으로 뛰어들어오는 이가 있었다. 선화의 아들이자 호장의 둘째 아들인 최단이었다. 그는 조금 전부터 돌아가는 상황을 지켜보기라도 했는지 선화에게 목청을 높이며 다그쳤다.

"어머니, 언제까지 참고 사시렵니까? 하다하다 이제는 소자한테 죄를 뒤집어씌우는 걸 보고만 계실 겁니까?"

최단은 분통이 터진다는 듯 주먹으로 땅을 쳐댔다. 얼마나세게 내리쳤는지 바닥에 피가 묻어날 정도였다. 선화는 그런 아들을 지켜보다가 무엇인가 결심한 듯 자리에서 일어났다. 그리고 내게 다가와 무릎을 꿇었다.

"감무님, 통정을 한 것이 아니라 제가 겁간을 당한 것입니다. 혀를 깨물고 죽고 싶을 만큼 수치스러웠지만, 제가 죽으면 제 아들이 홀로 남겨질 것이 두려워 죽지 못하고 살아왔습니다."

선화는 울음 섞인 목소리로 말했다.

"호장께서 자리를 보전하고 누우신 이래로, 이제까지 호장가 사람들은 우리 모자를 짐승처럼 대해왔습니다. 설령 내 아들 단이가 사람을 죽였다면 우리 모자를 눈엣가시처럼 생각하는 저 두 사람이 무슨 연유로 감싸주겠습니까? 진즉에 죄를 물어서 내쫓았거나 죽였을 것입니다. 형님의 저 말은 터무니없는 거짓말입니다!"

겨우 말을 마친 선화는 주저앉아 통곡하기 시작했다. 그간 쌓였던 설움을 모두 토해내려 것처럼. 최단은 선화의 곁으로 다가갔고, 모자는 서로 부둥켜안고 함께 울었다. 모자의 모습을 지켜보던 강씨는 내 손을 놓더니 최정에게 갔다. 그리고 아들의 가슴을 손바닥으로 때리며 말했다.

"이렇게 넋을 놓지 말고 사실을 말해! 저것들 거짓말을 듣고만 있을 참이냐? 이 어미를 두고 죽고 싶은 게냐?"

최정은 크게 한숨을 쉬었다가 조용히 눈을 감았다. 나로서는 이런 난장판 속에서 그가 무슨 생각을 하고 있는지 도통 짐작할 길이 없었다. 솔직히 그간 호장가가 선화 모자를 어떻게 대해왔는지 익히 알고 있었기에 선화의 말에 더 마음이 기울었다. 게다가 최정이 나의 죽음을 사주했다는 명백한 증좌도 있었다. 그럼에도 뭔가 찜찜했다. 내 기색을 읽었는지 금행이 다가왔다.

"그만 자리를 정리하세. 좀 차분해진 다음에 일을 처리해도 늦지 않네."

맞는 말이었다. 서로 소리치고, 울부짖는 곳에서는 제대로 판단을 내리기가 어려웠다. 나는 군졸들에게 명했다.

"죄인을 끌고 가라."

그리고 금행과 함께 안채를 나섰다. 강씨는 최정의 뒤를 따르며 반드시 사실을 말하고 살길을 찾으라는 말을 이르고 또 일렀다. 하지만 최정은 끝내 아무 말도 하지 않았다. 급기야 강씨 역시 호장가의 대문 앞에 주저앉아서 땅을 치고 통곡했다.

관아로 돌아오자마자 최정을 감옥에 가두라 명하고는 금행, 수선과 함께 차를 마셨다. 한바탕 정신이 없었던 터라 곧바로 최정의 일을 처리하고 싶지 않았다. 여기에 더해 금행과 수선에게 당부할 말도 있었다. 나는 두 사람에게 차를 따라주고 난 후에 먼저 수선에게 가볍게 말을 던졌다.

"두 사람이 돌아오는 봄에 살림을 차리기로 했다면서요?"

수선은 차를 마시다 말고 캑캑거리며 기침을 했다. 내 말이 느닷없었는지 사레가 들린 모양이었다. 그러다 겨우 기침을 멈춘 그이는 손사래를 치며 편히 말하라고 했다. 하지만 수선이 금행의 아내가 되기로 한 만큼 이제 하대할 수 없는 사이라고 선을 그었다. 그리고 잠시 금행을 바라보았다.

"최정의 일이 마무리되면 나는 감무 자리에서 내려올 생각이네. 이 자리에는 자네를 다시 천거할 생각이야. 본래 자네 자리를 찾아야지."

"그게 무슨 소린가? 이제는 자네 자리야. 나를 위해 그럴 필요 없네."

"자네도 집안을 건사해야 하지 않나? 단단한 자리가 필요할 걸세. 나는 자리에서 물러나면 과거를 준비해보려고 하네. 시험이 얼마 남지 않았다네. 그러니 자네를 위해 이러는 게 아닐세. 나는 가장 믿을 만한 사람에게 자리를 넘겨주는 것이고, 자네는 본래 자리를 되찾는 것일세. 이제 조정에서 잡으라고 닦달하는 여우도 없으니, 제대로 일해보게."

사실 과거를 들먹이는 것은 금행의 입을 닫게 하기 위한 구실이었다. 금행의 성격에 적절한 핑계가 없으면 자리를 받지 않을 게 뻔했다. 그리고 실제로 과거 시험이 코앞이기도 했다. 집안 눈치가 있기 때문에 응시를 하러 가기는 하겠지만, 언제나 그랬듯 보란 듯이 떨어져서 돌아올 예정이었다. 이미 성균관에서 유생을 했으니 사대부 가문을 이어나갈 수 있게 된 것만으로 도리를 다했다고 생각했다. 여전히 벼슬길에 나가 이런저런 일에 휘말릴 생각은 없었다. 더구나 호장가와의 알력을 직접 겪고 나니 두 번 다시 이런 성가신 일에 관여하고 싶지 않았다.

"과거를 보겠다니 할 수 없지. 고맙네. 하지만 최정의 일은 마무리 짓고 결정하게."

"아무튼 자네가 내 뜻을 받아들인 것으로 알겠네."

사실 나는 최정의 마무리도 금행에게 맡기고 싶었다. 최정의 죄는 적지 않았다. 그를 도와 살인을 저지른 자객의 죄 역시 적지 않았다. 그들이 아무리 악한 자들이라고 해도, 내 손으로 두 명의 목숨을 거둬야 하는 일은 내키지 않았다. 그때 군졸 하나가 최정이 내게 할 말이 있다는 전갈을 했다. 나는 그를 동헌 마당에 대령시키라고 말하고 자리에서 일어났다.

최정은 많은 것을 체념했는지, 동헌 마당에 얌전히 무릎을 꿇고 있었다. 지난날 나와 금행을 을러대던 모습은 온데간데없이 패잔병마냥 초라해 보였다. 나는 내 생애 첫 싸움에서 이겼음을 확신했다. 의기양양한 기분으로 최정에게 지은 죄를 숨김없이 말하라 명했다. 최정은 작정을 했는지, 망설이는 기색 없이 입을 열었다.

"모든 것은 있어서는 안 될 일을 저지른 내 잘못이 맞소. 하지만 따지고 보면 이 일의 시작은 내가 아니오. 단이는 어려서부터 이상한 놈이었소. 아니, 끔찍한 놈이라는 말이 더 맞을 거요."

최정의 말에 따르면 선화와 최단 모자는 그리 사이가 좋은 편이 아니라고 했다. 선화가 최단에게 글공부에 매진하도록 모질게 다그쳤기 때문이다. 그이가 아들에게 그리한 이유는 하나였다. 어차피 모든 유산은 장자인 최정이 물려받을 테니 호장의 후원을 받을 수 있을 때 최단이 과거에 붙어서 벼슬길에 올라야 호장이 죽은 이후에도 모자가 편안히 살 수 있는 길이 열릴 것이라 여겨서였다. 그런데 선화의 다그침이 지나쳐서인지 최단은 그 화를 자기보다 약한 것을 괴롭히면서 풀었다.

"처음에는 개나 고양이 따위를 못살게 굴더니 이윽고 그것들을 죽이기 시작했소. 아주 잔인하게 말이오. 겨우 열 살 남짓한 아이가 그리하니 귀신이 붙은 줄 알고 홍왕사에 맡겨봤지만 소용없었소. 아니, 오히려 더 했지. 사람을 죽였으니까."

최단이 처음 죽인 사람은 홍왕사의 동자승이었다고 했다. 홍왕사는 발칵 뒤집혔고 호장이 나서서 홍왕사에 시주를 잔뜩 하고 일을 무마시켰다. 최단은 다시 호장가로 돌아왔고 한동안 잠자코 있는 듯했다. 하지만 호장이 몸져누운 뒤, 또 한 번 집안의 여종을 죽인 일이 벌어졌다. 이번에도 소문이 나지 않게 입단속을 했다. 그러나 강씨는 최단이 집안의 우환이 될 게 틀림없다며 내쫓을 작정을 했다. 그런데 그날 또 다른 일이 생겼다.

"밤에 선화가 찾아왔소. 최단과 자기를 내쫓지 말아달라고 통사정을 했소. 나로서는 어머니의 말을 거역하기가 어려워 망설일 수밖에 없었소."

그러자 선화가 적극적으로 매달렸고, 어찌하다 보니 두 사람은 하지 말아야 할 일을 치르게 되었다고 했다. 최정은 돌이켜 보면 선화가 자신을 유혹하려고 작정한 것임에 틀림없다고 주장했다.

하긴 어찌 보면 그것은 선화 모자가 호장가에 남을 수 있는 유일한 방도일 것이었다. 그날 이후로 선화는 최정의 약점을 쥐게 된 것이나 다름없었을 테니 말이다. 어차피 여차하면 쫓겨날 처지인 선화는 잃을 것이 없지만 최정은 달랐다. 사실 과거에 붙어야 하는 사람은 최단만이 아니었다. 호장가가 근자에 가세가 기운 데다 세도가와의 연도 희박해진 터라 음서를 한다 해도 말단 관직밖에 구하지 못할 터였다. 그러니 최정도 과거를 통해 벼슬길에 나가려고 무진 애를 쓰던 차였다.

다행히 최정은 과거를 오래 주관했던 지공거 출신을 스승으로 둘 수 있어서 과거에 합격만 하면 어느 정도 출셋길은 보장되어 있었다. 하지만 그의 패륜이 알려진다면 이 모든 노력은 헛것이 되고 만다. 결국 최정은 선화의 편을 들어줄 수밖에 없었다.

게다가 최정은 이미 선화에게 푹 빠져서 패륜임을 알면서도 그 관계를 끊어내지 못했다. 꼬리가 길면 밟힌다고 나중에는 강씨도 이 일을 알게 되었지만 아무런 조치도 취하지 못했다. 아들의 출세 때문이었다.

"이런 사정 때문에 단이 놈은 더욱 엇나갔지만 말릴 사람이 없었소. 선화는 단이가 벼슬길에 나갈 수만 있다면 무슨 짓을 저지르든 덮어주겠다고 하여, 나는 선화에게 가문의 인장을 맡기고 단이의 일은 알아서 하라고 했소. 그런데 단이 놈의 죄를 덮겠다고 선화가 내 이름으로 자객을 사서 또 다른 사람들을 죽이는 짓을 저지를 거라고는 생각지도 못했소. 그저 여우 놀음이나 하는 줄 알았지……. 내 비록 해서는 안 될 일을 저지른 것은 맞지만 사람을 죽이지는 않았소. 나도 누명을 쓴 것이란 말이오."

최정은 자신이 패륜을 저지른 것은 인정하면서도 사람을 죽인 일은 선화 모자의 탓으로 돌리고 있었다. 지금으로서는 살아남기 위한 당연한 변명일 수도 있었다. 나는 다시 한번 최정이 행랑아범에게 써준 문서를 꺼내 보였다.

"이것은 네가 쓴 것이 아니냐?"

"맞소. 하지만 그것은 누군가 우리 집안의 일을 봐주면 으레 써주던 것이오. 나는 선화가 써달라는 대로 써줬을 뿐, 인장은 그이가 찍은 것이오."

"변명이 너무 구차하지 않은가? 인장은 누가 찍든 필적의 차이가 없으니, 문서의 글은 네가 썼다고 하고 인장을 찍은 것만 선화에게 떠넘겨 네 죄를 면피하려고 하는 것 아니더냐?"

"아니오. 정말이오. 충분히 오해를 살 만한 일이기는 해도 절대 거짓을 고하는 것은 아니오. 믿어주시오!"

최정은 급기야 눈물을 흘렸다. 하지만 나는 그를 물러나게 했다. 교묘한 말재간을 더 들어주고 싶지 않았다. 최정은 억울하다고 소리치며 끌려 나갔다. 갑자기 피곤이 몰려왔다. 그만 일을 파해야겠다고 생각하고 곧장 관아를 나서려고 했다. 그런데 금행이 나를 불러 세웠다.

"자네 아까 최정이 한 말 어떻게 생각하나?"

"생각할 게 뭐 있나? 다 거짓인걸. 자네는 뭐 짚이는 거라도 있는가?"

"두 가지네. 첫 번째는 낮에 호장가에서 싸움이 났을 때 말이야. 그때 최정이 너무 놀란 것처럼 보였네."

"당연하지 않은가? 저자도 나처럼 책상물림일 뿐이네. 언제 그런 피가 튀는 싸움을 구경이나 해봤겠는가?"

"최정이 사람을 그리 참혹하게 죽인 자라면 다른 사람의 팔다리가 칼에 베인 것 정도로는 놀라지 않을 걸세. 피에 익숙한 자일 테니까."

"일리는 있네만 어디까지나 자네의 짐작 아닌가? 그것 말고 또 마음에 걸리는 것은 무엇인가?"

"호장의 두 번째 처가 수선 낭자에게 인장을 내어준 것이네. 인장은 분명 사랑채에도 바깥채에도 없었네."

"그럼 안채, 호장의 방에 있었겠지."

"수선 낭자의 말로는 호장의 방에는 호장의 부인과 여종들만 있었다고 하네. 수선 낭자도 호장의 두 번째 처가 어디서 인장을 가져왔는지는 모르겠다고 하더군. 어쩌면 그이가 인장을 가지고 있었다는 최정의 말이 사실일 수도 있지 않겠는가?"

"글쎄, 워낙 다급한 판이었으니. 제수씨라고 한들 어찌 모든 일을 다 꿰고 있겠는가?"

"물론 그럴 수 있지. 하지만 나는 자네가 한 번 더 살폈으면 하네."

"그리하겠네. 한데 오늘은 늦었네. 나도 생각을 좀 해보고, 내일 이 일을 마무리 짓는 게 좋겠네."

"수고 많았네."

"자네도 수고했어."

나는 금행의 어깨를 두드려주고 관아를 나섰다.

이튿날, 나는 등정하자마자 최정과 더불어 사내를 불렀다. 어떻게든 빨리 이 일을 마무리 짓고 홀가분하게 감무 자리에서 벗어나고 싶었다. 나는 사내가 앉자마자 숨 돌릴 틈도 없이 물었다.

"네놈을 사주한 자가 누구냐?"

사내는 최정을 흘끔 보더니 오히려 내게 물었다.

"소인이 대답하면 원하는 것 한 가지를 들어주실 수 있으시겠습니까?"

최정은 그 말을 듣자마자 수작 부리지 말고 곧이곧대로 말하라고 소리 질렀다. 금행도 차라리 고신을 하라고 권했다. 하지만 사내는 작정한 것인지 태연했다.

"어차피 죽을 목숨인 것을 잘 알고 있습니다. 고신을 한다 해도 아무 소리나 지껄이면 감무께서는 아무것도 얻지 못하실 겁니다. 소인이 원하는 것은 저를 살려달라는 것도 아니고, 감무께 해를 끼치는 것도 아닙니다. 그저 소원 한 가지만 들어주시면 소인은 감무께서 원하는 답을 드리겠습니다."

"원하는 게 무엇이냐?"

"저를 고신하지 않고 깨끗하게 죽여주십시오. 그것이면 족합니다."

듣고 보니 그럴듯한 소원이었다. 어차피 죽을 것이라면 참혹한 고통을 겪다가 죽고 싶지는 않을 것이다.

"좋다. 그리해주겠다. 다시 한번 묻겠다. 네놈을 사주한 자가 누구냐?"

"바로 소인 옆에 있는 자이옵니다."

예상한 대로였다. 그리고 최정 역시 예상대로 길길이 날뛰었다.

"헛소리 하지 마라! 네놈에게 사주한 것은 선화가 아니더냐? 네놈이 뒤처리해준 놈은 최단이 아니냔 말이다!"

하지만 최정이 뭐라고 하든 사내는 눈을 감고 입을 닫았다.

나의 처분을 기다리겠다는 뜻이었다. 금행은 내가 지금 결정을 내리는 것을 만류했다.

"조금 더 생각해보세. 아무리 자네에게 해될 게 없다고 해도 죄인과 거래하는 것은 미심쩍은 일이네."

"그런가……."

나는 잠깐 고민하다가 금행의 말을 받아들이기로 했다.

"자네 말대로 두 사람의 처분을 미루도록 하겠네. 하지만 아무리 생각해도 더 무엇을 밝힐 방도가 생각나지 않네."

"포기하지 말게. 막다른 길에 몰려도 항상 무슨 수를 생각해내던 자네가 아닌가?"

나는 싱긋 웃었다.

"자네야말로 포기하지 말게. 이제 자네가 감무에 오르면 끝까지 진실을 밝히게. 나는 여기까지 하고 이 자리를 내어주지."

"이보게……."

나는 금행의 말을 잘랐다.

"최정의 죄가 명백하니 그의 치죄를 청하는 장계를 올리겠네. 그것으로 내 할 일은 다한 듯싶네. 어차피 내가 이 자리에 오른 것도 최정 저자 때문이니, 내가 더 이상 자리에 있을 이유가 없어. 나라의 녹을 먹는 자가 고을을 위해 일할 의욕도 없이 자리만 차지하고 있는 것도 죄라네."

금행은 뭔가 더 말을 하려고 했으나, 나는 손을 들어서 그를 말렸다.

"다음 감무가 올 때까지 자리를 비워둘 수는 없으니 내가 계속 맡고 있겠네. 하지만 나는 과거 준비에 매진해야 할 때이니 자네가 내 짐을 좀 덜어주게. 어차피 자네도 이 관아의 사람 아닌가. 도와주게."

금행은 잠깐 나를 바라보다가, 그리하겠다고 말했다. 이로써 나는 지금까지 져왔던 부담을 내려놓기로 했다. 정말 어깨에 있던 짐이라도 치운 것처럼 몸과 마음이 가벼웠다.

최정이 잡혀 오고 난 지 얼마 되지 않아, 호장이 세상을 떠났다. 집안이 풍비박산이 나다시피 했으니 비록 정신이 오락가락하는 상태라고 해도 견디기 힘들었으리라. 상주는 최단이 되었다. 이는 이제 그가 호장가를 계승한다는 사실을 온 고을에 알리는 것이기도 했다. 호장가의 장례가 끝나자마자 강씨는 흥왕사에 딸린 암자로 쫓겨났다.

백성들은 눈에 띄게 안정을 찾아갔다. 무엇보다 이런 일을 저지른 자가 괴물이 아니라 사람이라는 사실이 밝혀져서인지 적잖게 안심하는 눈치였다. 그리고 이런저런 일을 해결해달라고 관아를 찾는 백성들도 늘어났다. 이전에는 호장가에 가서 호소하던 것들이었다. 나는 과거 공부를 핑계 대고 송사들은 모두 금행에게 맡겼다. 어차피 이 고을의 감무가 될 터이니 미리 일을 익혀두는 셈치면 되지 않겠느냐고 농담을 건넸다가 그에게 눈총을 받기도 했다.

나는 정도전을 찾았다. 고을의 일이 마무리되면 다시 들르겠다고 약속한 데다 이를 빌미 삼아 금행의 감무 자리를 부탁하기 위해서였다. 정도전은 여전했다. 우리는 다시 대작을 하였는데, 나는 정도전이 건네는 술잔을 받들며 그간 고을에서 벌어졌던 일을 소상하게 들려주었다. 정도전은 내 말에 맞장구를 치며 흥미로워했다. 누군가 내 이야기를 이렇게 좋아해주자 너무 신이 난 나머지 살짝 부풀리기도 했지만, 대체로는 사실에서 크게 어긋나지 않았기 때문에 딱히 거짓말을 한다는 생각은 하지 않았다. 다만 이로 인해 난감한 일이 생겼는데 정도전이 나를 꽤 유능한 인물로 보게 되었다는 것이다.

"자네는 언제까지 감무 일을 할 생각인가? 과거가 코앞인데 공부에 매진하고는 있나?"

옳다구나 싶었다. 그러지 않아도 금행의 자리를 언제 부탁할까 기회를 엿보던 참이었다.

"감무 자리는 곧 그만두려고 합니다. 저도 선비이니 과거를 볼까 해서요. 제가 물러나면 자리가 빌 터인데, 사람 하나 천거해도 되겠습니까?"

"누군가?"

"저 바로 전에 감무를 맡았던 금행이란 자입니다. 제가 대정

자리를 함께 부탁드렸던 친구입니다."

"기억나네. 호장가의 비위를 조정에 고했다가 참소를 당했다고 했던가?"

"그렇습니다. 강직한 데다가 조정의 명을 아주 잘 받드는 친구입니다. 이 친구를 다시 감무로 올려 쓰시면 고을 일은 걱정 없으실 것입니다."

"이번에도 아주 거리낌 없이 사심을 드러내는군. 좋네, 기억해두지."

"감사합니다! 부사 어른."

"매번 자네는 내게 부탁만 하니 나도 자네에게 부탁 하나 해도 되겠나?"

"말씀하십시오."

"이번에 과거를 치르고 조정에 출사를 하게 되면 당여가 되어주게. 자네도 알다시피, 이 나라를 바꿔보려고 해도 쉽지가 않네."

"네. 부사께서 토지 개혁을 하고자 하나 저항이 만만치 않다고 들었습니다."

"비록 이성계 장군께서 조정을 장악했지만 고려는 오래된 나라일세. 그만큼 적폐의 뿌리도 깊어. 아직은 힘이 모자라니 자네 같은 유능한 선비가 도와주면 좋겠네. 과거만 본다면 벼슬길이 열릴 수 있도록 지공거에게도 언질을 해놓겠네."

솔직히 솔깃한 제안이었다. 벼슬에 뜻이 있다면 말이다. 하지만 나는 조정에서 벌어지는 싸움에 나설 자신이 없었다. 싸움이라면 호장가와 벌인 것만으로도 이골이 날 지경이었다. 게다가 지금은 이성계가 나라를 장악하고 있다고는 하나, 언제 다른 이가 치고 올라올지 알 수 없는 노릇이었다. 신돈, 이인임, 최영 등 한때 임금도 무시 못 하는 권력을 가졌던 이들 모두무덤에 있다. 지금도 이성계와 정도전 일파는 정몽주를 비롯한 온건한 사대부들과 힘 싸움을 벌이고 있다. 이 중에서 또 누군가 이성계를 누르고 조정을 장악할지 알 수 없는 노릇이다. 하지만 나도 금행의 자리를 부탁한 마당에 대놓고 거절할 수는 없었다.

"네. 제가 과거에 합격만 하면……."

"자네가 여기서 당여가 되겠다고 약속해주면, 자네 출사는 걱정하지 말게. 과거든 음서든 어떻게든 요직을 주겠네."

"저도 선비인지라 과거로 출사를 하고 싶습니다. 음서는 그 뒤에 생각해보겠습니다."

갑자기 정도전의 눈빛이 매서워졌다. 또다시 나를 꿰뚫기라도 하려는 것처럼 보여서 황급하게 고개를 숙였다.

"자네는 언제나 조건을 달고 뒤로 미루기만 하는 것 같네. 언제까지 그렇게 살 수 있다고 생각하나?"

아무 말도 하지 못했다. 아무래도 정도전이 내 의중을 간파

한 것 같아서였다.

"두 번은 권하지만 세 번까지 권하지는 않겠네. 마지막으로 잘 생각해보게."

정도전은 비어 있은 지 오래되었던 내 술잔을 채워주며 화제를 돌렸다. 그렇게 그날의 만남은 끝났다.

개경에서 돌아온 지 얼마 되지 않아 관아로 선화가 찾아왔다. 암자로 가기 전에 감사 인사를 하고 싶다고 했다. 하긴 선화 역시 씻을 수 없는 패륜을 저질렀으니 호장가의 안주인 노릇을 하기는 어려울 것이다. 나는 그이와 차를 마시며 짧은 안부를 주고받았다. 어쩌면 나의 아내가 되었을지도 모를 여인을 눈앞에 두고 있으니 옛일이 아련했다. 이야기 말미에 선화는 최정의 처분을 물었다.

"그자는 아직 살려두었습니다. 이전 감무였던 금행이 좀 더 조사를 하고 싶다고 해서요. 제가 이 자리에서 물러나면 그 친구가 맡을 예정이라 뜻대로 하라고 했습니다."

"그렇군요."

선화는 쓸쓸히 웃었다. 딱 한 잔의 차를 마시고 그이는 자리에서 일어날 뜻을 내비쳤다. 아마 나를 위한 배려였을 것이다. 사실 선화에 대한 눈길이 곱지 않으니 오래 마주하고 있으면 또 뒷말을 낳을 수 있었다. 나 역시 지체하지 않고 선화를 배웅

했다. 그런데 섬돌에 놓여 있는 꽃신이 낯익었다. 분홍색 매화 무늬. 순간 행랑어멈이 죽던 그날 밤, 최정의 방 맞은편에 놓여 있던 꽃신이 떠올랐다. 이 고을에 이런 것을 신을 수 있는 지체 높은 부인은 오직 강씨와 선화뿐이다. 그렇다면 그날 선화도 홍왕사에 있었다는 얘기가 된다.

그러고 보니 다음 날, 일주문으로 가는 길에 선화를 본 적이 있었다. 왜 그날 밤에 선화가 홍왕사에 머물렀을 거라는 생각을 하지 못했을까. 나는 멍하니 서 있었다. 이제 가겠다는 선화의 말에 정신이 들어보니 그이는 옅은 미소를 지은 채 인사를 했다. 나도 다급하게 섬돌로 내려가 마주 인사를 했다. 돌아서는 선화의 뒷모습을 보고 있자니 이쯤에서 이 인연이 끝나지 않을 거라는 예감을 지울 수가 없었다.

한동안 고을에는 별다른 일이 벌어지지 않았다. 몇 년간 이렇게 평화로울 때가 있었나 싶을 정도였다. 개경에서는 정도전의 토지 개혁이 점점 어려워지고 있다는 소식이 들려왔다. 이성계가 조정을 장악하고 나서 뭔가 새로운 변화가 생기리라는 기대가 없었던 것도 아니었지만, 결국 또다시 과거의 고려로 되돌아가고 있다는 느낌이 들었다. 토지는 나라의 근간이고, 수백 년 된 이 나라의 근간이 몇몇의 노력으로 그리 쉽게 흔들릴 리 만무했다. 자칫 정도전의 당여로 들어갔다가는 나도 지금쯤 입 속이 바짝바짝 마르도록 노심초사하고 있을 게 틀림없었다.

　그런데 정도전의 뜻에 따르는 이가 뜻밖에도 이 고을에 있었다. 최단이었다. 사실 호장가는 여우 사달을 통해 득을 본 게 많았다. 화전민들이 두려움 때문에 개간해놓은 땅을 버리고 떠나자 그곳을 호장가와 흥왕사가 나눠 가졌던 것이다. 그런데 최단이 이 땅을 다시 고을 백성들에게 나눠 주었다. 소출이 별로 나지도 않는 조각 땅들을 나눠 준다고 해서 호장가가 크게 손해 볼 일은 없었다. 하지만 작금은 세족들끼리 서로의 땅을 빼앗고 빼앗을 정도로 토지에 대한 욕심이 넘쳐나는 세상이었다. 불과 몇 년 전만 해도 빚을 지우거나 공연히 시비를 걸어 백성들의 땅을 빼앗는 경우가 다반사였다.

　형편이 이러니 지금껏 아무리 적은 토지라 해도 자기 손으로 내어놓는 자는 단 한 명도 본 적이 없었다. 불가의 자비를 근본으로 삼는 사찰조차 한 평의 땅이라도 더 시주를 받으려고 애쓰는 판이니 말해 뭣 하겠는가. 그런 면에서 최단의 일은 이 고을을 넘어서 개경에 이르도록 널리 소문이 퍼질 만했다. 심지어 조정에서 보낸 사람이 호장가에 왔다 간 적도 있었다. 지금 정도전에게 누구보다 필요한 것이 당여일 터였다.

　정도전을 만나고 온 지 열흘쯤 뒤에 조정에서 사람이 와 내게 사직을 권했다. 새로운 감무가 내정되었다고 했다. 나는 그가 금행인 줄 알고 기꺼이 자리에서 물러나겠다고 했다. 금행에게도 개경에 가서 관인을 받을 일이 있을 거라고 언질해주었다. 하지만 감무로 내려온 이는 따로 있었다. 바로 최단이었다. 그는 청색 두루마기에 담비 가죽신을 신고 관아에 들어섰다. 나는 너무 놀라 입을 벌린 채, 자리에 우뚝 서 있을 수밖에 없었다. 최단은 지금껏 내가 떨쳐내지 못했던 불길한 예감보다 더 불길한 차림을 하고 있었다. 그는 두 팔을 활짝 벌리며 말했다.

"왜 그리 보시는지요? 제 옷에 무슨 문제라 있습니까? 오늘은 벼슬 일을 하는 첫날이라 격식을 차리기는 했습니다만 너무 과해서 오히려 모자람만 못한 것인지요? 하하."

나는 대답하지 않았다. 대신 그날 밤 풀리지 않았던 수수께끼가 떠올랐다. 희생자의 비명을 듣자마자 홍왕사로 곧장 달려온 나보다 어떻게 최정이 산길을 빨리 되짚어 홍왕사에 도착할 수 있었느냐는 것. 그 해답은 간단했다. 푸른 비단 도포를 입고 담비 가죽신을 신은 사람이 두 명이면 되는 것이었다. 다시 말해 최정은 애초에 홍왕사를 나간 적이 없고, 최단이 살인을 저질렀다면 가능한 일이었다.

어쩌면 최단은 최정이 홍왕사에 가는 날만 골라서 그와 똑같은 옷을 입고 살인을 저질러왔을 수도 있었다. 최정은 선화와의 밀회를 위해 홍왕사를 자주 찾았으리라. 살인이 난다면 자연스레 이목은 최정에게 쏠리기 마련이다. 나와 금행 역시 그러했다. 그렇다고 최정이 입을 열어 자신의 혐의를 부인하기

281

도 어려웠을 것이다. 선화에게 약점이 잡혀 있으니 결국 그는 살인도, 살인을 덮으려는 여우 놀음도 모두 묵인했으리라. 여기에 더해 석탄으로 나를 죽이려고 했던 행랑채 내외의 시신을 본 금행이 그들을 죽인 자와 난도질을 한 자가 따로 있다는 말을 했던 것도 떠올랐다. 죽인 자가 자객이라면, 난도질한 자는 최단이겠지.

"설마 자네인가? 그간 이 고을의 사람들을 죽여왔던 자가?"

"무슨 소리를 하시는지요? 말씀이 지나치십니다."

나는 군졸에게 아직 옥에 갇혀 있는 사내를 불러오라고 명했다. 하지만 최단이 손을 들어 제지했다.

"잊으셨는지요? 지금부터 이 관아의 주인은 저입니다. 그만 나가주세요. 제가 배웅해드리겠습니다."

최단은 관아의 문을 향해 공손하게 손짓했다. 돌아보니 금행도 낭패스러운 얼굴로 서 있었다. 이제 최단이 금행의 상관이 되었으니, 그의 말을 듣지 않을 수도 없는 노릇이었다. 나는 어쩔 수 없이 동헌 마당을 가로질러 천천히 문 쪽으로 걸어갔다. 최단이 내 옆에 서서 나란히 걸었다.

"자네를 이리 보낸 분이 삼봉 그러니까 부사 어른이신가?"

"글쎄요. 조정의 뜻에 부합되게 처신을 했기에 내린 벼슬이겠지요. 다만 조정에서 저에게 벼슬을 내리겠다 했을 때, 큰 자리는 감당할 만큼의 공이 없으니 제가 나고 자란 이 고을의 감

282

무 자리나 주시면 감사하겠다 말씀을 전했을 뿐입니다."

　짐작하나마나 최단은 처음부터 이 자리를 노리고 고을 백성들에게 화전민들의 땅을 나눠 주었을 것이다. 내가 관아 문을 넘어서자 최단은 깊숙이 고개 숙여 인사했다.

열셋. 다리가 셋인 개를 구하러 가는 감무

그날 밤, 금행이 찾아왔다. 몹시 심란한 표정이었다. 나는 그를 서재로 들이고 아내에게 술상을 봐달라고 했다. 금행은 나와 마주 앉기가 무섭게 말을 꺼냈다.

"최단 그자가 오자마자 제일 먼저 한 일이 무엇인 줄 아나?"

"뭔가?"

"제 형인 최정의 목을 쳤네."

"뭐?"

나는 놀란 나머지 들었던 술잔을 다시 내려놓았다.

"그자는 최정의 목이 떨어지는 것을 보고도 눈 하나 깜짝하지 않더군. 그게 무슨 뜻인 줄 알겠나?"

"사람을 죽이고 피를 보는 것에 익숙한 자라는 말인가?"

"그렇다네."

나는 잠깐 생각에 잠겼다. 이렇게 빨리 최정을 죽인 데에는 이유가 있을 것이다.

"생각해보니 예전에 호장가의 둘째 부인이 나를 만나고 갔었네. 그때 최정의 처분을 물었던 적이 있지. 그때 자네가 좀 더 조사를 해보겠다고 해서 아직 살려두었다는 말을 한 적이 있네. 돌이켜보니 최단이 땅을 나눠 주고 조정의 환심을 사기 시작한 것이 그 직후부터였던 것 같아. 그자는 처음부터 감무 자리를 보고 움직였던 거야. 최정을 아주 없애 혹시 모를 불씨를 영원히 제거하려고."

"그럼, 자객 노릇을 하던 그 사내놈은 어찌 되었나?"

"사라졌네."

"사라져?"

"따로 죄를 묻겠다고 하고 옥에서 빼 갔네."

"어디로?"

금행은 고개를 가로저었다.

"모르겠으니 사라졌다고 한 것이네. 죽였거나, 아니면 또다시 사람 잡는 칼로 쓰겠지."

나는 아랫입술을 질끈 깨물었다. 가슴이 찌르르 아팠다.

"내 불찰이네. 자네 말대로 더 살폈어야 했는데……."

"지난 일을 탓해서 뭣 하겠나? 최정을 죽였으니 이제 우리를 노릴 걸세."

금행은 씁쓸한 듯 술을 털어 넣었다.

"아직 자네에게 말하지 못한 것이 하나 더 있네. 오늘부로 나
는 파직을 당했네. 솔직히 자기 뒤를 캐고 다닌 자를 어찌 가만
두겠나. 이제 자네나 나나 아무런 힘도 없는 백성에 불과하네.
오늘 일을 겪고 보니 최단 그자는 보통내기가 아닐세. 그런 자
가 호장에 감무까지 겸했으니 이제 이 고을에서는 무소불위가
된 걸세. 대비를 해야 하네."

"자네까지 파직하다니……. 내가 정말 안일했어. 우선 자네
하고 수선이는 여기 와 있게. 머물 곳을 내어주겠네. 최단, 그
자가 어떻게 나올지는 모르겠지만, 그래도 우리 집까지 들이닥
치지는 못할 걸세."

"그리하겠네. 참! 어쩌면 오늘 밤에 강씨를 노릴지도 모르겠
네. 최정을 죽인 것을 보면 그 어미인 강씨도 가만두지 않을 것
같아. 암자로 한번 가보겠네."

금행이 일어서려고 하자, 나는 급히 그를 만류했다.

"강씨에게 가지 말고, 지금 당장 수선이에게 가게. 자객이 하
나라는 법은 없어!"

"맞아! 고맙네."

금행은 장지문을 부서질 듯 열어젖히고 곧바로 뛰어나갔다. 나
는 금행이 사라진 자리를 한동안 지켜보다가 남은 술을 비웠다.

자정이 넘은 시각이었다. 걱정이 많으니 통 잠이 오지 않아 서책을 읽었다. 본의 아니게 과거 공부에 열을 올리게 된 셈이었다. 그런데 마당에서 탁, 소리가 났다. 평소라면 개의치 않았겠지만 워낙 신경이 곤두서 있었던 터라 나도 모르게 예민하게 귀를 기울였다. 하지만 이내 잠잠해졌다. 고양이라도 지나간 건가 싶었다. 나는 다시 서책에 집중했다. 그런데 얼마 지나지 않아 장지문 너머 검은색 그림자가 재빠르게 지나가는 것이 보였다. 머리카락이 쭈뼛 서면서 팔에 소름이 돋았다. 금행과 수선이라면 이렇게 은밀하게 움직일 리가 없었다. 틀림없이 자객이다. 나는 책 읽는 소리를 멈추고 숨을 죽였다.

삐걱삐걱, 분명 누군가 마루를 딛고 오는 소리가 들렸다. 나는 재빨리 호롱불을 껐다. 하지만 그와 동시에 검은색 복면을 한 자가 문을 부수고 들어왔다. 나는 급히 몸을 뒤로 뺐다. 그자는 나를 향해 달려오다가 비명을 질렀다. 자객이 들어올 걸 대비해 방바닥에 마름쇠를 촘촘히 깔아두었는데 그것을 밟은 것이었다. 놈은 다리에 힘이 풀린 듯 풀썩 주저앉았다. 마름쇠에 발라둔 맹독이 퍼지기 시작했을 것이다. 놈은 함정에 빠졌다는 것을 깨닫고 엉금엉금 기어서 밖으로 빠져나갔다.

아무리 싸움을 못한다 한들, 독 때문에 맥도 못 추고 전의까지 상실한 자를 그냥 놓아둘 수는 없었다. 나는 마루에 반쯤 몸을 걸친 놈의 발목을 재빨리 붙잡았다. 그때 놈이 단말마의 비명을 질렀다. 보니, 어디서 날아왔는지 화살 하나가 놈의 목을 꿰뚫었다. 목에서 피가 분수처럼 쏟아졌다. 곧바로 놈은 축 늘어졌다. 절명한 것이었다. 놀란 나는 다시 방 안으로 몸을 숨겼다. 그 순간 마당 여기저기에 불이 밝혀졌다. 하인들도 횃불을 들고 모여들었다. 밤중에 무슨 소리가 들리면 횃불을 밝히라고 미리 지시를 내렸기 때문이다. 그러자 타닥, 소리가 건너편 사랑채 지붕에서 들리더니 사람 그림자 하나가 순식간에 사라졌다. 하인들이 쫓으려고 했지만 나는 손을 들어 제지했다. 사람을 죽이는 것을 업으로 하는 자가 얼마나 무서운지는 금행을 봐서 익히 알고 있었다.

그제야 죽은 자를 살펴보았다. 복면을 벗겨봤지만 얼굴이 낯설었다. 이 고을 사람은 아니었다. 옷을 벗겨 몸을 뒤져봐도 나오는 게 없었다. 심지어 들고 있던 검도 잘 벼려지기는 했지만, 그 자루는 아무 표식 없이 투박한 나무로 되어 있었다. 결국 놈의 신원을 확인할 만한 것은 아무것도 없었다.

그런데 위급한 상황은 이것으로 끝이 아니었다. 담장 너머 날카로운 비명 소리가 들렸다. 익숙한 목소리였다. 나는 여러 생각할 겨를 없이 대문을 열고 나갔다. 그 순간, 검은색 복면을 한 또 다른 사내가 아내의 멱살을 붙잡고 칼을 겨누고 있었다. 혹시 변고가 있을까 아내를 본가에 보냈었는데, 아무래도 집안 일이 걱정되어 돌아오다가 이리된 것 같았다. 이대로 눈앞에서 아내가 죽는가 싶었는데, 아내의 등 뒤에서 화살 하나가 날아와 자객의 이마에 꽂혔다. 신기에 가까운 솜씨였다. 놈은 칼을 든 채 스르륵 무너져 내렸다. 그제야 놀란 가슴을 진정시키고 돌아보니 금행이 활을 들고 서 있었다. 그 곁에는 수선이 창백한 얼굴을 하고 있었다. 나는 금행에게 고맙다는 인사를 할 새도 없이 아내에게 뛰어갔다. 아내는 벌벌 떨고 있다가 나를 보자 비로소 품에 안겨 흐느껴 울었다.

그사이 금행은 화살을 맞은 놈에게 다가가 복면을 벗겼다. 이번에는 아는 얼굴이었다. 최단이 감무로 오고 옥에서 사라졌다던 바로 그 사내였다. 그는 자신이 죽을 줄 몰랐던지 눈을 뜬 채였다. 금행과 나는 서로 얼굴을 마주 보았다. 일어나지 말았으면 했던 일이 기어코 일어나고야 말았다. 그것도 내 생각보다 훨씬 빨리.

그날 밤은 집 안 곳곳에 불을 밝혀두고, 하인들로 하여금 본가와 우리 집을 번갈아가며 순찰을 돌도록 했다. 금행은 검과 활을 곁에 두고 허리를 꼿꼿이 편 채 마루에 앉아 집안 곳곳을 예리한 눈으로 살폈다. 안채에는 아내와 수선이 함께 머물게 했다. 하지만 불안한 마음이 가시지 않았다.

뜬눈으로 밤을 지새웠다. 으스름하게 새벽이 밝아오자 여우다, 여우가 나타났다, 외치는 소리가 들리기 시작했다. 정신이 번쩍 들었다. 이게 또 무슨 소리인가 싶었다. 한동안 사라졌던 여우가 다시 나타나다니. 나는 대문 밖으로 나가보았다. 군졸들이 돌아다니면서 여우가 나타났다는 말을 외치고 다녔다. 나는 지나가던 군졸 하나를 붙잡고 이게 대체 무슨 영문인지 물었다. 그는 지난밤에 강씨가 암자에서 참혹하게 죽임을 당했다고 했다. 시신이 알아볼 수도 없게 난도질을 당했는데, 여우 짓이 틀림없어 보인다고도 했다. 나는 당장 암자로 가려고 했다. 그런데 어느새 따라 나온 금행이 내 어깨를 붙잡았다.

"정신 차리게."

"무슨 소린가? 여우가 다시 나타났다고 하지 않은가? 살펴봐야 하네."

"알고 있네. 하지만 이전과 다르다는 걸 모르겠는가?"

"이전과 다르다니?"

"지금 누가 여우가 나타났다고 외치고 다니느냐 말일세."

"그야……."

맞다. 그러고 보니 호장가의 순라꾼들이 아니라 군졸들이 고을을 돌아다니고 있었다.

"자네를 보호해줄 사람은 이 고을에서 아무도 없다는 말이네. 게다가 이제는 놈이 몸을 사릴 일도 없어. 섣불리 나갔다가 무슨 꼴을 당할지 모르네."

나는 문간에 주저앉았다. 나와 금행이 목숨을 걸고 해왔던 일이 이렇게 한순간에 사라지다니. 되살아난 여우 앞에 깊은 무력감을 느꼈다.

하지만 무력감을 느낄 일은 또 있었다. 최단이 군졸들하고 우리 집에 들이닥친 것이었다. 지난밤 이 집을 습격한 자객들의 시신을 찾으러 왔다고 했다. 금행이 앞으로 나섰지만 군졸들이 창을 겨누고 있어서 어쩌지 못했다. 최단은 시신들을 잘 검시해서 반드시 배후를 밝히겠다고 호언장담했다. 그러나 그후로 감감무소식이었다. 배후가 배후를 밝힐 리 없었다. 다만 이것으로 최단이 무슨 짓을 하건, 이 고을에서 그를 말릴 사람은 아무도 없다는 점만은 명백해졌다.

이제 내가 할 일은 개경으로 가서 도움을 요청하는 것이었다. 감무도 호장도 이 일을 해결하지 않는다면 조정에 이 무도하고 불의한 일을 알리는 수밖에 없었다. 그러나 그마저도 쉽지 않았다. 본가와 우리 집 주변에는 검과 활로 무장한 호장가의 사병과 군졸들이 끊임없이 돌아다녔다. 명분상으로는 자객에게 습격당한 우리 집을 보호한다는 것이었지만 집 밖을 나서면 죽이겠다는 협박이나 다름없었다.

나는 최단에게 사람을 보내 우리를 보호해줄 필요가 없으니 사람을 물려달라고 몇 번을 청했으나 꿈쩍도 하지 않았다. 뿐만 아니라 필요한 것을 사기 위해 장으로 보낸 하인 두 명이 재를 넘다가 죽어서 돌아오기까지 했다. 군졸들이 시신을 데리고 와서 집 앞에 부려놓으며 여우에게 당한 것 같다 말하고는 떠났다. 덮어놓은 거적을 치워보니 역시나 시신들은 알아보기 어려울 만큼 참혹하게 난도질되어 있었다. 이쯤 되자 하인들조차 밖으로 나가지 않으려 했다. 목숨이 달린 일이라 차마 그들을 어찌하지 못했다. 이 모든 것이 겨우 닷새 만에 벌어졌다. 최단이 폭주하고 있는 모양이었다.

나는 아무 일도 하지 못했다. 정확히는 도대체 무엇을 해야 할지 몰랐다. 서책을 읽어도 눈에 들어오지 않았다. 과거를 보러 집 밖으로 나갈 수조차 없으니 글을 읽어서 무엇 하랴 싶었다. 나와 식솔들은 그야말로 하릴없이 집 안에 유폐되어버린 꼴이었다. 아내도 금행도 그리고 수선과 하인들도 모두 나를 바라보고 있었지만, 나는 방문을 걸어 잠그고 멍하니 지냈다. 불안하고 무기력했다.

하루는 수선의 아비가 찾아왔다 돌아갔다. 나는 방 안에 틀어박혀 있느라 그 사실도 알지 못했다. 금행이 아내가 쥐어준 술병을 들고 찾아와 말을 건넨 덕분에 그런 일도 있었다는 것을 겨우 알았다.

"그래서 도사께서는 뭐라고 하던가?"

"이 고을을 떠나시겠다고 하더군. 집 주변에 모르는 사내들이 어슬렁거리는 것도 무섭고, 고을의 아녀자들이 죽어 나가니 분위기도 흉흉하기 짝이 없어 도저히 사람 살 곳이 못 된다 한

탄하셨네."

"그럴 만도 하지. 최단이 놈이 저리 흉포하고 간교하게 굴고
있으니……."

"남의 일처럼 말하는 것 같네."

나는 쓴웃음을 지었다.

"장인어른께서 나와 수선이도 함께 가자고 하더군."

나는 놀라 금행을 쳐다보았다. 친구가 떠나는 것도 아쉬운
일이지만, 그나마 금행이 있어서 든든한 것도 사실이었다. 그
가 없었다면 진즉에 자객이 들이닥쳐 내 식솔들의 목숨을 가져
갔을지도 모를 일이었다.

"그래서 자네는 어찌할 생각인가?"

"그러는 자네는 어찌할 생각인가?"

금행은 대답하지 않고 내게 되물었다.

"글쎄, 자네가 떠난다면야 붙잡을 수 없지 않겠는가? 자네도
살아야지."

"그럼, 자네는? 아니, 자네는 그렇다 치고 제수씨와 자네 부
모님은? 무사할 수 있을 것 같은가?"

나는 아무 말도 하지 못했다. 그저 술잔만 들이켰다.

"제수씨께서 빚어놓은 술은 이것이 마지막이라고 전해달라
더군."

"그런가? 아껴 먹어야겠네. 허허."

나는 빈 잔에 술을 따라놓고 멍하니 바라보기만 했다.

"정말 아껴 먹을 작정인가?"

"그럼 어찌해야 한단 말인가?"

나는 울적한 얼굴로 푸념했다. 금행은 그런 나를 가만히 지켜보다가 갑자기 술상을 들어 바닥에 내팽개쳤다. 잔과 술병이 나뒹굴면서 술이 쏟아졌다.

"어쩌자고 이 아까운 술을……."

금행은 내 말이 끝나기도 전에 내 멱살을 거머쥐었다.

"술이 다 떨어졌으면 나가서 술을 채우게!"

"나가면 죽는데 어찌 밖으로 나가겠나?"

금행은 내 얼굴에 주먹을 날렸다. 나는 비명을 지르면서 얼굴을 감싸 쥐었다. 금행은 자리에서 일어서서 나를 내려다보았다.

"이 정도밖에 안 되는 인물인가? 몇 년 전에 이름도 모르는 고을 사람들을 위해 불가살이를 안다고 나섰던 사람은 대체 어디 갔나? 이름 모를 이들을 위해 목숨도 거는 사람이 왜 자네와 자네 가족을 위해서는 목숨을 걸지 않나? 어찌 되었건 자네도 이 고을의 감무였네. 왜 죽어 나가는 이 고을 사람들에게 아무런 책임감도 없는가? 사람을 죽여서 즐거움을 찾는 최단이 원흉인 것도 맞지만, 감무 자리에서 섣불리 내려온 자네 탓도 없다고 하기 어렵네. 자네는 최단이 언제까지 두고 볼 거라고 생각하는가? 그자가 사병을 더 끌어모아 힘을 키워 다시 이 집을 습격이라도 한다면 그때는 어찌할 텐가? 나가서 죽으나 앉아서 당하나 매한가지일세. 그렇다면 차라리 부딪혀보고 죽는 게 낫지 않겠나? 나는 지금 할 수 있는 게 없네. 그저 개처럼 집을 지키는 게 전부지. 하지만 자네는 개경에 닿기만 하면 할 수 있는 일이 있지 않나. 죽기 싫어서, 겁에 질려서, 살 방도가 있는데 찾지 않을 이유가 무엇인가?"

금행은 본래 이렇게 말이 많은 사람이 아니었다. 분명 그동안 참아왔던 말을 쏟아낸 것이리라.

"하루 주겠네. 그동안 아무 답변도 내놓지 않으면 나는 정말 여기를 떠나겠네."

금행은 방문을 부서질 듯 열어젖히고 밖으로 나갔다. 나는 얼굴을 감싸 쥔 채 누워 있었다. 아픔은 가신 지 오래였다. 그럼에도 고개를 들지 못했던 것은 금행을 볼 낮이 없어서였다.

이상하게도 밤새 아버지를 생각했다. 집안을 멸문 위기에 몰아넣고도 낙향해서 은둔해버린 그를 나는 존경해본 적이 없었다. 하지만 아버지는 그 모진 고신을 받아본 사람이었다. 솔직히 나는 그게 두려웠다. 물론 아버지도 두려웠을 것이다. 그러나 아버지는 어떻게든 살아가고 있다. 고신을 이겨내고 말이다. 나는 때가 왔다는 것을 깨달았다. 무엇인가를 감당해야 할 때. 그리고 내 운명을 시험할 때. 다만 지금까지 나는 그것을 외면하고 있었을 뿐이다. 이제 진짜 여우가 나타났으니, 그놈을 처리할 영물 삼족구를 구해 와야겠다고 마음먹었다.

오랜만에 방문을 열고 마당으로 나갔다. 마침 금행이 검과 활을 들고 서 있었다. 아마도 자객을 경계하고 있는 것이리라. 수일을 단 하루도 거르지 않고 저리했을 그가 새삼 고마웠다. 나는 금행에게 다가갔다. 그는 부어올라 있는 내 얼굴을 보고, 슬쩍 시선을 피했다.

"괜찮은가?"

"괜찮지 않네."

나는 미소 지었다.

"괜찮은가 보군."

금행이 무뚝뚝하게 되받았다.

"맞아. 아직은 괜찮네. 앞으로는 어떻게 될지 모르겠지만."

"무슨 말인가?"

"내 운을 시험해보려고 하네."

"운을 시험하다니 갑자기 무슨 뚱딴지같은 소린가?"

"여기서 말을 타고 개경까지 달려갔을 때, 살아남을지 아니면 죽게 될지 시험해보려고 하네. 어제 내게 답을 달라고 했지? 이게 내 답이네."

"자네 혼자 가는 것은 위험해. 내가 동행하지."

"그러지 말게. 염치없지만 자네는 여기서 내 식솔과 제수씨를 지켜주게. 자네가 없으면 이 집이 위험해질 걸세. 만약 내가 죽으면 제수씨를 데리고 여기를 떠나게. 다만 이 고을을 무사히 빠져나간다면 개경의 내 외가에 들러 이 변고를 알려줘. 그것만 부탁하네."

"죽는다는 말은 못 들은 걸로 하지. 죽는다고 생각하는 순간 죽어. 무슨 일이 있어도 살아남는다고 생각하게."

"알겠네. 그리고 때려줘서 고마우이. 이 원수는 살아 돌아와서 갚지. 그때까지 자네도 버텨주게."

나는 금행의 손을 잡았다. 금행도 내 손을 맞잡아주었다.

그길로 개경에 갈 준비를 했다. 과거를 볼 수 있게 짐을 싸고 본가로 갔다. 아버지와 어머니에게 과거를 보러 가겠다고 했다. 아버지는 시큰둥했다.

"바깥도 흉흉한데 떨어질 과거를 뭐 하러 보러 가느냐? 그냥 집에 있거라."

"이번에는 붙으러 갑니다."

나는 전에 없이 자신만만하게 대답했다. 순간 아버지의 눈시울이 빨개졌다.

"속히 가거라."

아버지는 고개를 돌리며 말했다. 그럼에도 목소리가 살짝 떨리는 것은 감출 수가 없었다. 나는 아버지와 어머니에게 큰절을 올렸다. 아버지는 절을 받는 둥 마는 둥 했다. 대신 어머니가 건네주는 손수건을 받았다.

마구간으로 가 말을 끌고 나왔다. 집 밖으로 나서기 전 멀리 개경으로 가는 길을 가늠해보았다. 아무리 운을 시험한다 해도 무턱대고 하늘에 모든 것을 맡길 수만은 없는 노릇이었다. 나는 여러 가지 변수와 이에 따라 바꿔야 하는 다른 경로들을 하나하나 떠올려보았다.

하인이 대문을 열어주자마자 나는 말에 채찍질을 하며 달렸다. 호장가의 사병들이 어리둥절하며 쏜살같이 빠져나가는 나를 지켜보았다. 심장이 세차게 뛰기 시작했다. 예상외로 고을 어귀까지는 쫓아오는 자가 없었다. 그러나 재를 넘기 위해 산길로 들어서고 얼마 지나지 않아, 마치 기다리고 있었던 것처럼 말발굽 소리가 들려왔다. 나는 뒤돌아보지 않았다. 나와 상관없는 자들이라면 뒤돌아볼 필요가 없는 것이고, 나를 쫓는 자들이라면 더더욱 뒤를 돌아봐서는 안 되는 것이었다.

얼마나 달렸을까. 말발굽 소리가 부쩍 가까워졌다 싶더니 쉭, 소리가 귓가를 스쳤다. 화살 하나가 내 앞에 있는 소나무에 박혀 바르르 꼬리를 떨었다. 이제 정말 운을 시험할 순간에 온 것이었다. 나는 말에 더욱 채찍질을 하면서 전력으로 달아났다. 하지만 나를 뒤쫓는 말발굽 소리는 점점 가까워질 뿐이었다. 이대로 계속 가다가는 따라잡히는 것은 시간문제였다. 나는 두 번째 경로를 떠올리며 말 머리를 돌렸다.

개울 한가운데를 거슬러 오르며 말을 달렸다. 말 발자국을 가리기 위해서였다. 일 리 정도를 달린 후 말만 건너편 기슭으로 보냈다. 그리고 나는 수초가 우거진 곳으로 걸어간 다음, 개울을 벗어나 근처 덤불 속에 몸을 웅크렸다. 처음으로 추격꾼들을 따돌려보는 것이라, 이 꾀가 먹힐지 알 수 없었다. 몸을 숨긴 지 얼마 되지 않아 첨벙거리는 물소리가 들려왔다. 나를 뒤쫓던 자들도 개울로 말을 몰고 있는 모양이었다. 꽉 쥐고 있는 두 손에 땀이 흥건하게 고였다. 나는 머리카락 한 올이라도 들킬세라 더욱 몸을 웅크렸다.

물소리가 잠깐 멈췄다. 덩달아 내 심장도 멈출 것 같았다. 이어 추격꾼 음성이 들려왔는데, 세 명 정도인 것 같았다. 무슨 이야기를 나누나 싶어 귀를 기울였다. 하지만 주고받는 말을 제대로 알아듣기는 어려웠다. 얼마 지나지 않아, 다시 첨벙거리는 말 발자국 소리가 나더니 점점 멀어졌다. 개울을 따라 계속해서 앞으로 나아가는 것 같았다. 몸을 일으키려 하다가 멈칫했다. 놈들은 셋이다. 그중 하나라도 남아 있으면 낭패였다. 나는 계속해서 몸을 웅크리고 주변에서 들려오는 인기척에 신경을 곤두세웠다. 아니나 다를까, 다시 첨벙거리는 소리가 났다. 직감이 맞았다. 마지막 말 발자국 소리가 멀어지는 것을 들으며 가슴을 쓸어내렸다.

안전해졌다 싶었을 때, 덤불 속을 빠져나왔다. 아랫도리는 진흙투성인 데다 갓도 삐뚤어져 있었지만 고쳐 맬 생각조차 하지 못했다. 이제는 말도 없기 때문에 한시라도 빨리 숲을 벗어나야 했다. 가파르기는 하나 개경까지 가는 가장 가까운 길을 가늠한 다음, 있는 힘을 다해 내달렸다. 범이 나온다는 말을 들었지만 붙잡혀 죽는 길을 택하기보다 물려 죽는 길을 택하는 것이 더 현명한 판단이라고 믿었다.

해가 뉘엿뉘엿 지도록 산길을 빠져나가지 못했다. 게다가 조금 전부터 무언가 나를 계속 주시하면서 따라붙는 것 같은 느낌이 들어서 더욱 마음이 급했다. 범이 나를 노리고 있는 것이 아니기를 빌고 또 빌었다.

사위가 어둑어둑해질 무렵, 기어이 나를 따라잡은 것은 범이 아니라 추격꾼들이었다. 멀리 산 아래부터 들려오는 날카로운 말 울음소리에 내려다보니, 추격꾼들이 산길을 질주하고 있었다.

얼마 지나지 않아 추격꾼들을 등 뒤에 두고 쫓기는 신세가 되었다. 개경이 지척이었지만, 말들을 따돌릴 만큼 내 두 다리가 빠를 수는 없었다. 결국 나는 추격꾼들에게 포위되고 말았다. 차고 있던 검을 어쭙잖게 빼 들었지만 검 끝이 속절없이 바들바들 떨렸다. 추격꾼들은 말에서 내리면서 비웃음을 흘렸다. 그중 맨 앞에 선 자는 오늘 일이 생각보다 일찍 끝나게 생겼다며 히죽거리기까지 했다.

이제 내 운도 다했구나 체념하고 있는데, 어디서 날아왔는지 그자의 가슴 가운데 화살이 꽂혔다. 놈은 영문을 모르겠다는 듯 눈을 크게 떴다가 풀썩 무릎을 꿇었다. 그대로 절명한 듯싶었다. 뒤를 돌아보았다. 언제부터 숨어 있었는지 왜구 복장을 한 사람들이 하나둘 모습을 드러냈다. 그렇다! 이 산에 출몰하는 것은 범뿐만이 아니었다. 가왜들도 있었다. 가왜 중 두 사람이 동시에 활을 쏘았다. 남아 있던 추격꾼들도 가슴에 활을 맞고 쓰러졌다. 나는 긴장이 풀린 나머지 그 자리에 주저앉았다.

가왜들은 추격꾼들의 몸을 뒤져 활과 화살 그리고 검을 빼앗았다. 그리고 내게 다가와 나의 몸도 뒤지기 시작했다. 이들이 나를 알아봐서 추격꾼을 물리쳐준 것이 아니었다. 나는 갖고 있던 검을 순순히 내놓으며 주위를 두리번거렸다. 가왜들은 나를 묶기 시작했다. 생각지도 못한 위기였다. 다급해진 나는 소리를 질렀다.

"나를 못 알아보겠소? 불가살이 때, 댁들 앞으로 나섰던 선비요."

그제야 노인 하나가 사람들을 헤치고 모습을 드러냈다.

"선비님 아니십니까?"

노인이 달려와 내 양팔을 붙들었다. 몇 년 전, 가왜들의 우두머리 노릇을 하던 노인이었다. 나는 노인을 꼭 끌어안았다. 이제야 진짜 살았다 싶었다. 내 운이 여기서 끝이 아니었던 것이다.

산길을 내려가면서 나는 노인에게 그간의 일을 모두 말해주었다. 그는 우선 자신들의 마을에서 밤을 보내고, 이른 아침에 개경까지 호위해주겠다고 했다. 이번에는 노인의 제안을 기꺼이 받았다.

겨우 하루 밤낮을 달려왔지만, 개경에 당도하고 보니 그야말로 감개무량했다. 살면서 여기가 이리도 반가웠던 적이 있었나 싶을 정도였다. 헤어지기에 앞서 나는 노인과 마을 사람들에게 두 번 세 번 인사하며 고마움을 표했다. 그리고 사라져가는 그들의 뒷모습을 보면서 이런 세상이라도 백성들은 제법 의리가 있다는 금행의 말이 새삼 떠올랐다.

나는 외숙부 댁에 짐을 푼 다음, 본가가 처한 상황을 고했다. 그리고 사람을 보내 가족을 지켜주기를 청했다. 외가는 검을 쓸 줄 아는 문객(門客) 십여 명 정도를 거느리고 있었다. 홍건적과 왜구를 거치며 지체가 있는 가문에서 사병을 조직하거나 문객을 대접하는 것은 흔한 일이었다. 외숙부는 즉시 문객 모두를 본가로 보내주었다. 이들이 금행과 힘을 합친다면 호장가의 사병과 군졸 정도는 그럭저럭 막아낼 수 있을 것이다. 이로써 나는 조금 마음을 놓을 수 있었다.

방비를 했으니, 이제 나도 공격을 할 차례였다. 밤이 되기를

302

기다렸다가 정도전을 찾아갔다. 그런데 그의 표정이 이전과는 사뭇 다르게 냉랭해 보였다. 차나 술을 내오라는 분부도 내리지 않았다. 나는 그저 적막한 탁자에 그와 마주 앉았다.

"과거가 얼마 남지 않았네. 이럴 때일수록 선비는 몸조심을 해야 하는 법이네. 어찌 찾아왔는지 용건만 간단히 말하게."

"그럼, 저도 생각해온 바를 곧바로 말씀드리겠습니다. 이번에 보니 감무 자리에 제가 추천한 사람이 아닌 다른 이가 내려왔습니다."

"그걸 따지러 온 건가? 나는 자네에게 자네의 친구를 그 자리에 앉히겠다는 약조를 한 적이 없네. 자네가 율재의 아들이기 때문에 한 번 부탁을 들어주었을 뿐. 어찌 사사롭게 두 번 세 번 요구를 들어주겠는가. 마침 조정의 뜻과 같이하는 자가 그 고을에 있어서 그리했을 뿐이네."

"그렇다면 부사 어른께서는 최단이라는 자와 사사로운 관계가 없다는 말씀이십니까?"

"자네 고을에 감무로 간 자의 이름이 최단인가? 나는 잘 알지 못하네. 지금 내게 사사로이 자리를 주었다고 추궁이라도 할 모양인가? 자네가 아무리 내 친구의 아들이라 하나, 예의를 차리게."

정도전은 매우 불쾌한 기색을 내비쳤다. 나는 굴하지 않고, 그의 날카로운 눈빛을 맞받았다.

"저는 그저 부사 어른을 믿을 수 있는지 알고 싶을 뿐입니다. 약조를 지키시는 분인지 아닌지."

"별소리를 다 듣는군. 약조는 지킬 필요가 있으면 지키는 것이네. 그러는 자네는 내게 뭘 맡겨두기라도 한 것인가? 오는 게 있어야 가는 게 있지 않겠나? 계속해서 원하기만 하는 자와의 약조는 지키고 싶은 마음이 없네만."

"그럼, 제가 부사 어른이 원하는 걸 드리면 약조를 지키시겠습니까?"

"그게 무엇인지 먼저 들어볼 수 있겠나?"

정도전은 내 쪽으로 몸을 기울이며 물었다. 나는 잠깐 머뭇거리다가 목소리를 다듬고 최대한 진중하게 말했다.

"부사 어른의 당여가 되고자 합니다."

"자네는 여태껏 당여가 되기를 거절해왔네. 그런데 갑자기 마음을 바꾼 이유가 무엇인가?"

"제 가족과 친구를 살리기 위해서입니다."

나는 최단이 감무가 된 이후 고을에서 벌어진 일에 대해 들려주었다. 그리고 당여가 되고자 하는 이유를 마지막에 확실하게 못 박았다.

"제가 당여가 되고, 또 과거에 붙게 되면 어사 자리를 내주십시오. 최단같이 부패하고 무도한 자를 확실하게 처단하는 조정의 칼이 되겠습니다."

내 말이 끝나자 정도전은 한동안 나를 물끄러미 바라보았다. 그러고는 호탕하게 웃었다.

"하하하. 여전히 사사롭네그려. 이제는 사사로운 것을 숨기지도 않고 말이야. 그렇지만 좋아. 대의니 명분이니 하는 것들이 사사롭지 않은 동기에서 출발한 것들이 있던가? 한고조가 나라를 세운 것도 사사로이 관리를 죽인 일 때문 아닌가?"

"맞습니다. 부사 어른."

나는 당여가 되기로 결심한 터라 적당히 맞장구를 쳐주었다. 그런데 갑자기 목소리를 낮추며 말했다.

"자네의 뜻이 그렇다면 여기서 잠깐 기다리게."

정도전은 자리에서 일어나 어디로 간다는 말도 없이 사랑채를 나갔다. 대체 무엇 때문에 사람을 기다리게 하나 싶어 괜히 초조했다. 병풍에 그려진 초충도를 쳐다보았지만 풀도 벌레도 눈에 들어오지 않았다. 다만 사랑채 바깥에서 들려올 발소리에만 귀를 기울이고 있었다.

정도전은 향 한 대가 다 타들어갈 시간이 지나서야 황금색 비단으로 싼 것을 품에 안고 돌아왔다. 나는 자리에서 일어나 정도전을 맞았다. 그는 내게 다시 앉으라 권하고는 비단 꾸러미를 풀었다. 그 안에 든 것을 내 앞으로 내밀었다. 글자가 빼곡하게 적힌 기왓장이었다.

"읽어보고, 이름을 올리게."

나는 기왓장에 쓰인 글자를 읽어 내려갔다. 거기에는 작금의 어지러운 정세를 간단히 논한 이후에 당여가 뜻을 모아 이 나라를 바꿔보자는 내용이 적혀 있었다. 그 아래에는 이성계를 필두로 정도전, 조준, 하륜 등 사대부 당여의 이름이 있었다. 일종의 비밀 연판장이었다. 나는 마른침을 삼키지 않을 수 없었다. 보기에 따라서는 역적모의를 작당했다고 해도 할 말이 없는 내용이었다. 만약 이성계가 무너지고 누군가 조정의 전권을 잡게 된다면, 이 연판장에 이름을 올린 자들은 그야말로 멸문지화를 당하게 될 게 뻔했다.

나는 정도전을 올려다보았다. 그는 팔짱을 낀 채 무표정하게 나를 지켜보고 있었다. 분위기가 심상치 않았다. 이것을 본 이상 여기에 이름을 올리지 않으면, 나는 살아서 개경 땅을 빠져나가지 못하리라. 대신 이 연판장에 이름을 올리면 죽을 때까지 이들과 함께해야 한다. 다시 말해 포은, 목은, 야은 등 이성계 일파와 대립하고 있는 사대부들과 척을 지는 일도 마다하지 않아야 한다. 하지만 나로서는 선택의 여지가 없었다. 피할 수 없는 것을 맞닥뜨렸으니 이제는 맞설 뿐. 다시 한번 내 운을 시험해보기로 했다. 정도전이 건네준 붓을 들고 모든 이름의 가장 왼쪽 끝에 내 이름을 기입했다. 정도전은 흐뭇하게 미소 지었다.

"어사 자리는 걱정 말게. 이제 당여가 아닌가? 과거에 붙기나

하게."

정도전에게 깊숙이 고개를 숙였다. 한배를 탔으니 잘 봐달라는 뜻이었다. 물론 나 역시 충성을 다하겠다는 뜻이기도 했다. 주는 게 있어야 오는 게 있는 법이니.

과거는 열심히 봤다. 어쩐지 떨어지지 않을 자신이 있었다. 공부를 워낙 오래 해온 탓도 있지만, 시험을 주관하는 지공거가 당여였다. 닷새 뒤에 결과가 나왔다. 급제였다. 당연히 장원은 아니고 딱 중간이었는데, 너무 낮지 않은 벼슬을 받기에 적당했다. 정도전은 당여한테만큼은 확실하게 약조를 지키는 인물이었다.

약속대로 나는 어사가 되었다. 다만 암행을 하라는 명을 받았다. 아무리 조정을 장악하고 있는 세력의 당여라 해도 주위에서 보는 눈이 있는 터라 벼슬길에 처음 나선 자에게 어사라는 직책을 내리는 것이 부담스러웠을 터였다. 그나마 몸을 숨기고 다니면 눈에 덜 띌 수 있으니 암행을 하며 어사 일을 하도록 한 것은 정도전이 나름대로 생각해낸 고육책이리라. 여기에 또 하나 골치 아픈 조건이 붙었다.

"자네도 짐작하겠지만 향리에 문제가 생겨도 곧바로 군졸을 파견해서 자네를 도와주기가 쉽지 않아. 지금까지 향리의 문제는 호장들에게 맡겨서 문제를 해결해온 탓에 조정의 명이 잘 닿지를 않네. 그렇다고 이들을 힘으로 제압하는 것도 어렵네.

비록 우리가 조정을 장악했다고는 하나, 조정 내에 세족들의 세력이 만만치 않고 향리로 내려가면 더욱 그렇다네. 저들이 하나로 뭉쳐 들고 일어나기라도 하면 오히려 우리가 위험해지겠지. 내 말 무슨 뜻인지 알겠나?"

나는 고개를 끄덕였다. 한마디로 알아서 하라는 뜻이었다. 호장 정도의 세력이면 관아의 군졸들을 동원해서 족치면 된다. 하지만 세족은 감무를 움직여서는 어림도 없다. 그들이 조직한 사병이 관아의 군졸 수를 가볍게 넘을 것이기 때문이다. 최단도 골치 아프기는 매한가지다. 그는 호장이자 감무이다. 관아의 군졸을 동원하는 것이 불가능하다. 오히려 관아의 군졸들이 나를 노릴 수도 있었다. 어떤 의미에서 그자는 세족이나 다름없었다. 그렇다고 빈손으로 돌아다닐 수도 없는 노릇이었다.

나는 두 가지를 요구했다. 첫 번째는 금행이었다. 그래도 검을 쓸 줄 아는 자가 옆에 있으면 든든하다. 게다가 금행을 그냥 두었다가 세족의 사병으로 들어가기라도 한다면 나의 반대편에 서게 될 수도 있었다. 때문에 일단 금행을 다시 대정으로 임명해서 내 곁에 붙여놓는 편이 나았다. 두 번째는 내 신분을 증명할 수 있는 것을 달라고 했다. 사람을 동원하려면 내가 조정의 관리임을 증명할 수 있는 수단이 필요했다. 군졸을 동원할 수 없으면 백성이라도 동원해야 했다. 나는 가왜를 떠올렸다. 민심을 잃고 있는 자라면 백성들이 들고 일어나줄 거라고 생각

308

했다. 정도전은 내 두 가지 요구를 모두 들어주었다.

나는 곧바로 떠나지 않았다. 먼저 외숙부 댁에 머물면서 사람을 보내 금행을 불러들였다. 금행도 다시 조정 일을 하게 됐으니 관인을 받을 필요가 있었다. 낮에는 금행이 일을 보도록 하고, 저녁에 그와 마주 앉았다. 한 달 정도 떨어져 있었지만 수척해 보이거나 근심 있어 보이지는 않았다. 나는 외숙모가 특별히 마련해준 가양주를 금행 앞에 내어놓았다. 술병부터가 은은한 비췻빛이 도는 청자라서, 지금까지 마셔온 술과는 격이 달라 보였다.

"들어보게. 나도 어쩌다 한 번 얻어 마실까 말까 한 술이네."

금행은 술잔을 들어 한 모금 마신 다음, 입 안에서 이리저리 굴렸다.

"확실히 좋은 술이네. 그래도 나는 자네 집에서 내린 소주가 제일 좋네."

"이 사람. 이제 장가도 드는데 남의 집 술맛을 못 잊어서 어떡하나? 내가 아내에게 말해서 제수씨에게 비법 좀 전수하라고 해야겠네."

"그것도 좋은 방법일세."

나는 잔을 들어 금행과 건배했다.

"그나저나 어사가 되었으면 속히 가서 최단 그자를 처치해야

지, 여기서 나하고 한가하게 술잔이나 기울여서 어떡하겠다는
건가?"

"자네 말이 맞지만 조정에서 군졸을 내어줄 수 있는 처지도
아닌데, 무턱대고 쳐들어갈 수는 없지 않은가?"

"나를 포함해서 자네 외숙부 댁에서 보내준 문객 정도면 충
분하네."

"물론 그 정도면 관아는 제압할 수 있겠지. 하지만 호장가와
홍왕사는?"

"최단만 잡으면 되는 것 아닌가? 한꺼번에 다 때려잡을 필요
가 있나?"

"이왕 칼자루를 잡은 김에 한꺼번에 다 해결하고 싶네. 뿌리
를 남겨두면 또 다른 최단이 나올지 어찌 아나? 그리고 무엇보
다 새로운 이야기를 만들어서 퍼뜨리고 싶네."

"또 이야기 타령이군. 그래 이번에는 무슨 이야기를 만들고
싶나?"

"어사가 백성들과 함께 탐관오리를 내쫓는 이야기."

"그런 이야기를 만들어야 하는 이유는 뭔가?"

"백성이 함께 나서야 벼슬아치들도 그들을 무서워하지 않겠
나."

"딴에는 그럴듯하네만. 그런 이야기를 어찌 만들 셈인가?"

"이미 가왜 이야기가 있으니, 거기에 조금만 덧붙이면 될 걸세."

나는 비어 있는 금행의 잔에 술을 채워주고 내 잔에도 술을 채웠다. 그리고 잔을 부딪쳤다. 나로서는 꽤 비장한 건배였다. 비로소 그놈의 여우와 모든 것을 걸고 담판을 지어야 하기 때문이었다.

준비할 것을 이른 다음, 금행을 고을로 돌려보내고 나는 혼자 돌아왔다. 암행을 해야 했기 때문에 당연히 조정에서는 내 급제 사실을 함구했다. 덕분에 적어도 이 고을에서는 금행 말고 나의 급제를 아는 사람은 아무도 없었다. 고을에 들어서기 전, 나는 최대한 과거에서 낙방한 선비 같은 모습을 꾸몄다. 갓도 찌그러뜨리고 두루마기에 흙도 묻혔다. 오는 길에 산적을 만났다가 가까스로 빠져나온 행색처럼 보이고 싶었다. 실제로 추격꾼들에게 쫓길 때 이런 모습이었으니.

고을 어귀에 들어서자마자 누군가 나를 따라붙는 느낌이 들었다. 나는 괴나리봇짐을 멘 손에 단단히 힘을 주고 종종걸음을 했다. 관아 근처로 다가가자 예상대로 숨어서 나를 따라오던 자들이 모습을 드러냈다. 나는 크게 숨을 한 번 들이켠 다음, 무슨 일로 앞을 가로막는 것이냐 물었다. 하지만 놈들은 대꾸 없이 내게 덤벼들었다. 이 역시 예상했던 일이었다. 나는 소리를 지르며 달아나는 척했다. 하지만 이들의 힘을 당해낼 수는 없었다. 순식간에 이들에게 포박당해 관아로 옮겨졌다.

나는 동헌 마당에 내던져졌다. 엉덩이가 먼저 바닥에 부딪혔음에도 꼬리뼈가 아플 지경이었다. 어이쿠, 비명이 저절로 나왔다. 아마도 매우 볼썽사나운 모습이었을 것이다. 최단은 동헌 마루에 앉아 한심하다는 얼굴로 나를 내려다보았다. 그의 뒤에는 다섯 명의 사병이 병풍처럼 둘러서 있었다. 나는 자리에서 일어나 냅다 소리를 질렀다.

"이게 뭐 하는 짓이냐? 조정에서 온 사람을 이리할 수 있단 말이냐?"

최단은 피식 웃었다.

"조정? 요즘에는 조정에서 그런 행색으로 나오는 거요? 죽기 싫어서 허세를 부리는 거라면 그만두시오. 괜히 헛심만 쓰는 것이니."

"조정 관리를 함부로 죽이는 것은 대죄임을 모르는가?"

"자꾸 조정에서 나왔다니 뭐 관인이 찍힌 문서라도 있는 거요? 이미 급제자 명단은 확인했지만 돌다리도 두드려보고 건너는 법이니 확인이라도 한번 해보겠소."

최단은 군졸들에게 눈짓을 했다. 군졸들이 몰려와 괴나리봇짐을 빼앗은 후에 내가 입고 있던 두루마기까지 벗겼다. 마치 이라도 잡는 것처럼 꼼꼼하게 살폈다. 하지만 관인이 찍힌 문서 같은 것은 나오지 않았다.

"과거에 낙방을 거듭하다가 정신이 나간 선비가 여럿이라더니, 댁을 두고 하는 말인 듯하오."

최단은 헛웃음을 짓고 난 다음에 군졸들에게 손짓을 해서 나를 끌고 가라고 했다. 군졸들이 내 양팔을 붙잡자, 나는 몸에 손대지 말라고 호통을 쳤다. 한때나마 내 아래에 있던 자들이라 그랬는지 움찔했다. 그와 동시에 쿵, 소리가 나면서 관아의 문이 활짝 열렸다. 이어 금행과 문객들이 관아로 뛰어들어왔다. 동헌에 도열하고 있던 군졸들이 막아섰지만 금행과 문객들을 막기에는 역부족이었다. 최단 곁에 있던 사병들은 그를 호위하며 검을 빼 들었다. 최단은 자리에서 일어나 오만한 눈빛으로 금행과 문객들을 훑어보았다.

"여기가 감히 어딘 줄 알고 난동을 부려? 다들 죽고 싶은 것이냐?"

"관아인 줄 알고 있다."

나는 소매 깃에 묻은 먼지를 툭툭 털면서 최단에게 다가갔다.

"아까 말하지 않았나? 조정에서 나온 사람을 함부로 죽이는 것은 큰 죄라고? 이제 네놈이 죽을 차례야."

"조정에서 나와? 자꾸 헛소리를……."

그때 금행이 내게 다가와 마패를 건넸다. 나는 그것을 받아 최단 앞에 내보였다. 마패는 정도전이 준 것으로 신분을 증명할 때 쓰라고 한 것이었다. 금행이 앞으로 나서면서 말했다.

"어사께서 출두하셨으니, 죄인은 내려와 무릎을 꿇어라!"

최단은 마패를 뚫어져라 보다가 눈이 커졌다.

"확인해보고 싶으면 내려와서 살펴보거라."

"뭐 그렇게까지 할 필요가 있겠소. 하하."

최단은 여유롭게 웃더니, 갑자기 몸을 돌려 달아나려 했다. 금행과 문객들이 뒤쫓으려고 하자 사병들이 막아섰다. 나와 금행은 문객들에게 그들을 맡기고 최단이 빠져나간 내아 쪽으로 달려갔다. 최단은 야트막한 담벼락을 훌쩍 뛰어넘어 사라졌다. 몸이 상상한 것 이상으로 날렸다. 놈이 정말 꼬리 아홉 달린 여우일 수도 있겠다 싶었다.

금행은 최단과 마찬가지로 담을 뛰어넘었지만, 나는 그럴 재간이 없었다. 그래서 반대편으로 달려가 관아의 대문을 나섰다. 마침 수선을 필두로 고을의 백성들이 몰려나와 있었다. 나는 그이와 시선을 주고받았다. 사실 금행을 굳이 개경으로 부른 것은 마패를 들려서 고을로 보내기 위해서였다. 호장가에 대한 이 고을 백성들의 반감은 일찍이 만만치 않았다. 호장가에서 대대로 땅을 부쳐먹던 백성들은 나라에서 정한 오 할보다 더 많은 곡식을 갖다 바쳐야 했다. 갖가지 이유로 호장가에서 곡식을 빌려야 했던 그들은 고리대에 얽혀 있었기 때문이다. 이를 갚지 못하면 일가족이 노비가 되었다. 여기에 더해 근자에는 처녀와 노파들이 잔혹하게 희생되기까지 했다.

처음에는 여우 짓이라는 것이 먹혔을지 모르나 나와 금행의 활약 때문에 알음알음 호장가의 짓이라는 사실이 백성들 사이에서 퍼져나갔다. 뿐만 아니라 최단이 감무가 되고 난 후에는 백성들에게 더욱 가혹하게 세를 걸었다. 중간에 최단이 착복했다는 말이 공공연하게 돌았음은 물론이다. 더 높은 곳으로 올라가기 위해서는 조정의 뒷배에게 받쳐야 하는 뇌물이 필요했을 것이다.

이미 고을의 민심은 언제 터져도 이상할 게 없었다. 어쩌면 조만간 이 고을 백성들도 왜구 흉내를 내며 산길을 가는 이들을 털거나 관아를 털었을지도 몰랐다. 나는 이 고을에서 나고 자란 만큼 이러한 사정을 누구보다 잘 알았다. 그러니 백성들의 마음을 쉽게 돌려세울 수 있다는 것은 개경으로 떠나기 전부터 계산에 넣고 있었다. 다만 백성들이 대대로 지배를 받아오던 호장가에 맞서는 일은 쉽지 않을 터였다. 그래서 마패가 필요했다. 나는 금행에게 마패를 주어 백성들을 회유하도록 했다. 그들이 들고 일어나서 호장가와 흥왕사를 습격해도 모두 어명으로 처리해 뒷수습을 해주겠다고 약속한 것이었다.

나는 나를 에워싼 백성들 가운데로 걸어가 마패를 치켜들었다. 그러자 여기저기서 환호성이 들렸다. 나는 이들과 함께 호장가로 걸어갔다. 호장가에 가까이 갈수록 백성들의 숫자는 점점 더 불어났다. 결국 호장가 앞에 다다랐을 때는 거의 모든 고을 백성이 나온 게 아닐까 싶을 만큼 많은 이들이 모여들었다.

호장가의 대문은 굳게 닫혀 있었지만 백성들 수십 명이 함께 밀어붙이자 우지끈, 하는 소리와 함께 괴목이 부러졌다. 나는 호장가의 대문을 활짝 열어젖혔다. 백성들은 함성을 지르며 호장가로 쏟아져 들어갔다.

나도 호장가의 마당으로 걸어갔다. 언제 왔는지 금행이 홀로 검을 들고, 호장가의 하인들과 대치 중이었다. 금행의 검이 햇빛을 받아 예리하게 번뜩이고 있었다. 하인들의 숫자는 금행에 비해 압도적으로 많았지만, 예전에 당한 적이 있어서 그런지 쉽게 덤벼들지 못했다. 그런 와중에 나를 필두로 얼추 백여 명에 달하는 백성들이 기세등등하게 다가가자 하인들은 주춤주춤 뒤로 물러났다. 나는 뒤돌아서서 백성들에게 호장 일가를 포박하라고 소리쳤다.

백성들은 하인들을 제치고 호장가 여기저기로 흩어졌다. 사실 최단이 달아날 곳은 없었다. 호장가는 백성들이 포위하기로 했고, 이 고을을 빠져나가는 산길은 화척들이 막아주기로 이미 말을 맞춘 뒤였다. 때문에 금행과 나는 천천히 사랑채로 향했다.

문을 열어젖히자, 최단은 단검 하나를 들고 단정하게 앉아 있었다. 마지막을 예감한 모양이었다. 하지만 그가 여기서 죽게 내버려둘 수는 없었다. 죗값을 받아야 했다. 나는 금행에게 세상에서 가장 가혹한 고신을 부탁할 생각이었다.

"섣부른 짓 하지 말고 나라에서 내리는 벌을 받게. 혹시 아나? 죽음은 면할지."

나는 일단 최단을 살려서 포박하기 위해 부드러운 말로 달랬다. 그는 아무 대답 없이 칼을 자신의 목에 갖다 댔다. 금행이 검을 들었다. 나는 그를 말렸다. 아마 금행이 달려가기 전에 저 칼을 자신의 목에 찔러 넣을 것이다. 어쩌면 마지막일지도 모르는 지금, 오랫동안 참아왔던 물음을 던졌다.

"대체 왜 죽였나? 그 많은 처자들을 왜 그리 잔인하게 죽였어?"

최단은 빙그레 웃었다.

"사람 죽이는 걸 끊지 못하겠으니까."

"그게 무슨 소리야?"

"마지막으로 목숨 하나를 더 끊고 갈 수 있으니, 몹시 재미있게 됐어."

최단은 킬킬거리며 거리낌 없이 목에 칼을 밀어 넣었다. 목에서 피가 주르륵 흐르는가 싶더니, 앞으로 고개를 박고 쓰러졌다. 금행이 재빨리 달려가 최단을 일으켜 세웠다. 하지만 그는 축 늘어질 뿐이었다. 금행은 최단의 손목을 들어 올려 맥박을 짚었다.

"어찌 되었나?"

금행은 고개를 가로저었다. 나는 최단의 얼굴을 살폈다. 그는 미소 짓고 있었다. 어쩐지 마지막까지 그자에게 당했다는 생각이 들어 뒷맛이 개운치가 않았다. 다만 꼬리 아홉 달린 여우 이야기의 단단한 실체가 사라졌다는 것을 확인하는 것으로 만족해야 했다.

마당에는 선화가 끌려 나와 있었다. 최단이 호장이 되자마자 안주인으로 다시 돌아왔던 모양이었다. 그이는 목에 칼이 꽂힌 채 죽어 있는 아들을 보자 울부짖었다. 오죽하겠는가. 패륜을 저질러서라도 지키려던 아들이었으니. 이 역시 야차를 낳은 어미의 업보였다. 따로 벌을 내릴 수도 있었지만 아들의 비참한 죽음을 본 것으로도 이미 충분해 보였다. 어차피 호장가는 몰락한 것이나 다름없었다. 선화는 옥에 갇히게 될 것이다. 그이의 울음을 뒤로하고, 호장가의 대문을 나섰다.

그날 밤 홍왕사가 불에 탔다. 나는 왜구의 습격을 받아 그리 되었다고 간단히 장계했다.

꼬리

봄이 될 때까지 고을의 일을 수습했다. 우선 호장가의 재산을 몰수하여 조정으로 되돌렸다. 홍왕사는 너무 말끔히 타서 중건이 불가능했다. 승적에 오른 승려들은 다른 절을 찾아 떠났다. 그사이 금행은 수선과 살림을 차려 나와 이웃에 살게 되었다. 그해에는 아내와 수선이 동시에 아이를 가지기까지 했다. 아내는 눈물을 흘리며 기뻐했다. 일이 이렇게 되니, 나도 그만 아내 곁에 머물고 싶었다. 하지만 그렇게 마음을 고쳐먹자 야속하게도 조정에서 암행을 계속하라는 명이 내려왔다. 졸지에 또 전국을 돌아다니게 된 것이었다.

아내는 불만이 가득했다. 금행 역시 나와 함께 동행하게 되었으므로 수선도 불만이 가득하기는 매한가지였다. 하지만 조

319

정의 명이고, 또 당여가 시키는 일이니 하지 않을 도리가 없었다. 어쨌거나 당여의 나라를 이루지 않으면 내가 역적으로 몰려 죽을 판이다. 그야말로 이판사판이었다. 그해 초여름에 나는 마패를 차고, 금행은 검을 들고 길을 떠났다. 고을 어귀, 아름드리나무 앞에 잠깐 쉬어 갈 때 금행이 문득 물었다.

"그런데 이러고 다니는 자네 벼슬은 대체 무엇인가?"

"암행어사."

작가의 말

   기이하고, 잔혹한 이야기를 하고 싶었다. 이 열망은 깊은 산속 참혹하게 죽은 시신이 있는 곳으로 나를 이끌었다. 시신은 여자고, 나이는 열일곱 살쯤. 눈은 뜨고 있었고, 배가 갈려서 장기가 튀어나와 있다.

   그런데 가만, 이 시신은 고려시대 사람인가 보다. 풀어 헤쳐져 있는 긴 저고리가 그렇다. 응? 고려라니? 생각해보면 고려 말은 홍건적과 왜구의 침입으로 수없이 많은 사람이 죽어 나가던 시절이었다. 사람의 목숨값이 참으로 가벼울 수도 있었을 터. 그리고 그런 시대에는 눈을 뜨고도 믿지 못할 기이한 일이 많이 벌어질 법하다.

   다시 이야기를 더 이어나가보자. 피해자가 꽃다운 나이에 죽은 것이 안타깝고, 잔인하게 희생된 것에 화가 치민다. 살인 사건이 벌어졌으니 해결할 사람을 불러야겠다. 먼저 한량에다 겁도 많지만 잔머리가 잘 돌아가는 선비가 떠오른다. 하지만 그 혼자서는 어딘지 모르게 불안하다. 전장에서 반평생을 보낸 우직한 무사가 그의 곁에 있어주면 좋을 것 같다. 나는 선비에게 정덕문이라는 이름을, 무사에게 금행이라는 이름을 붙여주었다.

그런데 두 사람이 해결해야 하는 이 살인 사건은 기이해야 한다. 그래야 기이하고도 잔혹한 이야기의 꼴을 갖출 수 있다. 때마침 멀리 여우다! 여우가 나타났다! 외침이 들린다. 이 소리를 들은 금행이 칼자루를 손에 쥐고 묻는다. 이게 대체 무슨 말인가? 그러자 덕문이 난감한 얼굴로 대답한다. 글쎄, 꼬리가 아홉 개 달린 여우가 고을 처녀를 죽이고 돌아다닌다더군.

알 수 없는 열망에서 비롯된 나의 소설, 『아홉 꼬리의 전설』은 이렇게 꼬리에 꼬리를 물면서 점점 몸피를 갖춰나갔다.

발 없는 말이 천 리 간다는 속담이 있다. 마찬가지로 발 없는 이야기도 천 리를 간다. 심지어 천년을 살기도 한다. 작가로서 덕문과 금행, 두 고려시대 탐정의 이야기도 천 리를 가고 천년을 살았으면 좋겠다.

아홉
꼬리의
전설

초판 1쇄 발행 2023년 12월 13일

지은이 배상민

펴낸이 안병현 김상훈
본부장 이승은 총괄 박동옥 편집장 박윤희
책임편집 김정은 정수향 디자인 박지은
마케팅 신대섭 배태욱 김수연 조윤선 제작 조화연

펴낸곳 주식회사 교보문고
등록 제406-2008-000090호(2008년 12월 5일)
주소 경기도 파주시 문발로 249
전화 대표전화 1544-1900 주문 02)3156-3665 팩스 0502)987-5725

ISBN 979-11-7061-075-5 (03810)
책값은 표지에 있습니다.